Feel my skin burn

Idaho Springs Police Department 2

AF282327

Buch

Monica Taylor hat Brandwunden aus ihrer
Vergangenheit, die sie zu verstecken versucht.
Was sie jedoch nicht verstecken kann, sind die
seelischen Narben, die sie davongetragen hat und die
ihr nicht erlauben, sich auf eine Liebesbeziehung
jeglicher Art einzulassen.

José Alvaro ist Single aus Leidenschaft und genießt es
in vollen Zügen. Seine jüngere Schwester ist dabei, der
Familie die verdienten Enkel zu schenken, was ihn,
seiner Meinung nach, aus der Verantwortung entlässt.
Als die neue Empfangsmitarbeiterin des I.S.P.D. mit
ihrer geheimnisvollen Vergangenheit ihn kalt abblitzen
lässt, ist sein Erfindungsreichtum und Beharrlichkeit
gefragt.

Doch schon bald droht die Vergangenheit, sich in
Idaho Springs zu zeigen, was Monica zusetzt und José
in Zugzwang bringt.

T. K. Mitchell

Feel my skin burn

Idaho Springs Police Department 2

Thriller

Impressum

Bibliografische Information der Deutschen Nationalbibliothek: Die Deutsche Nationalbibliothek verzeichnet diese Publikation in der Deutschen Nationalbibliografie; detaillierte bibliografische Daten sind im Internet über http://dnb.dnb.de abrufbar.

Covergestaltung: Dena Taherianfar, Dena Designs

Lektorat und Korrektorat: Beate Bergholz

Verlag: BoD · Books on Demand GmbH,
In de Tarpen 42, 22848 Norderstedt, bod@bod.de

Druck: Libri Plureos GmbH, Friedensallee 273, 22763 Hamburg

ISBN: 978-3-7693-8921-0

Anmerkung der Autorin

Dies ist ein Roman.
Eine fiktive Geschichte.
Ein Thriller mit einer guten Prise Romantik.

Ihr mögt eine fesselnde, rasante Geschichte,
Gegenspieler, die nicht gleich zu durchschauen sind,
Protagonisten, die sich langsam näherkommen und
die eine oder andere explizite Szene?
Dann seid ihr hier genau richtig.

Ich wünsche euch eine tolle Zeit in meiner Welt!

Um ein optimales Lesevergnügen zu erhalten, ist es
empfehlenswert, die Bücher der Reihe nach zu lesen.

Triggerwarnung

Wie im Thriller-Genre oft der Fall geht es auch hier nicht
ohne Mord. Aber Gewalt im Allgemeinen, Gewalt gegen
Frauen und sexuelle Gewalt sind mitunter Thema. Sollte
euch etwas davon triggern, ist es ratsam, das Buch nicht
zu lesen.

Sämtliche Figuren sind frei erfunden. Ähnlichkeiten mit
realen Personen sind trotz sorgfältiger Recherche reiner
Zufall und nicht beabsichtigt.

Dieses Buch darf weder auszugsweise noch vollständig
digital ohne ausdrückliche Genehmigung der Autorin
vervielfältigt oder weitergegeben werden.

Die Ausnahme hiervon ist im Rahmen einer Rezension.

Inhaltsverzeichnis

Widmung

Ich widme dieses Buch all jenen, die Narben tragen.

Egal ob sichtbar oder nicht, sie haben euch etwas
abverlangt.

Wie ihr sie annehmt, zeigt eure Kraft und
Entschlossenheit.

Seid stark.

Prolog

Der Blick in seine Augen ängstigte sie zum allerersten Mal. Wie konnte sie sich so in ihm getäuscht haben? Sie wusste, dass er sich leicht von ihnen beeinflussen ließ. Aber das, was sie nun von ihm verlangten, konnte er unmöglich in Betracht ziehen. Oder doch?

Die Flüssigkeit, die soeben ihren Arm benetzte, sprach eine andere Sprache. Sie musste von ihnen wegkommen. Sie war in Gefahr! Ihr Puls beschleunigte sich, der Schweiß brach ihr aus. Aber es half nichts. Man hielt sie so fest, dass sie sich nicht befreien konnte. Das war kein Spiel mehr.

Der Ernst der Situation war ihr bewusst, sie konnte klar denken. Doch die Männer, die sich um ihn scharten und lautstark auf ihn einredeten, konnten es nicht mehr. Erneut versuchte sie, sich loszureißen, doch scheiterte kläglich. Das Benzinfeuerzeug, das er immer bei sich trug, schnappte auf und zu. Er stand vor ihr, seine Pupillen waren stecknadelgroß.

Sein Kumpel stieß ihn an und flüsterte ihm etwas ins Ohr, das Monica nicht hören konnte. Egal was es war, es gab den Ausschlag. Das Zippo schnappte auf, sein Daumen setzte den Feuerstein in Schwingung und der kleine Funke reichte aus, um sie in Brand zu setzen.

Das Feuer brannte sich unbarmherzig ihren rechten Arm hinauf. Der Schmerz nahm ihr den Atem, bevor sie schreien konnte. Die Jungs, die sie festgehalten hatten, sprangen zurück, als die Flammen an ihr hochschnellten. Ein Schrei löste sich aus ihrer Kehle, als die Flammen ihr Haar und ihren Hals erreichten. Der Auslöser für ihre Peiniger, Reißaus zu nehmen. Monica ließ sich auf den sandigen Boden fallen und wälzte sich hin und her, um das Feuer zu ersticken. Die Schmerzen, die sie nun überfielen, waren unmenschlich und nicht zu ertragen. Glücklicherweise erlöste sie eine Ohnmacht.

Monica schreckte aus dem Traum hoch, der sie heimgesucht hatte. Es war Jahre her, dass sie diese unglückliche Episode ihres Lebens durchlitt. Die Vorkommnisse der letzten Zeit mussten ihr Unterbewusstsein in diese Richtung gedrängt haben. Ein Blick auf die Uhr verriet ihr, dass sie noch einige Stunden hatte, bevor sie im ISPD, dem *Idaho Springs Police Department,* ihren ersten Dienst antreten würde. An Schlaf war jedoch nicht mehr zu denken.

Sie stieg aus dem Bett und ging unter die Dusche, ohne einen Blick auf ihr Spiegelbild zu verschwenden. Das hatte sie oft genug getan, um zu wissen, dass es nichts daran änderte, was sie sah. Die Haut an ihrem rechten Arm war vernarbt und diese Narben zogen sich hinauf bis an den Hals. Das war der Grund, aus dem sie immer langärmelige Blusen trug. Ihr offenes Haar verdeckte die Stellen vom Haaransatz bis zur Schulter. Deshalb ließ sie diese nie länger wachsen oder band sie zusammen. All dies ermöglichte ihr, sich nur mit einigen wenigen Blicken der anderen auseinandersetzen zu müssen.

Frisch geduscht cremte sie ihren Körper ein, damit die Haut geschmeidig blieb. Es war einem befreundeten, angehenden Arzt zu verdanken, dass ihre Narben nicht mehr dick und wulstig waren. Er hatte ihr den Tipp gegeben, das vernarbte Gewebe mit einem Minivibrator zu lockern. Das half, die Vernarbung zu massieren und geschmeidig zu halten. Zusätzlich unterstützte eine Creme für werdende Mütter, die man sonst bei Dehnungsstreifen einsetzte, sie, die Elastizität an diesen Stellen zu erhalten.

Ihre kaffeebraune Haut benötigte glücklicherweise kein Make-up. Etwas Kajal und Wimperntusche reichten aus, ihr einen wachen Blick zu zaubern. Sie wollte nur gesund aussehen. An Männern hatte sie keinerlei Interesse. Zu tief hatte sich die Vergangenheit in ihre Seele gebrannt und dabei viele kleine Narben hinterlassen, die man nicht so einfach wegmassieren konnte.

Auf dem Weg durch die Kleinstadt, in die sie zwei Monate zuvor gekommen war, begrüßte sie einige Bewohner, die sie in den vergangenen Monaten kennengelernt hatte. Seit sie in der nahen Diskothek gejobbt hatte, kannte man ihren Namen. Durch das Auffinden von K.-o.-

Tropfen und die darauffolgenden Ermittlungen hatte sie immerhin nicht unwesentlich zur Aufklärung einiger Fälle beigetragen.

Anfang März konnten die Tage noch recht kalt sein. Die Temperaturen bewegten sich meist zwischen minus einem und plus zehn Grad Celsius tagsüber. Aber ein heißer Kaffee in Cindy Davis' *Miners Bakery,* der örtlichen Bäckerei, half wunderbar dagegen. Glücklicherweise war Cindy eine Frühaufsteherin und ihr Geschäft ab sechs Uhr morgens geöffnet. Monica betrat den Laden und grüßte die Besitzerin, die gerade dabei war, ihre Leckereien in die dafür vorgesehenen Behälter der Theke zu sortieren.

„Ach, Schätzchen, was führt dich denn schon so zeitig hierher?"

„Morgen, Cindy. Ich hätte gerne einen Latte macchiato und einen Blaubeermuffin. Ich habe schlecht geschlafen."

„Kommt sofort, Schätzchen. Setz dich, ich bringe dir gleich alles."

„Danke. Und könntest du mir für nachher noch ein paar Kaffees und Donuts vorbereiten? Ich habe heute meine erste Schicht im ISPD und möchte die Kollegen damit überraschen."

„Gerne doch, Schätzchen. Da freuen sie sich bestimmt."

Es war schon verblüffend. Nach den Kosenamen, die sie an jeden vergab, könnte man meinen, dass Cindy eine in die Jahre gekommene Frau war. Doch das war sie nicht. Sie hatte die Miners Bäckerei von ihrer Großmutter geerbt, als sie gerade mal zwanzig war. Das Backen lag ihr im Blut, weshalb sie sich auch sofort für die

Übernahme und das Weiterführen entschieden hatte. Nun musste sie um die vierzig Jahre sein, hatte ihren Mann beim Umbau der Küche kennengelernt und zog ihre beiden Kinder hier auf.

Jeder mochte Cindy und ihre Leckereien. Einzig der Austausch, der durch das Zuhören und Ausplaudern von Informationen in ihrem Kaffee vonstattenging, war manch einem ein Dorn im Auge. Dabei war es eher Unbedarftheit, denn Mutwilligkeit, etwas zu verbreiten. Doch bei Cindy ging das Arbeiten und Tratschen mit den Gästen Hand in Hand. Ohne es kontrollieren zu können. Zumindest hatte ihr Mann das einmal erklärt.

„Hier, Schätzchen. Lass es dir schmecken."

„Danke, Cindy."

Mit ihrem Kaffee in der Hand und dem Blick in die Ferne, schweiften auch Monicas Gedanken weit ab. *Sie war vor ein paar Tagen im Idaho Springs Inn gewesen, um ein letztes Mal ihre bisherige Arbeitgeberin zu besuchen, die sie, ohne zu zögern, angestellt und ihr somit ein schnelles Eingliedern in die Gemeinde ermöglicht hatte. An ihr erstes Aufeinandertreffen konnte sie sich noch lebhaft erinnern.*

Ein Brand hatte Schaden im Inn angerichtet, weshalb das Hotel kurze Zeit schließen musste. Zur Wiedereröffnung war der Barkeeper nicht mehr auffindbar. Von ihrer Freundin Sally hatte sie davon erfahren und die Telefonnummer der Hotelbesitzerin erhalten. Also hatte Monica kurzerhand angerufen. Sie selbst war erst wenige Tage in Idaho Springs gewesen und war froh über die Aussicht auf ein mögliches Einkommen.

Nach einem kurzen Telefonat war Monica direkt ins Hotel gefahren, um sich persönlich vorzustellen. Vivian Prescott, die Mutter des hiesigen Sergeants aus dem ISPD und Eigentümerin des Hotels, hatte sie voller Wohlwollen empfangen und sie auf dem Hotelgelände herumgeführt. Außerdem war es Monica positiv aufgefallen, dass Vivian sofort in ein vertrautes „Du" wechselte.

Um neben der Renovierung der Küche, in der der Brand ausgebrochen war, wieder Einkünfte zu haben, wollte die Familie Prescott zumindest die kleine Diskothek auf dem Hotelgelände wieder eröffnen. Monica hatte bei laufend wechselnden Wohnsitzen immer wieder mal nebenbei als Barkeeperin gejobbt und wusste, worauf es ankam.

Obwohl sie auf der Suche nach einem Office-Job war, erklärte sie sich bereit, vorerst in der Diskothek des Hotels auszuhelfen. Beim gemeinsamen Gespräch musterte Vivian sie aufmerksam und Monica bemerkte, als ihr bei genauerem Hinsehen die Narben auffielen, die sie unter ihrer Haarpracht zu verstecken versuchte.

„Darf ich fragen, was dir zugestoßen ist?" Die Einfühlsamkeit in Vivians Stimme erleichterte Monica die Entscheidung.

„Natürlich. Es war ein Unfall. Die Narben kommen von Verbrennungen."

„Das klingt sehr schmerzhaft. Tut mir sehr leid, dass du das erlebt hast."

„Danke, es ist glücklicherweise schon länger her. Sie schränken mich nicht mehr ein."

Bereits am Tag darauf fing sie zu arbeiten an. Es war wunderbar, wie einfach hier alles vonstattenging. In Chicago wäre es ihr nicht möglich gewesen, von einem Tag auf den anderen einen Job anzutreten. Hier zählte es, dass sie Sallys Freundin war und diese bereits als ortsansässig galt. Alles andere würde sich finden.

Schon an ihrem ersten Abend lernte sie eine Fülle an Menschen aus dem Ort kennen. Mittels Mundpropaganda hatte sich schnell die Wiedereröffnung verbreitet und die Gäste kamen und gingen. Nach Ende der Öffnungszeit war Monica dabei nachzuschlichten und aufzufüllen, als ihr ein kleines dunkles Fläschchen in die Hände fiel, mit dem sie zuerst nichts anzufangen wusste.

Bei genauerer Betrachtung stellten sich Monica die Nackenhaare auf. Es war klein, aus dunklem Glas und hatte eine Pipette, mit der man auf Tropfen genau dosieren konnte. Die Flüssigkeit, die es beinhaltete, war durchsichtig und geruchsfrei. Sie hatte sich bei früheren Jobs angewöhnt, immer ein Armband mit Testpunkten bei sich zu haben, das bei Berührung den Kontakt mit gängigen K.-o.-Tropfen anzeigte. So auch bei dieser.

Kurzerhand beschloss sie, es vor dem nächsten Dienst im Polizeirevier abzugeben. Immerhin wusste sie aus Sallys Erzählungen, dass Sergeant Prescott verantwortungsbewusst war. Er war es auch, der die Untersuchung im Anschluss leitete und ihr in jüngster Vergangenheit ihren neuen Job vermittelte.

Als sie das Hotel betrat, fühlte sie sich sofort angekommen. Es war schön, hier einen Ort zu *haben, der sich heimelig anfühlte. Kaum war sie in der Halle, als auch schon eine ältere, ein wenig untersetzte Dame auf sie zusteuerte und sie in die Arme schloss.*

„Hallo, Monica, schön, dass du vorbeikommst."

„Hi, Vivian. Wie geht es dir und Harold?"

„Es geht uns gut, meine Liebe. Danke der Nachfrage. Wie geht es dir? Bist du schon aufgeregt? In Kürze startet dein erster Dienst im Revier, nicht wahr?"

„Genau. Und ja, ich bin aufgeregt. Aber ich bin auch dankbar für diese Chance. Und ich wollte mir die Gelegenheit nicht nehmen lassen, auch dir und Harold noch einmal meine Dankbarkeit auszudrücken. Ich habe euch Kuchen von Cindys Bäckerei mitgebracht. Hoffentlich schmeckt er euch."

„Oh, das wird er bestimmt. Cindy ist eine herausragende Bäckerin. Er sieht köstlich aus, Monica. Vielen Dank!"

Schmunzelnd musst sie ihr gedanklich beipflichten, als sie nun in den Blaubeermuffin biss und die süße Köstlichkeit ihre Geschmacksnerven reizte. Und schon im nächsten Moment erinnerte sie sich daran, dass ein Albtraum sie am Morgen geweckt hatte. Monica zog ihr Smartphone aus der Tasche und schrieb ihrer besten Freundin Sally eine Nachricht.

MONICA: *Hatte heute schon wieder einen Albtraum. Ich kann nicht fassen, dass mich das nach so langer Zeit immer noch fertig macht. Ich*

hoffe, mein neuer Job bringt mich auf andere Gedanken.
SALLY: Oh, nein. Kann ich etwas für dich tun? Möchtest du heute Abend kommen? Ich wünsche dir jedenfalls einen tollen ersten Tag im neuen Job. Du rockst das!

Das war der Grund, warum Sally immer noch ihre beste Freundin war. Einfach so zauberte sie ein Lächeln auf Monicas Gesicht. Es war definitiv die richtige Entscheidung gewesen, ihr nach Idaho Springs zu folgen. Sie konnte nur hoffen, dass sie hier lange Zeit ungestört bleiben würde. Denn es gefiel ihr hier wirklich.

MONICA: Ich melde mich nach der Schicht, dann sehen wir weiter. Danke für dein offenes Ohr, das hilft mir!
SALLY: Was immer du brauchst, Süße. Ich bin da.

Um halb sieben ging die Sonne auf und das Morgenrot brachte eine einzigartige Stimmung mit sich. Von Monicas Platz im Kaffee hatte sie einen wunderbaren Ausblick die Hauptstraße hinunter auf die Hügel, die Idaho Springs umschlossen. Das glutrote Licht ließ die Berge brennen. Ein Spektakel, das Monica besonders imponierte. Zuvor hatte sie in Chicago gelebt. Die Hochhäuser dort versperrten einem in regelmäßigen Abständen die Sicht. Hier dagegen gab es nur kleine Anhöhen, eine überschaubare Innenstadt und Häuser in den angrenzenden Hügeln.

Wenn man musste, konnte man Idaho Springs zu Fuß durchqueren. Ein glücklicher Umstand, der Monica in die Hände spielte. Ihr Auto hatte vor ein paar Tagen den Geist aufgegeben. Der Umzug hierher und das hastige Abbrechen ihrer Zelte in Chicago hatten sie mit beinahe leeren Taschen hier ankommen lassen. Es war Sally und ihrer Freundin Jenna aus dem Kindergarten zu verdanken gewesen, dass sie so schnell Fuß fassen konnte. Denn Jennas Partner war Sergeant Prescott.

Kurz nach sieben bat Monica Cindy um die Kaffeebestellung und die Donuts und machte sich auf den Weg zur Polizeiwache. Sie folgte der Hauptstraße in Richtung Sonnenaufgang und ließ ihren Blick über die angrenzenden Häuser und Läden streifen, die in Kürze zum Leben erwachen würden. An der Feuerwache, die der Polizeistation schräg gegenüberlag, sah sie den jungen Mann, den sie bereits in der Diskothek mit immer wechselnden Begleitungen beobachtet hatte.

Er war nett anzusehen und wusste es. Gegenwärtig unterhielt er sich mit einer Sanitäterin, der er einen Kaffee in die Hand und einen Kuss auf die Wange drückte, bevor er sich umdrehte. Nun kam er auf die Polizeiwache und gleichzeitig auf sie zu.

„Guten Morgen, Schönheit. Kann ich weiterhelfen?"

„Guten Morgen. Nein, vielen Dank. Ich komme klar."

„Warten Sie, ich öffne Ihnen zumindest die Türe."

„Danke. Das ist nett."

„Ich bin Officer José Alvaro. Und Sie sind?"

„Monica Taylor. Ich bin die neue Notrufdisponentin am Empfang." Der Ton, den sie anschlug, war schon die halbe Miete. Sie war neu. Sie war hier, um zu arbeiten. Punkt. Auch wenn sie das vielleicht wie eine Zicke aussehen ließ.

„Dann willkommen im Idaho Springs Police Department. Vielleicht gehen Sie mal mit mir einen Kaffee trinken?" Anscheinend musste sie doch deutlicher werden.

„Das denke ich nicht. Aber hier greifen Sie zu. Sie können sich einen Kaffee und einen Donut nehmen. Dann können Sie einen Kaffee mit mir trinken." Der Blick, den sie ihm jetzt zuwarf, sollte alle Zweifel im Keim ersticken.

„Keine Sorge, den Hinweis habe ich verstanden." Ein Schmunzeln stahl sich auf seine Lippen, das ihn noch attraktiver machte. „Aber bei so einer hübschen Lady musste ich mein Glück versuchen."

„Danke, das weiß ich zu schätzen."

Monicas Einschulung durch Leeann Knox, die in Kürze in den verdienten Ruhestand gehen würde, war allumfassend. Monicas begonnene medizinische sowie die abgeschlossene Ausbildung als Notruf-Disponentin waren ihr dahin gehend eine große Hilfe. Sie wusste um die Abkürzungen, die im Polizeinotruf zum Sprachgebrauch gehörten, genauso wie um die Einschätzung von Notfällen.

Die administrative Arbeit, die damit einherging, war ihr ebenfalls vertraut, was Leeann nicht entging. Bereits am Nachmittag ihrer ersten gemeinsamen Schicht wirkte die Frau deutlich entspannter. Sämtliche Kollegen hatten sich den Vormittag über eingefunden, um sie willkommen zu heißen und waren positiv überrascht von der süßen Aufmerksamkeit, die sie aus der Bäckerei mitgebracht hatte.

Was ihr unheimlich imponierte, war die Tatsache, dass alle sofort in das familiäre „Du" mit ihr wechselten. Es machte ihr das Ankommen im neuen Job um ein Vielfaches einfacher.

Alles in allem konnte sie ein erfolgreiches Fazit ihrer ersten Schicht ziehen. Wäre da bloß nicht José Alvaro, der sich aufopfernd bemühte, bei ihr einen guten Eindruck zu hinterlassen. Er war wirklich zuvorkommend gewesen. Sein Charme war gefährlich, denn selbst sie konnte sich kaum davor schützen, dass ihr Herz schneller schlug, sobald er in ihrer Nähe auftauchte. Allerdings sah er auch sündhaft gut aus, mit seinem trainierten Körper, seiner olivfarbenen Haut und den südländischen Zügen. Seine dunklen Augen und sein kurz geschorenes dunkles Haar verliehen ihm Autorität. Ja, eindeutig ein Hingucker.

Was aber nichts an der Tatsache änderte, dass sie über das Schauen nicht hinausging. Einige wenige One-Night-Stands bildeten da die Ausnahme. Die letzte Ausnahme war bereits zwei Jahre her. Und seither war ihr kein Mann über den Weg gelaufen, der sie von ihrem Vorhaben, den Männern abzuschwören, abgebracht hätte.

Im Gegenteil, leider war es immer wieder zu unangenehmen Situationen mit solchen Männern gekommen. Vorrangig, da sie ihre Narben entdeckten und es auch Männer gab, die absolut unpassend darauf reagierten. Aber auch, da sie in letzter Zeit für sich entschieden hatte, ein Oberteil anzubehalten, um den unangenehmen Fragen auszuweichen, was ebenfalls – bestenfalls – für Verwunderung gesorgt hatte.

Die Schicht war zugegebenermaßen schnell vorüber gewesen. Monica hatte ihre Uniform und einen Spind zugeteilt bekommen. Die Garderobe wurde von Männern und Frauen gleichermaßen benutzt. Was bedeutete, dass sie sich für die Sommermonate etwas einfallen lassen musste. Keinesfalls würde sie einem der hier angestellten Personen ihre Narben in voller Pracht zeigen. Sie war es gewohnt, auch im Sommer langärmelige Oberteile zu tragen. Diese waren dann meist aus Netz und mit Aufdruck, damit die verschrumpelte Haut darunter verborgen blieb. Asymmetrische Tops spielten ihr da regelmäßig in die Karten.

Sie schnappte sich ihr Handy und schickte eine schnelle Nachricht an Sally.

MONICA: *Die Schicht war toll! Ich mag meine Kollegen und verstehe mich gut mit Leeann. Soweit ich das sehen konnte, hat sie meine heutige Arbeit bereits überzeugt.*
SALLY: *Großartig, Monica! Ich wusste, dass du dich machst. Wie geht es dir sonst? Möchtest du vorbeikommen?*

MONICA: *Danke für das Angebot, aber die positiven Vibes überwiegen. Ich denke, ich komme heute klar.*
SALLY: *Solltest du deine Meinung ändern, lass es mich wissen. Ich bin da, sofern du mich brauchst.*
MONICA: *Das weiß ich doch. Danke dir.*

So war Sally. Ihre Freundin hatte selbst Gewalt in der Familie erfahren, als ihre Schwester von ihrem Partner misshandelt worden war. Es hatte etwas gedauert, doch sie konnten sie schlussendlich aus diesem Martyrium befreien. Niemand sollte in Angst leben müssen. Ein frommer Wunsch, wenn man darüber nachdachte, dass sie selbst es seit Jahren tat. Wenngleich die psychische Folter, der sie ausgesetzt war, einem anderen Grund entsprang.

Erneut drohten ihre Gedanken, in die falsche Richtung abzurutschen, als ein Streifenwagen am Bordstein neben ihr hielt. Das Beifahrerfenster öffnete sich und die markante dunkle Stimme von Officer Alvaro drang zu ihr hinüber.

„Monica, komm steig ein. Ich bringe dich nach Hause."

„Danke, aber das ist nicht nötig. Ich vertrete mir gerne die Beine, nachdem ich so lange im Büro gesessen habe."

„Okay, Schönheit. Aber das ist die zweite Abfuhr, die ich von dir heute bekomme. Denk nicht, dass ich dir eine weitere zugestehe." Zwinkernd ließ er das Fenster wieder hochkommen und fuhr weiter. Und einfach so ließ er sie stehen. Sie war es von Männern nicht gewohnt, dass sie auch mal klein beigaben. Ihre

Wangen fühlten sich heiß an und ihre Lippen hatten sich zu einem Lächeln verzogen. Es würde eine Herausforderung werden, ihm zu widerstehen.

Ein paar Schritte weiter machte sie einen kurzen Abstecher ins *Reggie's.* Ein kleines Pub mit Tagesgerichten, wovon sie heute etwas mitnehmen wollte. Ihr war nicht danach, noch in den Supermarkt zu gehen und anschließend zu kochen. Sie wollte sich duschen, dann auf die Couch und einen gemütlichen Abend mit einem romantischen Film von *Netflix* verbringen.

Da ihr Leben kaum noch Intimität, geschweige denn Romantik zuließ, genoss sie es allabendlich, sich in Filme oder Serien zu flüchten, um dort mit den Protagonisten Herzschmerz und die wahre Liebe zu erleben. Wie armselig sie doch geworden war.

José konnte den Anblick der dunklen Schönheit nicht vergessen. Monica war eine Augenweide. Ihre Augenfarbe erinnerte an flüssige Schokolade, und ihr schwarzes Haar fiel ihr in langen Wellen über ihre Schulter. Als ihr Gesicht heute von der Sonne geküsst vor ihm auftauchte, war er anfangs nicht sicher, ob er nicht halluzinierte.

Nicht, dass er sie nicht bereits zuvor gesehen hatte. Immerhin war sie nun etwa zwei Monate in der Stadt. Doch anscheinend hatte er nie richtig hingesehen.

„Was ist denn mit dir los, Junge? *Cariño,* träumst du?" Seine Mutter hielt ihm den vollen Teller hin und er musste sich zusammenreißen, um wieder ins Hier und Jetzt zurückzukehren. Seine Schwester hatte heute die Familie versammelt. Sie wollte Neuigkeiten verkünden. Verlobt war sie ja bereits, also was sollte nun schon wieder so aufregend sein?

„*Lo siento mamá.* Ich habe gerade über etwas nachgedacht." Der Blick, den ihm seine Mutter zuwarf, war viel zu intensiv. Sie hatte die Gabe, mehr zu sehen, als er zu verraten bereit war.

„Schon in Ordnung, *cariño.* Hier, nimm bitte den Teller für deinen *papá* mit." Seine Eltern waren als Teenager aus Venezuela nach Denver eingewandert und hatten sich hier ein Leben aufgebaut. Carlos, sein Vater, war Bauunternehmer, der gerade dabei war, sein Unternehmen zu verkaufen und in den Ruhestand zu gehen. Marietta, seine Mutter, arbeitete lange Zeit in einem venezolanischen Restaurant. Anfangs Vollzeit, danach hatten sie ihren Lebensmittelpunkt nach Idaho Springs verlagert und sie war nur noch Teilzeit im Ausmaß von zwei Wochentagen nach Denver zur Arbeit gefahren.

Sobald er und seine Schwester da waren, war sie für die ersten Jahre als Hausfrau tätig gewesen und hatte sich um sie gekümmert. Als auch seine Schwester auf die Highschool ging, hatte sie einen Foodtruck gekauft und war in Idaho Springs täglich an einer anderen Stelle mit venezolanischen Spezialitäten unterwegs gewesen. Vor allem bei der ehemaligen Goldmine, die jetzt eine Touristenattraktion war, wurde sie immer gerne gesehen.

Vor zwei Jahren hatte sie einen leichten Schlaganfall gehabt, der sie dazu zwang, kürzerzutreten. Sein Vater hatte ohne Umschweife den Foodtruck verkauft und ihr einen Wintergarten sowie einige Hochbeete auf ihr Grundstück gebaut. Nun zog sie ihr eigenes Gemüse zu jeder Jahreszeit und verwöhnte sowohl Familie als auch Bekannte mit ihren Köstlichkeiten im kleinen Rahmen.

„Hola familia! Wir sind da!" Die Stimme seiner Schwester Arianna drang durch den Flur. Ihr Verlobter war Steven James aus St. Louis. Sie hatten sich auf dem College kennen und lieben gelernt. Keine Frage, dass José ihn und seine Familie komplett durchleuchtet hatte. Steven kam aus gutem Hause, seine Familie war im Bankengeschäft und hatte einflussreiche Freunde. Man konnte nie wissen, wofür es vielleicht mal gut wäre.

„Hola cariña. Schön, dass ihr hier seid. Das Essen ist fertig. Holt eure Teller, *pitufina."* Selbst mit ihren vierundzwanzig Jahren wurde Arianna von ihrer Mutter noch als Schlumpfine bezeichnet. Ein Kosename, den sie in der Kindheit erhalten hatte. Erst als alle am Tisch saßen, wurden die Hände gereicht und Josés Vater sprach das Tischgebet.

„Santo Padre, te damos gracias por el alimento que nos has dado y que nuestra familia se haya reunido nuevamente en salud. Amén." Übersetzt hieß es: Heiliger Vater, wir danken dir für die Speisen, die du uns beschert hast und dass

unsere Familie in Gesundheit erneut zusammengefunden hat. Amen.

Steven hatte sich schnell an den Hausgebrauch gewöhnt. Für Arianna und José war es ein erdendes Ritual. Es erinnerte sie an ihre Kindheit, an die Familie, an die Möglichkeiten, die viele andere nicht hatten.

„Also, Arianna. Was führt uns heute hier zusammen?" Sein Vater war niemand, der gerne auf die Folter gespannt wurde. Der Blick, den sie daraufhin mit Steven tauschte, ließ es in Josés Magen rumoren.

„Wir bekommen ein Baby!" Sie schnappte sich Stevens Hand, ihre Mutter schlug die Hände vor den Mund und unterdrückte die Tränen. Dann sprang sie jauchzend auf und lief auf ihre Tochter zu, um sie stürmisch in die Arme zu ziehen.

„Mi hija está embarazada. Mi cariña, será madre! Oh, ich freue mich so für euch. Meine Tochter wird auch eine Mama. Carlos, hast du gehört? Wir werden Großeltern!"

„Sí, mi belleza, lo escuché. Natürlich habe ich es gehört, meine Schöne."

„Herzlichen Glückwunsch euch beiden." José hatte sich ebenfalls erhoben und streckte Steven seine Hand entgegen. „Ich muss nicht erst erwähnen, dass du auf sie und meine Nichte oder Neffen aufpassen wirst, oder?"

„Nein, keine Sorge, José. Ich werde sie auf Händen tragen."

„Estoy increíblemente feliz por ti. Ich freue mich wahnsinnig." Er hatte seine Schwester in den Arm genommen, drückte sie und flüsterte ihr diese Worte ins Ohr. Natürlich konnte sie nicht

anders, als ob dieser Zurschaustellung von Liebe zu weinen.

„*Vamos!* Lasst uns essen und dann möchte ich die Ultraschallbilder sehen." Der Ruf ihrer Mutter war wie ein Befehl. Erst als er wieder saß, wurde José wirklich bewusst, dass seine kleine Schwester vor ihm eine Familie gründen würde. Sie war verlobt und würde bald Mutter werden. Wann hatte sie ihn abgehängt? Aber wo dachte er hin? Eigentlich war es doch wunderbar. Seine Schwester würde der Familie die Erben bringen, die seine Eltern erholsamer schlafen ließ. Somit konnte er sein Junggesellenleben weiterführen, ohne sich Gedanken machen zu müssen. Weshalb ihm nun wieder die dunkle Schönheit im Kopf umherspukte, konnte und wollte er nicht weiter ergründen.

Das Essen wurde vom Austausch an Informationen zur Schwangerschaft und deren Begleiterscheinungen bestimmt, weshalb es José nicht allzu lange bei Tisch hielt. Sobald er geholfen hatte das Geschirr in die Küche zu bringen, verabschiedete er sich und fuhr nach Hause.

Sein Bungalow lag nahe dem Clearcreek River. Im Osten grenzte die Anlage der *Idaho Springs Gold Mill* an seinen Garten, im Westen gab es drei Nachbargrundstücke. Vor ihm verlief der *Riverside Drive mit der Lutherischen Kirche* und hinter dem Haus begrenzte der Clearcreek River seinen Garten. Alles in allem ein ruhiger Fleck in Idaho Springs.

Vor nicht allzu langer Zeit war Rita Morgan, eine Sanitäterin der Idaho Springs Fire Station, zwei Häuser weiter eingezogen. Seither war für ihn klar, dass er die Finger von ihr lassen musste. Sie passte genau in sein Beuteschema. Aber sie jetzt so nahe bei sich zu haben, würde nur zu schlechten Schwingungen führen, die er in seinem Zuhause nicht wollte. Langsam hatte sich auch eine Freundschaft zwischen ihnen entwickelt. Oft nahm er sie mit zur Arbeit, wenn sie zeitgleich Schicht hatten.

Somit sparten sie Kraftstoff und vertieften ihre Freundschaft, wobei Rita sonst das ganze Jahr mit dem Fahrrad unterwegs war. Er schloss die Tür und steuerte seine Couch an. Sobald der Fernseher lief, konnte er endlich entspannen.

Kapitel 1

Monicas erste Woche im neuen Job verlief ohne besondere Vorkommnisse. Sie verstand sich gut mit allen Kollegen und Kolleginnen. Leeann hatte bereits Mitte der Woche festgestellt, dass sie in Kürze gebührend durch sie vertreten werden würde und José hielt sich auf Abstand. Wenngleich er es schaffte, allein mit wenigen Blickkontakten zu flirten.

Maya Rosen, mit der sie sich den Job am Empfang teilte und Jax Walker, die einzige Polizistin im ISPD, waren zu ihren Konstanten geworden. Auch Monicas Freundin Sally und deren Freundin Jenna meldeten sich immer wieder und boten ihre Unterstützung an. Zwischenzeitlich hatten sie es bereits zweimal geschafft, sich auf einen schnellen Kaffee in Cindys Bäckerei zusammenzufinden. Sie mochte all diese Frauen und konnte sich vorstellen, dass sie gute Freundinnen werden würden, wenn sie es nicht schon waren.

Es war Freitagnachmittag, Mitte April. Monicas letzte Schicht in dieser Woche. Sie war nun bereits sechs Wochen im ISPD tätig und der Job machte ihr immer noch große Freude.

„Hi, Monica. Ich habe eben mit Jax und ein paar Kollegen die letzten Details für Leeanns Abschiedsparty nächste Woche abgesprochen. Du kommst doch, oder?"

„Hey, Maya. Na klar, das lasse ich mir doch nicht zweimal sagen. Auch wenn ich, ehrlich gesagt, froh bin, dass Leeann in den verdienten Ruhestand geht. Noch eine weitere Woche mit ihrem Hinweis, dass ich mir nicht alles aufschreiben muss, wäre meiner Gelassenheit nicht gut bekommen."

„Das hast du aber nett ausgedrückt. Aber ich kann dich absolut verstehen. Sie hat nie verstanden, dass nicht jeder nach ihrem Schema gearbeitet hat. Ich hatte Glück, dass wir kaum gemeinsam gearbeitet hatten, kann aber absolut nachempfinden, dass es schwierig sein muss, von ihr eingeschult zu werden."

„Ja, wobei es in Kürze durchgestanden ist. Wir haben nur noch einen Dienst kommende Woche zusammen und dann freue ich mich darauf, ihr alles Gute für ihre Zukunft zu wünschen." Jetzt konnte sie sich ein Lachen nicht verkneifen. Der Blick und die zur Decke ausgestreckte Faust von Maya, die einen Sieg signalisieren sollten, ließen ihr Herz aufgehen.

„Du sagst es!"

Kurz vor sechs steuerte Monica das Reggie's an. Das kleine Pub war mittlerweile ihr Stammlokal geworden. Ein freies Wochenende lag vor ihr, das sie nicht mit Kochen beginnen wollte. Daher beschloss sie, sich erst etwas Leckeres zu holen und anschließend in gemütlicher Kleidung auf der Couch zu entspannen.

Kaum hatte sie den Laden betreten, als ihr schon diverse angenehme Aromen und ein Stimmengewirr entgegenschlugen. Wie so oft waren einige Einwohner eingekehrt. Die jüngere Generation fand ihre Ablenkung in der Diskothek des Inns, die ältere genoss die entspannte Atmosphäre und das Essen hier.

Erst auf den zweiten Blick erkannte sie José, der an einem Zweiertisch im rückwärtigen Bereich saß und auf seinem Handy etwas las, während er ein Bier vor sich stehen hatte, an dem er nun nippte.

Sein Blick fand ihren, bevor sich Monica wegdrehen konnte, und er bedeutete ihr, auf dem zweiten Stuhl Platz zu nehmen. Kurz überlegte sie zu verneinen. Doch es schien an diesem Abend recht voll zu sein, was bedeutete, dass sie vermutlich eine gewisse Zeit auf ihre Bestellung warten musste. Weshalb das also nicht im Sitzen tun?

„Ich möchte dich nicht in deiner Freizeit stören", begann Monica, als sie sich Josés Tisch näherte.

„Du störst nicht, wenn ich dich einlade bei mir zu sitzen."

„Danke, aber ich möchte nur etwas zum Mitnehmen bestellen."

„Kein Problem. Du kannst die Wartezeit hier überbrücken."

„Sehr gerne." Sie setzte sich ihm gegenüber und blickte hinter sich, um die Bedienung auf sich aufmerksam zu machen.

„Hey, Lucy. Könntest du hier noch eine Bestellung aufnehmen?" José kam ihr zuvor, er kannte die Kellnerin mit Namen, wenn das mal nicht wieder bezeichnend war. Die Frauen schienen nicht an ihm vorbeizukommen.

„Willkommen im Reggie's, was darf ich dir bringen?"

„Hi, ich hätte gerne eine Portion Chili und etwas Brot dazu. Alles zum Mitnehmen, bitte."

„Gerne. Möchtest du etwas trinken, während du wartest?"

„Vielleicht ... eine Cola. Danke."

„Kommt sofort. Für dich noch etwas, José?" Ihr Zwinkern in seine Richtung ließ vermuten, wie gut sich die beiden kannten.

„Nicht nötig, Lucy. Danke." Sie nickte und war schon wieder unterwegs zur Theke.

„Kennst du sie gut?" Monicas Worte waren raus, bevor sie genauer darüber nachdenken konnte.

„Oh, du meinst Lucy? Ja, wir kennen uns schon sehr lange. Was in einer Kleinstadt wie dieser nicht allzu verwunderlich ist."

„Vermutlich." Innerlich trat sich Monica gegen ihr imaginäres Schienbein für die Frage. „Wartest du auch auf dein Essen, oder bist du schon fertig damit?" Sie musste wieder auf ungefährliches Terrain wechseln.

„Ich warte noch. Eigentlich hatte ich vor, es mitzunehmen. Aber es wäre doch schade, wenn wir beide allein zu Hause essen, wenn wir schon mal hier sind und genauso gut in Gesellschaft essen können."

„Oh, ich möchte dich keinesfalls aufhalten."

„Das tust du nicht. Oder ist es dir unangenehm, mit mir zu essen?"

„Natürlich nicht." Und schon hatte er sie aufs Glatteis geführt. Jetzt konnte sie unmöglich zurückrudern.

„Ach, Lucy. Wir essen doch beide hier. Könntest du es uns an den Tisch bringen?"

„Natürlich, kommt sofort." Die Kellnerin hatte genau den richtigen Moment gewählt, um Monicas Getränk zu bringen.

„Wie gefällt es dir in Idaho Springs?" Josés unverfängliche Frage sollte sie nicht so aus dem Konzept bringen.

„Gut, danke der Nachfrage. Ich fühle mich mit jedem Tag mehr angekommen, sofern das Sinn ergibt."

„Das tut es. Und es ist schön zu hören. Ah, da kommt auch schon unser Essen."

Lucy servierte ihnen die bestellten Speisen und verschwand gleich wieder in der Traube der Menschen, die um die Bar versammelt stand.

Sie aßen in trauter Schweigsamkeit, die Monica nicht als unangenehm empfand. Normalerweise war es nicht ihr bevorzugtes Kennenlernen, wenn man nebenbei etwas verzehrte. Es musste dann immer darauf geachtet werden wann man etwas fragte und meist kühlte das Essen aus, bevor man es genießen konnte. Zu antworten, während man kaute, war eine ebenso große Herausforderung, wie ständig mit der Hand vor dem Mund zu lächeln, um etwaige Reste, die zwischen den Zähnen hingen, zu verbergen.

In diesem Fall aber verhielt es sich jedoch richtig entspannt. Erst als sie nur noch wenig auf den Tellern hatten, begegnete sie Josés fragendem Blick.

„Wirst du kommende Woche bei Leeanns Abschied sein?"

„Ja, Maya hat mich bereits über die Details informiert. Und wenn ich ehrlich sein darf, freue ich mich, dass Leeann bald in ihren verdienten Ruhestand gehen kann. Sosehr ich ihre Geschichten über ihr Enkelkind mag, so soll ihr Privatleben in Zukunft auch genau das bleiben – nämlich privat."

„Ich habe schon mitbekommen, dass du Job und Privat gerne getrennt hältst."

„Soweit es mir möglich ist, ja. Natürlich verstehe ich mich gut mit Jax oder auch mit Maya. Ich bin sicher, dass wir auch mal außerhalb des ISPD etwas gemeinsam unternehmen werden, außer nur Kaffee zu trinken. Trotzdem oder gerade deshalb möchte ich Berufliches und Persönliches trennen. Es geht niemanden etwas an, was wir trinken, wo wir hingehen oder was man untereinander bespricht."

„Das kann ich nachvollziehen und da gebe ich dir absolut recht."

„Aber du hältst es für dich selbst nicht so, oder?"

„Nicht ganz so strikt, nein. Wenn man jahrelang zusammenarbeitet, ergeben sich Freundschaften, das ist unumgänglich. Und dann ist man eines Tages auf einer persönlichen Ebene, das kann man nicht verhindern. Sieh dir Michael und mich an. Wir sind seit fünf Jahren Partner und haben viele Dienste zusammen. Er kennt meine Familie, ich kenne seine. Wenn es ihm dann schlecht geht, frage ich natürlich nach, gebe Ratschläge so weit ich kann und versuche ihn zu unterstützen. Als mein Vorgesetzter und ranghöherer Sergeant hat er das Sagen im Einsatz. Das stelle ich wiederum nicht infrage. Man muss nur eine gewisse Flexibilität und ein Gespür dafür entwickeln."

„Ich verstehe was du meinst." Das konnte Monica tatsächlich. Natürlich war es für sie etwas anderes, da sie nur im Department und nicht im Außeneinsatz war. Wenn die Männer oder auch Jax auf der Straße waren, mussten sie einander vertrauen und sich blind aufeinander verlassen können, was weitaus leichter funktionierte, je besser man sich kannte.

Sie war begeistert wie einfach es war, sich mit José zu unterhalten. Ihre Haltung ihm gegenüber wurde lockerer. Seine Augen funkelten, wenn er über etwas sprach, das ihm viel bedeutete.

„Ah, hier bist du, José!" Rita stand plötzlich neben ihrem Tisch und legte ihre Hand an Josés Schulter. „Bist du fertig, können wir los? Hallo, Monica."

„Ähm, ja, mit essen sind wir durch. Wir können gleich los. Ich zahle beim Hinausgehen. Entschuldige das abrupte Ende, Monica."

„Kein Thema. Hi, Rita. Bis dann, ihr beiden." Monica versuchte sich nicht zu fühlen, als wäre sie eine heiße Kartoffel, die man eben fallen gelassen hatte. Sie musste definitiv anfangen, José als Kollegen zu sehen. Egal, wie hübsch seine Augen beim Erzählen leuchteten. Wie sanft seine Stimme klang, wenn er über seine Familie oder Freunde sprach und die Klangfarbe, die seinen kaum vorhandenen Dialekt gelegentlich herauskitzelte.

Sie schüttelte den Kopf und bedeutete Lucy, dass sie gerne zahlen wollte. Dann machte sie sich auf den Heimweg und begab sich, wie beinahe jeden Abend, auf die Couch. Ihre Liste auf Netflix wurde glücklicherweise kaum kürzer, da es immer wieder neue romantische Filme gab, die ihr den Abend versüßten.

Am darauffolgenden Wochenende stand Leeanns Abschiedsfeier an. Man hatte einen großen Raum im Idaho Springs Inn dafür reserviert, um die Mitarbeiter des Reviers und der Feuerwache samt Familien unterzubringen. Im Reggie's wäre es zwar zahlenmäßig ausgegangen, doch man hätte dafür einen Abend schließen müssen. Das wollte man vermeiden.

Die Familie Prescott hatte sich ins Zeug gelegt und den Raum hinter der Lobby, der sonst für größere Essenseinladungen oder auch als Aufenthaltsraum für Gäste diente, wunderschön dekoriert. In großen Lettern war „Wir werden dich vermissen, Leeann" zu lesen. Auf der Stirnseite war ein Buffet aufgebaut und diverse Stehtische füllten den Raum. In dem rund vier Meter hohen Zimmer war das Stimmengewirr der vielen Anwesenden akustisch überraschend leise.

Monica hatte es Anfang Januar noch weihnachtlich geschmückt zu Gesicht bekommen und es hatte ihr die Sprache verschlagen.

„Monica! Schön, dass du da bist." Maya nahm sie sofort in Beschlag. „Lass uns ein Gläschen Champagner für dich holen und sehen, wer es aller hierher geschafft hat." Monica folgte ihr bereitwillig.

Im Vorbeigehen erkannte sie sämtliche Mitglieder des ISPD, wie Michael und Lucas, Rick und Andrew, aber auch José und Jax. An weiteren Tischen konnte sie die Kollegen des Fire Department ausmachen. Noah und Mason standen mit Ethan und Ben beieinander. Zu guter Letzt erkannte sie auch Rita, Blake und Liam, die Sanitäter des Fire Department.

Rita hob grüßend die Hand, als sie sie entdeckte. Natürlich erwiderten sie und Maya den Gruß. Wenngleich es Monica weiterhin nicht ganz egal war, dass Rita so viel Zeit mit José verbrachte. Sie wollte gern wissen, was zwischen den beiden lief.

Gegen sieben Uhr abends waren alle anwesend, und Chief Kane ließ es sich nicht nehmen, eine kleine Abschiedsrede für Leeann zu halten. Unterstützt durch Zurufe der Kollegen, die für Erheiterung sorgten, ließ er keinen Zweifel daran, dass sie für ihren jahrelangen Dienst und ihre Persönlichkeit geschätzt wurde.

Leeann übernahm im Anschluss das Mikro und bedankte sich unter Tränen für die guten Wünsche und die großartige Rede des Chiefs. Ein brandender Applaus beendete die

Rührseligkeiten und Michaels Schwester Rose ließ Musik im Raum erklingen.

Die Gäste holten sich Leckereien vom Buffet, Getränke und stellten sich anschließend in kleinen Gruppen um die Stehtische, um sich zu unterhalten.

Monica hatte sich etwas abseits an einen Tisch gestellt, von dem sie einen wunderbaren Rundumblick hatte und beobachten konnte. Es entsprach ihrem antrainierten Naturell, nicht allzu sehr aufzufallen, obwohl sie als Kind extrovertiert gewesen war. Die Vergangenheit hatte sie geprägt.

Maya und Jax kamen mit ihren Tellern und Getränken auf sie zu und ließen sich an ihrem Tisch nieder. Die Gespräche florierten, die Speisen waren ausgezeichnet und die Getränke flossen, wenngleich kaum Alkohol ausgeschenkt wurde. Schließlich waren alle mit dem Auto gekommen.

Monica entschuldigte sich nach dem Essen kurz und suchte die Toiletten auf. Als sie aus der Kabine trat, hatte sie doch tatsächlich ein Lächeln auf den Lippen. Ja, der Abend gefiel ihr. Sie unterhielt sich gut. Die Tür öffnete sich und Rita kam in den Raum, als Monica ihre Hände wusch.

„Hey, Monica. Wir hatten heute noch gar keine Zeit, um miteinander zu quatschen. Zuletzt im Reggie's war ich leider echt in Eile. Aber José hat mir erzählt, dass ihr euch wunderbar unterhalten hattet. Er spricht sehr positiv von dir. Du bist ihm sympathisch."

„Danke, Rita. Das ist schön zu hören. Er ist mir ebenfalls sehr sympathisch."

„Keine Sorge, er hat mir von deiner strikten Trennung von Arbeit und Privat auf dem Nachhauseweg erzählt."

„Ah, verstehe." Obwohl sich Monica eher wunderte, dass Rita so offen mit ihr sprach. Möglicherweise führten die beiden eine offene oder besser gesagt, sehr ehrliche Beziehung? Oder aber sie war wirklich davon überzeugt, dass es aufgrund ihrer strikten Trennung zu keiner persönlichen Verwicklung kommen könnte.

„Sorry, aber ich muss echt mal für kleine Mädchen. Aber wenn es okay ist, komme ich anschließend an euren Tisch, dann können wir uns weiter unterhalten."

„Ja, gerne."

Nachdem sich Rita zu ihnen gesellt hatte, tauschten Maya, Jax und sie sich über sämtliche Anwesende aus. Die drei hatten die besten Einblicke in sämtliche Familien und den Dorfklatsch beider Departments. Es war für Monica großartig zu sehen, wie sie tickten und miteinander umgingen.

Eine Stunde später war Monica mit sämtlichen Erkenntnissen der Kleinstadtriege vertraut und suchte erneut die Toilette auf. Als sie diese wieder verließ, stieß sie gegen einen harten Männerkörper. Ein Blick nach oben zeigte ihr, dass es niemand Geringeres als José war, in den sie gelaufen war. Glücklicherweise war er so geistesgegenwärtig, sie an den Armen zu packen, damit sie nicht fallen konnte.

„Wohin so eilig, Schönheit?"

„Zurück zum Buffet, natürlich." Sie konnte sich ein Lächeln zu dieser kleinen, heiteren Aussage nicht verkneifen, nachdem sie sich zuletzt ebenfalls beim Essen getroffen hatten.

„Ah, ich sehe schon, man kann dich mit Köstlichkeiten bestechen. Das werde ich mir definitiv merken." Das Zwinkern, das er hinterherschob, ließ ihren Puls höherschlagen. „Darf ich dich begleiten? Oh, warte, du hast da etwas …" Der Abstand verringerte sich zusehends und Monicas Herzschlag kam ins Stolpern.

José ließ zart seinen Finger über ihr rechtes Lid streifen. Anschließend strich er mit dem Daumen behutsam über ihre Wange. Ohne es beeinflussen zu können, starrte sie ihn an und wünschte sich plötzlich, er würde den Abstand weiter verringern.

„Hier, wünsch dir was." Auf seiner Zeigefingerkuppe hielt er ihr eine Wimper entgegen. Sie schloss die Augen und pustete dann behutsam auf seinen Finger. Als sie die Augen wieder öffnete, war die Wimper weg und José starrte auf ihre Lippen. Wenn sie sich nun ein kleines Stück strecken würde, dann … nein, das könnte sie unmöglich tun.

„Wir sollten zurückgehen, José." Die Worte kamen weniger überzeugend und leiser, als sie sie gerne ausgesprochen hätte.

„Ich denke, du hast recht." Er machte einen Schritt zurück und ließ ihr den Vortritt. Seinen Blick konnte sie nicht deuten. Sie atmete tief durch und ging zurück zu ihrem Tisch. Währenddessen hatten einige die Party anscheinend bereits verlassen. Die Menge war überschaubar geworden. Vielleicht könnte sie das für sich nutzen und ebenfalls den Rückzug antreten, den sie im Moment nicht nur physisch dringend benötigte. Erneut hatte sich bestätigt, dass ihr José gefährlich nah kommen konnte.

Zu allem Überfluss beschloss er, sich neben ihr zu positionieren, als sie wieder an den Tisch zurückkehrten. Ihn so nah bei sich zu wissen, während Rita ihnen gegenüberstand, brachte ihren Verstand aus dem Konzept.

„Ich möchte nicht unhöflich sein, aber ich werde mich den anderen anschließen und den Abend beenden."

„Das trifft sich hervorragend. Wir wollten auch in Kürze aufbrechen. Sollen wir dich mitnehmen?" Rita grinste sie über den Tisch weg an.

„Oh, das ist sehr freundlich, aber ich möchte euch keine Umstände machen."

„Schon gut, wir müssen ans andere Ende der Stadt, somit kommen wir bestimmt auch bei dir vorbei. Das macht keine Umstände." Wenn Monica es nicht besser wüsste, müsste sie annehmen, dass Rita versuchte, sie länger in Josés Nähe zu wissen. Aber das war völliger Blödsinn.

„Und es macht euch bestimmt nichts aus?"

„Aber nein, wo denkst du hin? Sonst hätte ich es doch nicht angeboten. Oder José?"

„Sie hat recht, es macht uns nichts aus dich mitzunehmen." Den Blick, den er ihr zuwarf, konnte sie nicht deuten und verunsicherte Monica mehr als es ihr lieb war.

José war sich ihrer Unsicherheit nur allzu bewusst, konnte jedoch nicht verhindern, dass er sie niedlich fand, wie sie hier vor ihnen stand und versuchte die Dynamik zwischen ihm und Rita zu entschlüsseln. Er wollte sie nicht im Ungewissen lassen, doch Rita hatte ihm davon abgeraten, ihr Details zu erzählen. Sie hatte eine gute Menschenkenntnis und er würde sich ganz darauf verlassen.

Monica schleppte definitiv viel Gepäck mit sich herum und ließ sich ungern in die Karten schauen. Leider war ihr Pokerface kaum vorhanden. Die Berührung ihrer Haut, als er ihr die Wimper von der Wange holte, hatte ihren Pulsschlag dermaßen beschleunigt, dass er es an ihrer Halsbeuge sehen konnte. Und es war unwahrscheinlich, dass sie sich vor ihm gefürchtet hatte.

Sofern sie mehr von ihm wissen wollte und ihr Interesse an ihm größer würde, könnte er ihr immer noch die Wahrheit sagen. Bis dahin würde er sich Schweigen hüllen.

Nachdem sie sich verabschiedet und die Eingangshalle durchquert hatten, trafen sie auf Jax und Kane, die sich kurz vor dem Ausgang gegenüberstanden und wohl am liebsten ihre beiden Schädel gegeneinander geschlagen hätten.

„Was meinst du damit? Du kannst doch nicht ernsthaft davon ausgehen, dass ich das einfach so hinnehme?"

„Und was erwartest du jetzt von mir zu hören, Jax? Jedes Mal, wenn du eine Anordnung erhältst, stehen wir am gleichen Punkt und diskutieren, obwohl klar ist, dass ich nicht von meinem Standpunkt abrücken werde. Ich bin dein Vorgesetzter! Wann geht das endlich in deinen Dickschädel?" Kane hatte gegen Ende die Stimme erhoben.

Josés Räuspern unterbrach die beiden Streithähne dezent. „Sollen wir wieder gehen?" Die kleine Spitze konnte er sich nicht verkneifen.

„Nicht nötig. Wir sind hier fertig. Schönen Abend." Kane drehte am Absatz um und stiefelte in Richtung der Feier davon.

Jax stand ungerührt am Eingang und schien zu überlegen, ob sie sich geschlagen geben sollte. Doch dann schüttelte sie den Kopf und drehte sich der Gruppe zu, die immer noch inmitten der Hotellobby stand. „Das nenne ich dann mal ein fulminantes Ende dieser Veranstaltung. Schönen Abend, Leute." Sie schloss ihre Jacke und schlüpfte durch die Eingangstür, bevor noch jemand ein Wort verlieren konnte.

Kapitel 2

Bereits während der vergangenen Wochen war Monica vermehrt das schwierige Verhältnis zwischen Kane und Jax aufgefallen. Etwas verband die beiden unterschwellig. Was genau, das hatten sie vermutlich selbst bislang nicht herausgefunden.

Wobei es schon witzig war, ihren Streitgesprächen zu lauschen. Sie schafften es, einander binnen kurzer Zeit mit Nichtigkeiten auf die Palme zu bringen. Außerdem waren beide sehr starrsinnig, was den Lauschenden eine große Menge an Erheiterung einbrachte.

In diesem Moment standen sie sich gegenüber und diskutierten den neuesten Schichtplan für die erste Maiwoche. Jax beharrte darauf, dass sie an zwei Tagen Frühdienst benötigte, in denen Kane sie zur Nachtschicht eingetragen hatte. Kane wiederum war genervt, da zwei Kollegen krank waren und er dadurch nicht alles berücksichtigen konnte. Beide hielten an ihrem Standpunkt fest, steigerten sich hinein und wurden immer lauter.

Zumindest, bis Michael Prescott sich erbarmte und ihnen anbot, die entsprechenden

Schichten mit Jax zu tauschen. Sobald er sich eingemischt hatte, wurde den beiden erst bewusst, dass sie erneut zum Spektakel des ISPD geworden waren. Jax bedankte sich eilig und ging davon.

Kane strich sich in typischer Manier über seinen Kurzhaarschnitt und schüttelte den Kopf.

„Ich bin jetzt beinahe fünf Monate im Revier der Chief und muss mich tatsächlich fragen, ob das mit Jax ewig so weitergeht. Dieser verdammte Dickschädel lässt sich aber auch keinen Zentimeter abbringen. Vielen Dank, Michael, für das Entgegenkommen."

„Kein Ding, Chief. Jax und die anderen sind mir auch entgegengekommen, als man hinter Jenna her war. Es freut mich, wenn ich mich damit revanchieren kann."

Jax war genervt. Natürlich verstand sie, dass Chief Kane nicht auf sämtliche Gegebenheiten eingehen konnte, doch sie hatte diese Dienste bereits vor einem Monat beantragt. Woher sollte sie wissen, dass er das plötzlich nicht mehr am Schirm hatte oder abdecken konnte? Sie hatte sich immerhin bereit erklärt, in ihrem Trainingscenter – ihrem Dojo – Prüfungen abzunehmen. Es gab kaum etwas, das ihr so wichtig war, wie jungen Frauen beizubringen, auf ihre Umgebung zu achten, und sich notfalls selbst zu verteidigen. Und nun, so kurz vor Sommerbeginn, fiel es ihr noch schwerer, beim kleinsten Trigger nicht sofort gedanklich abzudriften.

Wie auf Kommando glitten ihre Gedanken zurück in die Vergangenheit. Jax stammte ursprünglich aus Gainesville, Florida. Im zarten Alter von neunzehn wurde sie dann ihres Leichtsinns und ihrer Gutgläubigkeit auf brutalste Weise beraubt. Ihre Freundin Nicole war ihr damals genommen worden, was ihr bis heute zusetzte.

„Hi, Jax. Können wir uns schon mal mit den Sprungschnüren aufwärmen?" Sie hatte kaum mitbekommen, dass die Mädchen der näheren Umgebung bereits umgezogen in der Garderobe standen, so vertieft war sie in ihre Gedanken gewesen.

„Ja, natürlich. Ich bin gleich wieder bei euch. Dann geht es los." Die heutige Einheit würde sich mit den Grundlagen des Kickboxens befassen.

Kane war sich nicht sicher, ob er mit der Stelle in Idaho Springs die richtige Wahl getroffen hatte. Nicht, dass er die Herausforderung scheuen würde, doch mit Jax Walker hatte man ihm eine lästige Laus in den Pelz gesetzt. Wie konnte ein Mensch allein nur so stur sein?

Die Schicht war glücklicherweise bereits vorbei und er lief zu Reggie's Pub, um eine Kleinigkeit zu essen. In einer Kleinstadt mit gerade mal knapp zweitausend Einwohnern, war die angebotene Tageskarte mit zwei warmen Hauptspeisen, verschiedenen Vorspeisen, kleinen Snacks, Suppen und Salaten gerne gesehen.

Während der Wintermonate waren einige Saisonarbeiter des nahen *Loveland-Skigebiets* im Idaho Springs Inn, sowie im Motel nahe der Interstate untergebracht. Im Sommer wiederum blieben diese Unterkünfte den Touristen und Angestellten der Goldmine vorbehalten. Der Goldrausch im neunzehnten Jahrhundert hatte auch vor Colorado nicht haltgemacht. Hier wurde in den Achtzehn-Sechzigerjahren Gold entdeckt und aufgrund der heißen Quellen, den *Indian Hot Springs,* wurde der Ort schlussendlich in Idaho Springs umbenannt.

Die Saisonarbeiter und Angestellten waren auch bei Reggie's gerne gesehen und erhielten auf jede fünfte Mahlzeit einen fünfzehnprozentigen Rabatt. So stellte er sicher, dass sie auch bei ihrem nächsten Aufenthalt wiederkamen.

„Hallo, Chief. Was darf es denn heute sein?" Reggie, der mit bürgerlichem Namen Reginald Jackson hieß, war ein Biker aus Leidenschaft, dessen Stimme klang, als hätte er zuvor mit einer Tasse rostiger Nägel gegurgelt. Durch seine beeindruckende Größe und muskulösen Körperbau wagte es niemand, ihn auch nur schief anzusehen.

„Hi, Reggie. Ich nehme eine doppelte Portion Chicken-Wings und einen großen Caesars Salat mit Shrimps. Zum Mitnehmen, bitte."

„Kommt sofort." Er gab die Bestellung an die Küche weiter, wischte den Tresen und füllte Bierkrüge am Zapfhahn, die eine junge Kellnerin an die entsprechenden Tische verteilte. Ihm entging nichts in diesem Pub und wer sich querstellte, wurde kurzerhand entfernt.

Mit seiner Bestellung in der Hand verließ er kurze Zeit später das Pub, um zu seinem Auto zu gehen. Eine Bewegung links von ihm ließ ihn innehalten. Erst auf den zweiten Blick erkannte er Jax, die aus einem Hauseingang trat. Ihre Aufmachung ließ darauf schließen, dass sie eine Trainingseinheit absolviert hatte oder es zumindest in Kürze tun würde. Sie schien etwas durch den Wind. Allerdings war Kane nicht sicher, ob er in dem Moment auf sie zugehen sollte, um Hilfe anzubieten oder er ein weiterer Störfaktor wäre.

Sie lehnte nun an der Hausmauer und holte tief Luft. Er konnte zehn tiefe Atemzüge zählen. Immer noch stand er am Ausgang des Pubs und beobachtete verstohlen diese attraktive Frau, die täglich mit ungeheurer Kraft andere antrieb. Doch in diesem Moment sah sie zerbrechlich aus, was seine Beschützerinstinkte Amok laufen ließ. Wie gerne würde er ihr die Last von den Schultern nehmen, die sie gerade zu erdrücken schien.

Doch bevor er noch überlegen konnte auf sie zuzugehen, verschwand sie wieder aus seinem Sichtfeld. Auf dem Weg zu seinem Wagen musste er daran denken, wie er sie zum ersten Mal beim Training im Gym des ISPD beobachtet hatte. Die Geschmeidigkeit, mit der sie ihre Bewegungen ausführte, der Schimmer ihrer Haut, der diese vom anstrengenden Training glänzen ließ und die Kraft, die in jedem Hieb und Tritt steckte, waren ihm im Gedächtnis geblieben. Jax' Roundhouse-Kick war legendär im Department.

Würde sie ihn nicht bei jeder Gelegenheit auf die Palme bringen und nicht seine Untergebene sein, wäre er versucht mehr in ihr zu sehen. Derzeit versuchte er es jedoch zu vermeiden, dass seine Gedanken in diese Richtung abschweiften. Wobei ihm ihr Starrsinn half. Spätestens wenn sie den Mund öffnete, wollte er ihr am liebsten ihren zarten Hals umdrehen.

Sein Weg führte ihn durch die Innenstadt und nördlich in die Anhöhen, die Idaho Springs umgaben. Er hatte durch Zufall eine Wohnmöglichkeit an der Virginia Canyon Road gefunden. Das bungalowartige Haus lag auf einer Anhöhe und hatte eine bodentiefe Fensterfront zur Straße hinaus. Etwas zurückgesetzt lag der Haupteingang und eine Doppelgarage schloss an diesen an.

Die hellgelbe Holzfassade und die weißen Fensterrahmen erweckten den Anschein, dass er ein fröhlicher Mensch wäre. Aber weit gefehlt. Er war nicht unbedingt von der geselligen Sorte. Kane war korrekt und er war fair. Vor allem seinen Mitarbeitern gegenüber. Doch er genoss die Einsamkeit und Ruhe in dem Teil der Kleinstadt. Seine Nachbarn waren erfreulicherweise nicht sonderlich aufdringlich.

Sein Grundstück umfasste ein paar hundert Quadratmeter gepflegter Rasen, an welchen sich die hier übliche Vegetation anschloss. Derzeit bereits in sattem grün, aber bislang nicht so saftig, wie sie im Sommer sein würde. Sobald er sein Haus betreten hatte, zog er in gewohnter Manier die blickdichten Vorhänge im Wohnzimmer zu, setzte sich auf die Couch, startete das Sportprogramm und machte sich über sein mitgebrachtes Abendessen her.

Die Arbeitswoche neigte sich dem Ende und Monica fühlte sich angekommen. Nach zwei Monaten hatte sie ihren Job im Griff und bereits nette Bekanntschaften, auch ein paar Freundschaften geknüpft. Als sie an diesem Abend zurück in ihr Apartment kam, hatte sie ein seltsames Gefühl. Sie konnte nicht festmachen, woran es genau lag, doch etwas fühlte sich nicht richtig an. Sie überprüfte die Fenster, die alle geschlossen waren, und auch in der Wohnung selbst war alles an seinem Platz. Niemand war im Schrank oder unter dem Bett.

Nachdem sie festgestellt hatte, dass alles seine Ordnung hatte, goss sie sich ein Glas Rum ein. Monicas Vater war aus Barbados in die Staaten eingewandert und hatte seine Liebe für Rum an sie weitergegeben. Bedauerlicherweise konnte auch diese Gemeinsamkeit das Auseinanderdriften der Familie nicht verhindern. Es war nun fünf Jahre her, dass sie ihre Familie zuletzt gesehen hatte. Und es tat immer noch weh.

Um sich nicht erneut in dunklen Gedanken zu verlieren, die nichts an der Gesamtsituation ändern würden, beschloss sie, sich an Sally zu wenden. Sie wusste, dass sie an diesem Freitagabend nichts vorhatte und ihr Lebensgefährte auf einer Fortbildung in Denver weilte.

MONICA: *Eine Chance, dass du heute Abend vorbeikommen möchtest?*
SALLY: *Klar, gibt es einen bestimmten Grund?*
MONICA: *Dunkle Gedanken. Habe mir eben ein Glas Rum genehmigt.*
SALLY: *Bin unterwegs. Bringe Snacks mit. Du suchst den Film aus. Gib mir zehn Minuten. xoxo*

Zehn Minuten waren eine Ewigkeit, wenn man nervös und unruhig alle paar Sekunden auf die Uhr sah. Ein weiteres Glas Rum wurde gefüllt, wobei sie sich verbot, es alleine zu trinken. Und mehr als zwei Gläser an einem Abend erlaubte sie sich schon lange nicht mehr. Sie würde die paar Minuten auf Sally warten und es dann genießen. In alte Muster zurückzufallen, stand nicht zur Debatte.

Das erlösende Läuten an ihrer Tür ließ Monica dennoch zusammenfahren. Ihre Angst bezwingend, machte sie sich auf den Weg, um zu öffnen. Allerdings ließ sie es sich nicht nehmen, erst durch den Türspion zu sehen, vor dem ihre Freundin mit einer randvollen Tüte stand und auf den Einlass wartete.

„Hey, meine Süße!", wurde sie stürmisch begrüßt, sobald die Türe offen stand.

„Hi, Sally. Wie jetzt … Snacks? Hast du den Supermarkt leer gekauft?"

„Nope, hatte ich alles zu Hause."

„Du bist der Hit. Setz dich, ich hole die Getränke dazu. Möchtest du Weißwein? Oder nimmst du auch ein Glas Rum?" Sally holte in der Zwischenzeit Chips, Gummibärchen, Schokodrops und Popcorn aus der Papiertasche.

„Ich nehme auch ein Glas Rum. Schließlich gibt es nirgendwo in der Gegend einen besseren Tropfen als bei dir."

„Das nehme ich als Kompliment."

„Das solltest du auch. Möchtest du mir jetzt erzählen, was los war?" Monica brachte die Gläser zum Couchtisch und setzte sich ihr zugewandt.

„Ganz ehrlich. Eigentlich gar nichts. Aber als ich heimkam, hatte ich wieder so ein Gefühl. Du kennst mich, Sally. Ich bin nicht verrückt. Ja, ich bin sensibel, was das anbelangt, aber meist hat es einen Grund, wenn mir mein Bauchgefühl etwas sagen will."

„Hast du dich hier schon jemandem anvertraut?"

„Nein. Ich möchte, solange es geht, all das dort lassen, wo es sein sollte ... nämlich in der Vergangenheit."

„Das kann ich verstehen. Dennoch bin ich der Meinung, wenn noch jemand Bescheid wüsste oder mehrere Leute es wissen, können wir dich bestmöglich unterstützen. Und desto schneller fällt es auf, wenn er hier auftaucht."

Bei Sallys Worten lief es Monica kalt über den Rücken. Das wäre das absolute Horrorszenario für sie. Nicht nur, dass alle sie schief ansehen würden, wenn sie die Wahrheit wüssten. Sie müsste wieder einmal fliehen und all das Gute zurücklassen, das sie sich hier aufgebaut hatte.

„Denk darüber nach, Monica. Vielleicht kannst du bei den Frauen beginnen. In zwei Wochen haben wir wieder einen Abend, den wir gemeinsam verbringen. Möglicherweise ergibt sich dabei ein Gespräch, sofern du dazu kommen möchtest."

„Das wäre wohl der totale Absturz für diesen Abend." Monica zwang sich ein Lächeln ins Gesicht.

„Nicht unbedingt. Aber es wäre der Grund für einen riesigen Kater am nächsten Morgen." Nun lächelten sie beide ehrlich. Monica schnappte die Fernbedienung und klickte durch das Menü von Netflix, um einen unterhaltsamen Film auszuwählen, der sie auf andere Gedanken bringen würde.

José hatte die Nachtschicht an diesem Freitagabend Mitte Mai. Derzeit war es noch ruhig und er konnte an seinem Schreibtisch im Büro die letzten Berichte fertigstellen. Wenngleich es in seiner Stadt kaum große Verbrechen gab, waren es die kleinen, die den meisten bürokratischen Aufwand einbrachten.

Während er die letzten Informationen in den Computer tippte, musste er an den Tag zurückdenken, an dem Monica ihnen das Fläschchen brachte, das sie in der Diskothek gefunden hatte. Soweit er sich erinnerte, hatten sie es nie analysieren lassen, da es bereits auf Monicas Testarmband angeschlagen hatte. Vielleicht sollten sie das noch nachholen, um alles korrekt ablegen zu können.

Der damalige Fall, in dem auf Umwegen auch der vorige Polizei-Chief verstrickt gewesen war, war abgeschlossen. Dennoch sollten sie genau aus diesem Grund alles hieb- und stichfest dokumentieren können. Dazu gehörte auch dieses Fläschchen, das sie auf die Spur des Barkeepers gebracht hatte, der anschließend Michaels neue Freundin als Geisel mit in die Berge nahm. Jenna war zu dem Zeitpunkt durch einige Katastrophen geschlittert. Schlussendlich aber bei Michael angekommen und bei ihm geblieben.

An manchen Tagen danach hatte José darüber zu sinnieren begonnen, ob er auch eines Tages seinen passenden Deckel finden würde. Wenn er aber Arianna so ansah, wusste er, dass er mit seinem derzeitigen Lebenswandel weit davon entfernt war. Ob er das gut fand? Diese Frage stellte er sich derzeit gar nicht.

Um seinen Gedanken nicht weiter nachhängen zu müssen, erhob er sich von seinem Stuhl und verließ das Büro in Richtung der Asservatenkammer. Bereits im zweiten Karton, der mit der entsprechenden Fallnummer beschriftet war, befand sich das Fläschchen in einem Beweisbeutel. Er nahm es aus dem Karton, vermerkte die Entnahme auf der dafür vorgesehenen Liste und nahm es mit zum Empfang.

Da er wusste, dass Monica am Wochenende freihatte, schrieb er Maya eine Nachricht.

Hey, Maya. Könntest du das Beweisstück bitte ans Labor in Denver senden? Sie sollen die Flüssigkeit, sowie alle darauf befindlichen Fingerabdrücke auswerten. Dann müssen wir das nicht von hier aus machen. Deren System ist einfach schneller. Danke Dir. José.

Er legte beides so, dass sie es am Morgen nicht übersehen konnte. Während der Nachtstunden war der Empfang nur durch die diensthabenden Polizisten besetzt. Die Notrufe und Alarmierung erfolgten über die nächstgelegenen Zentralen in Denver und Breckenridge.

Brittany Lowel saß in ihrem Chevrolet Cruze, den sie vor einem knappen Jahr zur Verlobung mit Sergeant Michael Prescott von ihren Eltern bekommen hatte. Es war schon witzig, wie sich das Leben änderte und man sich in manchen Dingen täuschen konnte.

Mit dem heutigen Wissen wäre sie den Avancen von Tommy Pitch mit Sicherheit nicht erlegen. Aber wer widerstand schon einem Musiker, der mit seiner Stimme Stahl schmelzen lassen konnte? Seine dunklen Augen hatten sie fixiert, während er einen Lovesong auf der kleinen Bühne in der Diskothek des Inns präsentiert hatte. Der dunkle Vollbart unterstrich seine markanten Züge und stand im krassen Gegensatz zu seinem kurzen Haar.

Nachdem Brit bereits seit der Highschool mit Michael zusammen gewesen war, sehnte sie sich nach Abwechslung. Sie hatte nie etwas anderes kennengelernt. Er war ihr Erster und Einziger gewesen. Nicht, dass sie sich je beschwert hätte. Michael bot ihr ein äußerst selbstbestimmtes Leben. Sie musste nicht arbeiten gehen, da er genug für sie beide verdiente. Vor zwei Jahren hatte er ein Haus gekauft, nachdem sie einige Jahre in einer kleineren Wohnung in der Nähe des Inns gewohnt hatten, das seinen Eltern gehörte.

Brit hatte ein abgeschlossenes Marketing-Studium, aber eine Karriere war ihr nie wichtig gewesen. Finanziell hatte sie einen Fonds ihrer Eltern in Aussicht, auf den sie zur Hochzeit vollen Zugriff erhalten sollte. Die Hochzeit, die nun nicht mehr stattfand. Zu sehr hatte ihr Tommy den Kopf verdreht. Michael war an diesem Abend im Dienst und sie war mit ihrer Freundin Molly aus gewesen. Noch etwas, das sie im Zusammenleben mit ihm vermisst hatte. Denn die Dienstzeiten eines Sergeants ließen kaum soziale Kontakte zu.

Zwei Cocktailgläser später fand sich Brit in einer dunklen Ecke, mit Tommys heißem Mund auf ihrem, wieder. Und wie dieser Mann küssen konnte. Verglichen mit ihrem Verlobten, der schon nicht schlecht war, war Tommys Zungenfertigkeit von einem anderen Stern. Wie musste dann erst der Sex mit so einem Hengst sein?

Diese Frage beantwortete sich zwei Tage später, als Tommy sie zu einer privaten Session in seinem Haus einlud. In das Haus, vor dem sie soeben parkte. Es lag in der Nähe der *Hot Springs*, der Thermalquelle, der Idaho Springs seinen Namen verdankte, etwas außerhalb des Ortes. Ein Ranch-Haus mit knapp fünfhundert

Quadratmetern Wohnfläche und einigen Hektar Land, das ein aufstrebender Musiker nun einmal für sein Seelenheil brauchte.

Ohne diese rosarote Brille sah Brit zum ersten Mal klar, wie sehr sie sich täuschen ließ. Und erneut bereute sie ihre Entscheidungen, die zu dem Tag geführt hatten, an dem sie beobachtete, wie Tommy mit dem Tourbus abgefahren war und sie hier zurückließ.

Kopfschüttelnd startete sie ihren Wagen und fuhr wieder nach Idaho Springs. Sie musste für heute Nacht eine ruhige Gegend suchen, in der sie parken konnte, ohne dass jemand sie entdeckte. Für gewöhnlich war es in der Nähe des Motels an der westlichen Ortsausfahrt knapp vor der Interstate etwas ruhiger. Doch in Kürze würden wieder vermehrt Saisonarbeiter in die Stadt kommen und vor allem dort nächtigen. Dann musste sie eine neue Ecke in der Stadt finden, in der sie aufgewachsen war, um in ihrem Auto ungesehen zu übernachten.

Brad Lancaster hatte sich selbst für diese Nacht eingeteilt. Es war ausgesprochen mild für Mitte Mai, wenngleich die nächtlichen Temperaturen weiterhin teilweise bis auf vier Grad plus sanken. Etwas lag in der Luft. Wenn Brad in den Jahren als Feuerwehrmann und nicht zuletzt in seiner jetzigen Aufgabe als Chief des Fire Department in Idaho Springs etwas gelernt hatte, dann, dass er sich immer auf sein Bauchgefühl verlassen konnte.

Er stand in seinem Büro im oberen Stockwerk der Feuerwache und beobachtete den dunklen Himmel. Kaum hatte er den Rauch in der Ferne ausgemacht, schrillte bereits die Sirene der Feuerwache.

„Feuer im Lagerhaus am Riverside Drive, hinter dem Motel an der Interstate." Hallte es durch die Lautsprecher der Halle. Die Information kam aus der Notrufzentrale, die mit dem ISPD und der Zentrale in Denver gekoppelt war.

„Los geht's Jungs! Aufsitzen." Brad schwang sich auf den Beifahrersitz und der Rest des Zuges nahm seine Plätze im Wagen ein.

Keine zehn Minuten später befanden sie sich vor dem brennenden Lagerhaus und versuchten festzustellen, was genau darin gelagert worden war. Denn es stand bereits eine geraume Zeit leer. Der Chief wollte seine Männer erst dann hineinschicken, wenn er mit Sicherheit wusste, dass kein Gefahrengut im Inneren zu finden war. Von außen wurde bereits gelöscht, was dem Feuer jedoch noch nichts anzuhaben schien.

Das Bauchgefühl von Brad verstärkte sich zunehmend. Es war irritierend und gefiel ihm kein bisschen. Als über die Zentrale in Denver die nötigen Informationen eingeholt worden waren und sie die Freigabe hatten, das Lagerhaus zu betreten, hatten sie das Feuer endlich einigermaßen unter Kontrolle gebracht.

„In Ordnung, Leute. Noah und Mason, ihr geht als Erste hinein. Ethan und Ben folgen euch im Abstand von zwei Minuten. Ich werde mit Alex von draußen weiter löschen."

„Aye, Chief!", kam einstimmig durch das Funkgerät.

Nachdem sichergestellt war, dass sich niemand im Gebäude befand, brachten sie den Brand relativ rasch unter Kontrolle. Mit dem offiziellen Brand-aus bestätigte Brad, dass sie das Feuer fertig gelöscht hatten. Die Spuren im Inneren ließen ihn jedoch kurz innehalten. Durch sein Studium der Strafjustiz mit Schwerpunkt Kriminologie und seiner Arbeit als Brandermittler, bevor er sich dazu entschlossen hatte, selbst im Einsatz dabei sein zu wollen, erkannte er das typische Muster eines Brandbeschleunigers im zentralen Teil der Halle. Der letzte gelegte Brand war aufgeklärt worden und der Brandstifter starb vor vier Monaten.

Was war hier los? In dieser Kleinstadt ereigneten sich in letzter Zeit eindeutig zu viele Unfälle. Er musste sich unbedingt mit seinen Freunden Sergeant Michael Prescott und Chief Kane Miller unterhalten. Dieser Ermittlung wollte er in jedem Fall beiwohnen.

Bevor sie das Gebiet verließen, teilten sie sich auf und überprüften die umstehenden leeren Gebäude zur Sicherheit. Eine Querstraße hinter der Lagerhalle nahe dem Motel entdeckte Brad ein geparktes Auto. An sich war das nichts Außergewöhnliches. In diesem allerdings schlief eine zierliche Blondine, die ihm leider nur allzu bekannt war. Und nicht im positiven Sinn. Sie war die Ex-Verlobte seines Freundes Michael.

Mit etwas Nachdruck klopfte er ans Fenster des Wagens. Sofort riss sie die Augen auf und fuhr im Sitz hoch. Seine Handbewegung deutete an, dass sie das Fenster herunterlassen sollte. Sie folgte seiner Aufforderung, wobei sie einen ertappten Eindruck machte.

„Brittany Lowel. Was in aller Welt tust du hier?" Eigentlich eine dumme Frage, angesichts der Tatsache, dass sie ein Kissen und eine Decke bei sich hatte.

„Ich, ähm … ich hatte Streit und wollte einfach ein wenig ausruhen, bevor ich … wieder nach Hause fahre."

„Dann hoffe ich, dass du dich genug ausruhen konntest. Ansonsten müsste ich Meldung ans ISPD machen."

„Nein, Chief, das ist nicht nötig. Ich fahre schon." Sie richtete ihren Sitz, startete den Wagen und fuhr davon. Es war ein seltsames Zusammentreffen. Die letzte Information, die er erhalten hatte, war, dass sie Michael für einen Musiker verlassen hatte. Auch eine Schwangerschaft war im Stadtgespräch aufgetaucht. Allerdings hatte ihm Michael erzählt, dass es bisher nicht sicher war, von wem sie denn nun schwanger war. Eine verworrene Geschichte, die ihn glücklicherweise nicht betraf und daher nichts anging.

Kapitel 3

Monica hatte die Sirenen der Feuerwehr gehört und wie so oft daraufhin keinen Schlaf mehr gefunden. Deshalb fand sie es für sinnvoller aufs Revier zu gehen, um zu sehen, ob man dort ihre Unterstützung gebrauchen konnte.

„Hey, José. Was ist denn los?"

„Hi, Monica. Ein Feuer im Lagerhaus am westlichen Ortsende. Was führt dich denn her?"

„Ich habe die Sirenen gehört und konnte nicht mehr schlafen. Was kann ich tun?"

„Du könntest den Funkverkehr übernehmen, während ich mit Denver abkläre, ob Gefahrstoffe involviert sind. Denn dann müssten sich unsere Jungs zurückziehen und die Gegend großräumig evakuieren."

„In Ordnung. Lass mich nur machen."

„Danke dir." Schon war er mit dem Headset wieder in ein Gespräch vertieft.

Es dauerte eine gefühlte Ewigkeit, bis das Brand-aus per Funk kam. Monica saß auf Nadeln. Das alles kam ihr nur zu bekannt vor. Dennoch wollte sie nicht gleich vom Schlimmsten ausgehen. Wer wusste schon, was der Auslöser gewesen war?

Das ungute Gefühl verstärkte sich, als Brad Lancaster in voller Montur durch die Tür des ISPD gestürmt kam. Seine Stimmung war ihm förmlich anzusehen, was seine sonst schon autoritäre Präsenz um eine dunkle Aura verstärkte. Der Feuerwehr-Chief war ein Bär von einem Mann. Dunkles kurzes Haar und ein kurz getrimmter Vollbart unterstrichen seine maskulinen Züge, während seine hellen Augen meist von Freundlichkeit strahlten. In diesem Moment jedoch versprühten sie Eiseskälte.

Es war der Moment, den Monica für sich wählen wollte, um sich zurückzuziehen, als Brad lautstark nach Michael Prescott rief und ihm mitteilte, dass sie ein Problem hätten. Monicas Finger begannen zu zittern, während ihre Handflächen schwitzten. Konnte das wahr sein? Wäre es möglich, dass sie so schnell gefunden wurde? Mit einer geflüsterten Floskel verabschiedete sie sich von José und machte sich auf den Weg nach Hause, wobei sie noch die Worte „Brandstifter" und „Ermittlungen" mitbekam.

Die restliche Nacht war an Schlaf nicht mehr zu denken. Zu Hause angekommen startete sie ihren Laptop und verfolgte die Nachrichten für die Orte ihrer Reiseroute, die sie nach Idaho Springs genommen hatte, um sämtliche Vorkommnisse zu überprüfen. Das hätte sie schon zuvor machen sollen. Sobald sie den ersten Verdacht gehegt hatte.

Der Tag kam schnell und mit ihm die Erkenntnis, dass sie nicht sicher sein konnte, ob ihr neuestes Versteck bereits kolportiert worden war. Sie musste unbedingt mit Sally sprechen. Sie würde den heutigen Frauenabend nutzen und sich Verbündete holen. Sally hatte recht. Je mehr Augen wachsam in der Stadt unterwegs waren, desto sicherer war sie.

José war Monicas Nervosität sofort aufgefallen. Denn dieses Wort hätte er nie mit ihr, mit der Souveränität, die sie sonst an den Tag legte, in Verbindung gebracht. Doch heute konnte er ihr ansehen, dass es ihr schwerfiel, stillzusitzen. Als dann auch noch Brad hereingestürmt kam, meinte er, sie würde vom Stuhl kippen. Sämtliche Farbe hatte ihre Haut verlassen und Schweißperlen waren an ihrer Oberlippe zu erkennen gewesen. Was auch immer sie beschäftigte, war nichts Gutes.

Die Frage war nur, wie er sich nun verhalten sollte. Sie hatte ihm in den vergangenen Wochen gezeigt, dass sie nicht bereit war, sich privat mit ihm einzulassen oder auszutauschen. Einzig mit Jax und Maya dürfte sie ein freundschaftliches Miteinander pflegen. Möglicherweise war das ein sicherer Weg. Er würde mit Jax sprechen. Wenn das nichts brachte, vielleicht beförderte die Auswertung des Fläschchens aus der Asservatenkammer etwas zutage und dann konnte er mit Kane darüber reden.

Aber er vertraute darauf, dass seine Kollegin eine Möglichkeit finden würde, ihr das Geheimnis zu entlocken oder ihr beizustehen. Je nachdem, was Monicas Verhalten zugrunde lag. Mit diesem Vorsatz steuerte er auf die Büroräume zu, in denen Brad mit Michael zusammenstand und ein hitziges Gespräch führte.

„Okay, was hab ich verpasst, Leute?" Beide Männer vor ihm verstummten, als sie merkten, dass sie nicht mehr alleine waren. „Was ist? Hab ich was ausgefressen?"

„Natürlich nicht, José. Aber wir müssen sichergehen, dass wir derzeit nicht allzu viele Menschen über die Erkenntnisse, die Brad mir eben mitgeteilt hat, informieren."

„Okay …", die lang gezogene Aussage zeigte, dass José mit dieser Aussage nichts anfangen konnte. Doch als Michael ihm zunickte, begann Brad von seinen Sichtungen in der Lagerhalle zu erzählen.

„Aber wir waren doch sicher, dass Nick unser Brandstifter beim Hotelbrand war. Oder nicht?"

„Ja, das sind wir. Und wir konnten es ihm aufgrund der gefundenen Beweise auch tatsächlich nachweisen. Der Grillanzünder in seiner Wohnung war eindeutig auch der Brandbeschleuniger im Hotel." Brad und Michael hatten penibel darauf geachtet, dass hier alles restlos aufgeklärt wurde und es keinen Interpretationsspielraum gab.

„Das heißt, ein neuer Mann hat das Parkett betreten? Oder denkt ihr, es gibt einen Nachahmungstäter?" José war sichtlich überrascht von der Wendung der Nacht.

„Ich befürchte, es gibt einen neuen Täter."

Es war wunderschön anzusehen, wie die Flammen des Feuers sich durch das Holz fraßen. Egal wie oft er dabei zusah, verlor der Anblick nie seinen Reiz. Und in jeder neuen Stadt war es wieder ein neuer Kick. Den richtigen Ort zu wählen, damit er lange zusehen konnte. Damit er nicht gleich ertappt wurde, aber dennoch genügend sah, um das weitere Vorgehen zu analysieren.

Schließlich war es essenziell für ihn, zu wissen, wie lange die Feuerwehr brauchte. Mit wie vielen Personen der Löschzug anrückte. Wer das Sagen hatte. All diese Informationen musste er bei erster Gelegenheit sammeln, damit er seine nächsten Schritte präzise setzen konnte.

Er wollte sein Werk endlich vollenden. Aber wie jedes gejagte Tier, musste er sie erst in Angst versetzen, um zu garantieren, dass ihr ein Fehler unterlief. Sonst wäre es schließlich keine gelungene Treibjagd. Aber das Ende, das würde er feierlich genießen.

Zunächst hatte er ihr gar nicht zugetraut, dass sie so lange durchhalten würde. Doch sie hatte ihn eines Besseren belehrt. Beinahe fünf Jahre war sie nun vor ihm auf der Flucht. Dabei hatte er sie immer wieder aufgespürt. Und dieses Mal, ja, dieses Mal würde sie ihm nicht wieder entkommen. Dieses Mal würde es ihr letztes Zusammentreffen sein. Er würde es endlich zu

Ende bringen, was er vor so vielen Jahren begonnen hatte.

Euphorie durchströmte ihn bei dem Gedanken, dass er ihr ein Ende setzen würde. Eines, bei dem die Flammen über ihren Körper züngeln würden. Er hatte noch ihre Schreie im Ohr. Dieses Mal würde sie schreien, bis ihr der Sauerstoff ausging. Der Sauerstoff, der die Flammen nährte.

Und er würde derjenige sein, der alles mit ansah. Die Kameras, die er in ihrem Apartment angebracht hatte, waren der Höhepunkt seiner bisherigen Arbeit. Eine davon versteckt in einem Rauchmelder. Denn genau auf diesen würde sie sich verlassen. Doch der Feuermelder würde kein Signal geben. Er musste es nur schaffen, dass sie nicht an der Kohlenmonoxidvergiftung schon starb. Sie musste durch die Flammen sterben.

Der Frauenabend kam schneller als Monica lieb war. Nach der vergangenen Nacht hatte sie lange hin und her überlegt, ob sie jemanden in ihre Vergangenheit einweihen sollte. Schlussendlich waren es Sallys Worte gewesen, die den Ausschlag dazu gegeben hatten. Und was bot sich mehr an, als ein Abend mit den Frauen, die Freundinnen am nächsten kamen? Als bei ein paar Gläschen Wein seine lange verborgenen Leichen auszugraben?

„Tut mir leid, Brit. Ich kann wirklich nichts tun." Das waren die ersten Worte, die Monica vernahm, als sie an diesem Abend mit Sally die

Diskothek des Inns betrat. Die Barkeeperin drehte sich eben um und bediente ihre Kundschaft weiter, während Brit ihre Tasche nahm und das Lokal verließ.

„Was war das denn?", wollte Sally wissen.

„Wer weiß, vielleicht wollte sie ihrem Musiker einen weiteren Auftritt hier verschaffen?", spekulierte Jax, die sich aus der Nische auf sie zubewegt hatte, um sie zu begrüßen. „Wir können Alice bei der nächsten Bestellung mal fragen. Und hier wären wir auch schon. Der beste Tisch, um die armen Loser auf der Tanzfläche und an der Bar abzuchecken."

„Hört, hört. Jax ist auf Krawall gebürstet." Jenna kicherte in der Sitzgruppe vor sich hin.

„Oh, Mann. Wie lange seid ihr schon hier? Hat sie etwa schon einen sitzen?" Sally stieß Jenna mit der Schulter an, als sie neben ihr Platz genommen hatte.

„Nur ein, zwei Gläschen. Ihr kommt gerade rechtzeitig vor der nächsten Runde." Maya umarmte Monica zur Begrüßung und hielt dann ihre leere Bierflasche hoch.

„Ja, ich gehe schon. Was nehmt ihr, Ladies?" Jax erhob sich, um die nächste Bestellung an der Bar zu ordern und sie zu bringen. Das machten sie, laut Sallys Erzählungen, reihum. So kam jeder mal dran und die Barkeeperin und die zwei Servierkräfte wurden dadurch entlastet.

Seit ein paar Wochen war die Diskothek des Inns wieder gut besucht, sodass Michaels Mutter, die Besitzerin, das Stammpersonal für die Wochenenden erhöht hatte. Freitags und samstags war nun mit ebendieser Besetzung zu rechnen, was sich gut bewährt hatte.

„Gerne ein Tonic für mich und ein Cola Whiskey für Sally. Oder?" Monica grinste Sally an, die nur mit dem Kopf bejahend nickte.

„Ich nehme noch ein Bier, bitte." Jax signalisierte Maya, dass sie auch dieses wahrgenommen hatte.

„Und ein Bacardi Cola für mich. Danke, Jax." Jennas Lächeln machte der Grinsekatze Konkurrenz.

„Kommt sofort, Ladies. Bin gleich wieder da. Erzählt keine schmutzigen Geheimnisse in meiner Abwesenheit!", rief Jax noch, als sie sich bereits auf die Bar zubewegte.

Monicas Blick schoss zu ihr und anschließend zu Sally. Hatte ihre Freundin bereits etwas läuten lassen?

„Ich habe nichts gesagt." Sofort, nachdem sie die Worte aus Sallys Mund gehört hatte, beruhigte sich ihr Puls augenblicklich. Doch der Schaden war schon angerichtet, denn die Augen von Maya und Jenna hatten die kleine Aktion mitbekommen und blieben nun auf ihr haften.

„Uh, ich denke, das könnte heute durchaus interessant werden." Jennas Worte machten deutlich, dass sie doch noch nicht so angeheitert war, wie zuvor angenommen.

„Immer langsam mit den jungen Pferden. Lasst uns mal ankommen und ein oder zwei Gläschen zu uns nehmen, bevor wir in die Tiefen der Keller abtauchen, um Leichen auszugraben." Sally zwinkerte ihnen zu und lehnte sich anschließend an die bequeme Polsterung zurück.

Was tue ich hier eigentlich? Monicas Hände begannen zu schwitzen. Sie rieb damit über die Jeans, die sie zu einem knappen asymmetrischen Top angezogen hatte. Es war sexy und verbarg ihre Narben. Doch emotional fühlte sie sich im Moment mehr als nackt.

„Hey, alles mit der Ruhe. Du erzählst nur, wenn du das möchtest und auch dann nur, was und so viel du willst. Alles zu deinen Bedingungen. Wie wir es besprochen hatten. Wenn du deine Meinung änderst, ist das auch okay." Ihre Freundin war ein wandelnder Empath. Es war unglaublich, wie genau sie auf jede noch so subtile Regung ihrerseits reagierte. Ja, sie kannten sich schon einige Jahre und hatten auch viel zusammen erlebt. Trotzdem erstaunte es Monica immer wieder, wie greifbar ihre Emotionen für Sally waren.

„Hier bin ich! Was habe ich verpasst?" Jax stellte ein rundes Tablett mit Getränken in die Mitte des Tisches.

Es war eindeutig ein Fehler gewesen, hierherzukommen, um nach einem Job zu fragen. Alice war deutlich gewesen. Was hatte sie sich nur dabei gedacht? Auch wenn die Barkeeperin einverstanden gewesen wäre, Michaels Eltern wären es bestimmt nicht. Sie sollte endlich beginnen, auch das Rundherum einzukalkulieren. Sie benötigte dringend einen Job, denn langsam ging ihr das Geld aus. Zusätzlich benötigte sie eine

Krankenversicherung. Ein Dach über dem Kopf konnte noch etwas warten. Das würde sie erst benötigen, wenn das Baby da war. Denn sie konnte mit einem Säugling kaum im Auto schlafen, wie sie es derzeit tat.

Vor ein paar Monaten war ihre größte Sorge gewesen, dass ihr Verlobter zu wenig für sie da war. Nun stand sie vor einem Scherbenhaufen und musste anfangen zu kämpfen. Vor ein paar Wochen hatte Brit all ihren Mut zusammengenommen und den Vaterschaftstest machen lassen. Inzwischen hatte sie das Ergebnis. Natürlich war es nicht Michaels Kind. Die einzig kluge Entscheidung traf sie, als ihr Tommy eröffnet hatte, dass er nichts mit dem Kind zu tun haben wollte.

Sie hatte es sich schriftlich geben lassen, dass er auf seine Rechte als Kindsvater verzichtete und ihr eine Abfindung in Höhe von fünfhunderttausend Dollar zahlte, die dem Kind die ersten Jahre und eine gute Schulausbildung sichern sollten. Zusätzlich würde sie in den nächsten fünf Jahren jährlich weitere hunderttausend Dollar bekommen, damit auch eine Collegeausbildung finanziert werden konnte. Alles Weitere würde Brit übernehmen müssen.

Geistesgegenwärtig hatte sie das Schreiben in Tommys Beisein notariell beglaubigen lassen, bevor er zu seiner Tournee aufgebrochen war und die erste Zahlung in Form eines Treuhandfonds für ihr Kind angelegt. Somit war sichergestellt, dass nur das Kind Zugriff haben sollte. Natürlich war sie derzeit noch zeichnungsberechtigt, was sich aber mit dem achtzehnten Geburtstag des Kindes ändern würde.

Während ihre Gedanken kreisten, fand sie sich vor der Lagerhalle, die in der vergangenen Nacht gebrannt hatte, wieder. In dieser Nacht sollte niemand bemerken, dass sie hier war. Wie hoch war schließlich die Möglichkeit, dass es hier erneut brannte?

Um jedoch sicherzustellen, dass nicht wieder jemand an ihr Fenster klopfte während sie schlief, schnappte sie ihren Schlafsack, eine Matte und ihr Kissen und machte sich auf den Weg über die Straße in das leer stehende Gebäude hinter der Lagerhalle. Es war traurig, dass es so viel Leerstand in Idaho Springs gab. Doch letztlich hatte man die Goldadern ausgeschöpft und nun waren es nur noch Touristen und Saisonarbeiter, die sich hierher verirrten. Große Firmen waren schon vor langer Zeit abgewandert.

Das machte auch ihre derzeitige Situation so schwierig. Sie hatte schon mit dem Gedanken gespielt, nach Denver oder Boulder zu gehen. In einer größeren Stadt würde sie schneller Arbeit finden und könnte untertauchen. Das Getuschel würde verstummen. Aber andererseits wäre sie in einer Großstadt auch nur eine Nummer. Obwohl sie hier derzeit keinen hohen Stellenwert hatte, kannte man sie. Und Brit kannte die Menschen hier. Sie war hier aufgewachsen. Es war ihre Heimat.

Der nächste Gedanke brachte sie wieder zurück zu ihrem Baby. In nicht allzu langer Zeit müsste sie Michael die Wahrheit sagen. Er wusste bisher nicht, dass er nicht der Vater des

Kindes war, wenngleich er es von Beginn an vermutet hatte.

Im rückwärtigen Bereich des Gebäudes gab es ein Containerbüro. Brit inspizierte die Gegebenheiten und beschloss, es sich in dem Büro für die Nacht gemütlich zu machen. Sofern man am Boden überhaupt schlafen konnte, würde sie von gemütlich weit entfernt sein. Aber es war trocken und mit der Isoliermatte und dem Schlafsack würde sie nicht frieren müssen.

Brad machte es zwar nichts aus, in seiner Freizeit zu Bränden zu recherchieren. Dennoch wäre es ihm lieber gewesen, er müsste es gar nicht erst. Doch das Feuer der vergangenen Nacht ließ seine Alarmglocken schrillen.

Etwas lag da im Argen. Er konnte es nur bis jetzt nicht greifen. Es würde sich erst allmählich zeigen. Das tat es schließlich immer. Um sicherzugehen, dass nichts übersehen wurde, machte er sich erneut in die Lagerhalle auf. Ausgerüstet mit einer Fotokamera und in seiner vollen Montur, um vor herabfallenden Trümmern geschützt zu sein. Die Halle war am Nachmittag von Statikern für die Untersuchung freigegeben worden. Dennoch konnten sich Kleinteile aus Balken oder der Decke lösen, sobald das Löschwasser abgetrocknet war. Es handelte sich immerhin um alte Lagerhallen, deren Grundgerüst und die Hauptelemente aus Holz gefertigt waren.

Beim Betreten der Halle hatte er sofort den beißenden Geruch nach verbranntem, nassem Holz in der Nase. In konzentrischen Kreisen bewegte er sich durch die Räume, fotografierte aus verschiedenen Blickwinkeln und nahm Proben der Rückstände auf dem Boden. In einem zentral gelegenen Bereich fand er dann die für Brandstiftung typischen Muster an der Verkleidung. Von hier aus begann er nun, dem Brand nachzugehen.

Bedauerlicherweise konnte er vor Ort keine konkrete Substanz ausmachen und hatte auch keine Möglichkeit der Auswertung. Die Proben würde er dem Brandermittler zugängig machen und hoffte, anschließend Auswertungen zu erhalten. Seine Kontakte nach Denver waren bereits vor einiger Zeit eingeschlafen.

Zu jener Zeit meinte er noch alle Fäden in der Hand zu halten. Sein Schicksal lenken zu können. Wie falsch er doch gelegen hatte. Obwohl er die Zeit mit Jessica nie bereut hatte, gab es ihm dennoch immer wieder einen Stich, sobald er auch nur an ihren Namen dachte.

Kopfschütteln zwang er sich, wieder an die Arbeit zu gehen. Seine Zeit hier war begrenzt. In Absprache mit dem Brandermittler aus Denver durfte er vorab Information sammeln, bevor dieser eintreffen würde. Allerdings hoffte er, ihm bereits einige Informationen zukommen lassen zu können. Schlussendlich war das einmal sein Job gewesen.

Zwei Stunden später entschied er, dass er hinreichend Material und Fotos gesammelt hatte, um für den Verdacht der Brandstiftung genügend

Beweise zu haben. Er verließ das Lagerhaus und entdeckte kurz darauf den Wagen, der ihm aus der vorangegangenen Nacht noch in Erinnerung geblieben war.

Brits Auto stand am gegenüberliegenden Straßenrand. Als Brad davorstand, erkannte er, dass sie nicht im Wagen war. Aber was zur Hölle, wollte sie in dieser Gegend? Hier gab es nur das Motel und leer stehende Gebäude ringsum. Er würde sie definitiv bei nächster Gelegenheit dazu befragen.

Monica nahm all ihren Mut zusammen, um den Frauen, die sie an diesem Tisch umgaben und die in den vergangenen Wochen zu ihren Freundinnen geworden waren, ihre Geschichte zu erzählen. Sie hasste Situationen wie diese. Immer wenn sie sich erklären musste, hatte sie das Gefühl, auf ganzer Linie versagt zu haben.

„Hört mal, ich möchte nicht, dass ihr das falsch versteht. Ich habe mich mit Sally besprochen, die meine Geschichte bereits kennt, und sie war überzeugt, dass es vernünftig wäre, euch reinen Wein einzuschenken. Wenn ich fertig bin, könnt ihr mir sagen, ob ihr denkt, dass ich überreagiere."

„Das tust du nicht, Monica. Ich kenne dich und wenn dein Bauchgefühl sagt, da ist was im Busch, dann hattest du bisher stets recht."

„Was ist los, Monica? Benötigst du unsere Unterstützung?" Jax griff ihre Hand über den Tisch.

„Wir sind für dich da, erzähl einfach." Auch Jenna zeigte ihre volle Aufmerksamkeit. Mayas Blick verriet, dass auch sie ihr ohne Vorurteile zuhören würde.

„Also schön. Alles begann vor etwa fünf Jahren. Ich war damals noch auf der FSU, der Florida State University, und habe dort Medizin studiert. Nach meinem ersten Jahr habe ich Jimmy kennengelernt. Er war Tutor und ging ins letzte Jahr seines Psychologiestudiums. Er wurde von allen Kommilitonen bewundert. Als er mir dann den Hof machte, war ich ihm relativ schnell verfallen. Anfangs war er auch wirklich zuvorkommend, zärtlich und verständnisvoll. Doch nach ein paar Monaten änderte sich sein Verhalten sukzessive.

Was ich erst später mitbekam war, dass er alle Menschen auf dem Campus für seine Studien der Psychologie als Versuchskaninchen ansah. Je besser er sie kannte, desto mehr konnte er sie beeinflussen. Aber, wie heißt es so schön, hinterher ist man immer schlauer.

An jenem verhängnisvollen Abend waren wir bei einem Lagerfeuer am Strand. Ich hatte nie ein Problem damit, wenn wir mit seinen Freunden unterwegs waren. Die meisten behandelten mich mit Respekt. Einer jedoch hatte etwas an sich, das ich nur schwer in Worte fassen kann. Selbst nach so langer Zeit. Sein Blick war dunkel und eisig. Ich werde seine Augen wohl nie vergessen." Monica nahm einen großen Schluck ihres Getränkes und atmete zweimal tief durch, bevor sie weitererzählte.

„Jimmy meinte nach ein paar Stunden, dass wir uns ein wenig abseits vergnügen könnten. Ich war so naiv. Natürlich bin ich mit ihm mitgegangen, in der Annahme, er meinte nur uns beide. Wir haben uns geküsst. Doch als er den Kuss beendet hatte, wurde ich plötzlich von zwei seiner Freunde gepackt und festgehalten. Ich weiß noch, wie ich mich gewehrt habe. Die Angst, die mich verzweifeln ließ, als man mich mit Benzin übergoss. Die Blicke, die mir der düstere Kerl zuwarf, als er Jimmy etwas ins Ohr geflüstert hat. Ich weiß nicht, was es war, aber plötzlich schnappte das Benzinfeuerzeug auf, das er immer bei sich trug. Die Reibung entfachte die Flamme und die kleine Bewegung auf mich zu reichte aus, um mich in Brand zu setzen.

Ich weiß noch, wie sich das Feuer unbarmherzig meinen rechten Arm hinauf brannte. Der Schmerz nahm mir den Atem. Die beiden, die mich festgehalten hatten, sprangen zurück, als die Flammen hochschnellten. Und ich schaffte es zu schreien. Dann fiel ich zu Boden und wälzte mich im Sand, um die Flammen zu ersticken.

Ich kann mich immer noch an die fürchterlichen Schmerzen erinnern, bevor ich ohnmächtig wurde." Monica schloss ihre Erzählung vorerst. Sie trank ihr Glas aus und wusste, sie würde etwas Härteres benötigen, um zu erzählen, wie es weiter gegangen war. Und was der Grund war, aus dem sie all dies erzählte.

„Wow, das ist tatsächlich heftig. Ich kümmere mich um die nächste Runde. So wie ich das sehe, werden wir alle noch ein Glas benötigen. Was möchtest du, Monica?"

„Ich nehme bitte ein Gin Tonic." Maya schnappte sich das Tablett und steuerte damit die Bar an. Es war Monica ganz recht, dass sie ein paar Minuten dadurch gewonnen hatte, um sich wieder zu sammeln. In der Zeit danach hatte sie versucht, die Erlebnisse mit einem Psychologen aufzuarbeiten. Aber zur Gänze war ihr das nie gelungen.

Als Maya mit den Getränken zurückkam, wappnete sich Monica innerlich dafür, auch die weiteren Details mit ihren neuen Freundinnen zu teilen. Instinktiv wusste sie, dass es ihr anschließend besser gehen würde. Doch die Angst davor, wie bereits in der Vergangenheit von Menschen verurteilt zu werden, von denen man es nicht erwartet hätte, fraß sie beinahe auf.

„Ich habe die darauffolgenden zwei Monate im Krankenhaus verbracht und einige Operationen über mich ergehen lassen müssen. Schlussendlich konnte man nicht mehr machen, als das Endergebnis, das ich heute noch trage. Die Polizei nahm meine Aussage auf und verhörte die Gruppe. Allerdings stand Aussage gegen Aussage. Denn die Männer behaupteten, ich hätte zu viel getrunken und wäre ins Lagerfeuer gestolpert.

Man hätte mich sofort herausgezogen und die Flammen gelöscht. Auf die Nachfrage, wo sie denn gewesen wären als ich gefunden wurde, meinten sie ernsthaft, sie wären unterwegs gewesen, um Hilfe zu holen. Ein Mitstudent fand mich damals und hat die Rettungskette in Gang gesetzt. Wir hatten danach noch zeitweilig Kontakt.

Glücklicherweise hatte man mir im Krankenhaus sofort Blut abgenommen, womit ich belegen konnte, dass ich nüchtern war. Jimmy wurde zu einem psychiatrischen Gutachten verpflichtet. Allerdings hat mir die gerichtlich beeidete sachverständige Psychiaterin einen Strick daraus gedreht und behauptet, dass ich ihn manipuliert und das Ganze inszeniert hatte, da er sich angeblich von mir trennen wollte."

Nun fielen bei Monica die ersten Tränen, denn die Erinnerung, wie ihre Eltern auf diese Aussage reagiert hatten, riss die seelische Wunde erneut auf. Sally wusste, wie es in ihr aussah und nahm sie wortlos in den Arm, bis sie sich so weit beruhigt hatte, um auch die letzte Information zu teilen.

„Der Vorfall wurde als Unfall abgetan. Meine Eltern glaubten der Psychiaterin und haben fortan den Kontakt zu mir abgebrochen. Ich habe mein Studium sausen lassen und bin nach Pittsburgh, Pennsylvania gegangen, um dort eine Ausbildung als Notruf-Disponentin anzutreten. Ich wollte schließlich immer noch meine, leider nur rudimentären, medizinischen Kenntnisse einsetzen und vor allem Menschen helfen. Nebenbei habe ich immer in Bars gejobbt, um mir die Ausbildung und das Leben leisten zu können."

So weit, so gut. Jetzt musste sie allerdings noch den Part erzählen, der ihr am meisten zusetzte. Jax beobachtete sie aufmerksam, was ihr ein wenig Unbehagen bereitete. Doch sie hatte es Sally versprochen, und sie würde nicht kneifen.

„Eine heftige Geschichte." Maya durchbrach die sich ausbreitende Stille am Tisch, bevor Monica fortfahren konnte.

„Und sie ist noch immer nicht zu Ende ... ", ergänzte Sally.

„Das ist bedauerlicherweise wahr. Sally und ich haben uns in dieser Zeit kennengelernt. Sie war meine Nachbarin. Daher hat sie die restliche Geschichte live miterlebt. Nach eineinhalb Jahren in Pittsburgh begann eine Zeit, in der ich tatsächlich anfing, an meinem Verstand zu zweifeln. Es waren zuerst Kleinigkeiten, wie eine offene Schranktüre, Dinge, die sich plötzlich an anderer Stelle wiederfanden oder auch mal Kleidungsstücke, die ich nicht mehr aufgefunden habe.

Es war ein Abend im Dezember. Ich war bei Sally geblieben, da wir uns gut unterhalten hatten. Es war nicht mal halb elf, als plötzlich sämtliche Sirenen im Haus losgingen. Meine Wohnung stand in Flammen." Die Kälte, die Monica nun erfasste und die Gänsehaut, die sich daraufhin auf ihrem Körper ausbreitete, würde auch durch den Alkohol nicht weggehen. Das tat sie nie. Es war nicht das erste Mal, dass sie sie versuchte zu vertreiben.

„Was war passiert? Warum brach der Brand aus?" Ganz die Polizistin, wollte Jax der Sache auf den Grund gehen.

„Die Versicherung meinte, es wäre durch einen undichten Gashahn geschehen. Ich bekam eine kleine Abfindung für sämtliches Hab und Gut, das sich in der Wohnung befunden hatte. Sobald meine Papiere ersetzt worden waren, habe ich die Stadt verlassen. Danach bin ich nach Cleveland, Ohio, weitergezogen. Es hat kein ganzes Jahr gedauert, bis sich auch dort seltsame Dinge häuften. Ein Brandstifter trieb in der Stadt sein Unwesen. Und zwei Wochen nach meinem Auszug brannte auch diese Wohnung ab. Ich konnte glücklicherweise bereits ein Alibi vorlegen, denn die Polizei hat sich bei mir danach erkundigt.

Ein weiteres Jahr später, das ich in Chicago, Illinois verbracht hatte, ging es auch dort los. Ich wusste, dass Sally hierhergezogen war. Also dachte ich, ich hole mir meine Freundin wieder zurück. Um ehrlich zu sein, bin ich es leid, allein zu kämpfen."

Die Runde am Tisch schwieg einen Moment. Diese Informationsflut hatte niemand erwartet und musste wohl erst mal verdaut werden.

„Es tut mir ehrlich leid, was dir bisher passiert ist, Monica." Maya griff ihre Hand und drückte sie, um ihre Aussage zu unterstreichen.

„Ja, wirklich heftig. Aber eins ist sicher, hier wirst du keinesfalls allein kämpfen." Auch Jenna war sofort bereit zu unterstützen. Schließlich war sie in jüngster Vergangenheit ebenfalls auf Hilfe angewiesen gewesen.

„Natürlich sind wir für dich da, Monica. Aber es würde mich dennoch interessieren, warum du uns das gerade jetzt erzählst?" Jax Blick war intensiv, als würde sie in ihre Seele schauen wollen.

„Tja, Jax. Ich befürchte, es geht wieder los."

Brit erwachte durch ein Geräusch. Sie versuchte, ihren Puls wieder unter Kontrolle zu bringen und das Rauschen des Blutes in ihren Ohren auszublenden. Ein paar tiefe Atemzüge später war ihr Puls wieder ruhiger und sie konnte die Umgebung wieder klarer wahrnehmen. Ein erneutes Knarren ertönte und Brit war sicher, sie war nicht mehr allein im Lagerhaus.

So leise wie möglich erhob sie sich von ihrer provisorischen Schlafstätte und versteckte alles unter dem Schreibtisch, der in der rechten Ecke des Containers stand. Dann bewegte sie sich vorsichtig auf das Fenster zu, um den Eindringling sehen zu können. Es dauerte ein paar Sekunden, bevor sie in der Halle eine Bewegung ausmachen konnte. Eine große Gestalt bewegte sich inmitten der Halle. Durch das einfallende Licht der Straßenlaternen konnte sie die Person immer deutlicher ausmachen.

Das war definitiv kein Landstreicher. Es war ein Mann. Er trug dunkle Kleidung, eine dicke Jacke und hatte eine Mütze auf dem Kopf. Ein Laserstrahl blitzte in der Dunkelheit auf und zeigte von seinem Standort in die gegenüberliegende Ecke. Wenn Brit raten müsste, würde sie davon ausgehen, dass derjenige Maß nahm. Doch weshalb machte er das mitten in der Nacht? Ohne Licht?

Das alles kam ihr sehr seltsam vor, und sie beschloss vorerst zu beobachten. Möglicherweise konnte sie erkennen, was er vorhatte. Ja, vielleicht erhaschte sie sogar einen guten Blick auf ihn. Wenn es jemand von hier war, sollte sie schleunigst herausfinden, was es mit der Ausmessaktion auf sich hatte. Sollte das Lagerhaus übernommen oder umgebaut werden, dann könnte sie es zukünftig nicht mehr nutzen. Somit war die Information für sie nicht außer Acht zu lassen.

Je mehr Maße genommen wurden, desto mulmiger war Brit zumute. Weshalb vermaß er die Säulen selbst? Wobei, vielleicht wollte man sie als Highlight herausheben und mit LED-Licht umwickeln. Dann wäre es bestimmt sinnvoll, die Maße zu haben.

Nach etwas über einer Stunde verschwand der Mann wieder durch den Nebeneingang, durch den er zuvor vermutlich gekommen war. Die Türangeln knarrten und die Tür fiel laut ins Schloss. Das musste auch das Geräusch gewesen sein, das sie geweckt hatte.

Da sich nun alles wieder beruhigt hatte, kramte sie ihr provisorisches Nachtlager abermals unter dem Schreibtisch hervor und legte sich schlafen, um noch ein paar Stunden Ruhe zu bekommen, bevor die Sonne aufging. Denn am nächsten Tag musste sie Nägel mit Köpfen machen. Sie brauchte einen Job und sie musste Michael reinen Wein einschenken. Er verdiente die Wahrheit. Möglicherweise würde sich, nachdem sich diese Information herumgesprochen hatte, doch noch jemand dazu herablassen, sie einzustellen. Wenn nicht, dann würde sie in Kürze die Stadt verlassen müssen.

Sie wollte keinesfalls an das Geld, das sie für ihr Kind zur Seite gelegt hatte.

Kapitel 4

Brit hatte einen Bärenhunger, sobald sie die Augen aufschlug. Der kurze Nachtschreck und die Beobachtung hatten ihren Stoffwechsel durcheinander gebracht. Nun verlangte es ihr und ihrem Baby nach einem großen Frühstück. Der nächste Gedanke, der ihr kam, war, dass sie keine morgendliche Übelkeit verspürte. Zum ersten Mal seit gut vierzehn Wochen war ihr bei der Fantasie eines großen, zuckrigen Donuts oder einer mit Zuckerguss verzierten Zimtschnecke nicht gleich das Abendessen hochgekommen.

Möglicherweise lag es aber auch daran, dass sie nach dem unrühmlichen Abgang aus der Diskothek des Inns gar nicht mehr über ein Abendessen nachgedacht hatte. Sie musste unbedingt mehr auf sich achten. Schließlich wuchs da ein kleiner Mensch in ihr heran, der nichts für die Fehler und unüberlegten Taten seiner Mutter konnte.

Sie packte ihre Übernachtungsutensilien zusammen und machte sich auf den Weg zu ihrem Auto. Vorsichtig beobachtete sie zuerst die Umgebung, bevor sie aus der Lagerhalle trat.

Auch auf den paar hundert Metern zu ihrem Fahrzeug, ließ sie ihren Blick immer wieder die Straße auf und ab gleiten. Schließlich wollte sie ihre private Misere so lange wie möglich für sich behalten. Aber nun war es Zeit für ein kräftiges Frühstück in Cindys *Miners Bakery* an der Hauptstraße.

Im Auto hatte sie sich die Haare gebürstet und kurze Katzenwäsche betrieben. Zähne putzen würde sie dann in der Bäckerei, solange sie auf ihre Bestellung wartete. Diese Utensilien hatte sie seit Wochen in ihrer Handtasche. Seit sie wusste, wer der Vater ihres Kindes war und seit dieser beschlossen hatte, dass ihm ein Kind nicht in seine Karriere passte. Ihre Aussprache darüber, wie er sich das weitere Vorgehen vorstellte, war kurz und knapp gewesen. Sie hatten die Papiere beim Notar beglaubigen lassen und tags darauf war er abgereist.

Seit jener Woche schlief sie in ihrem Wagen oder in der näheren Umgebung. Sollten ihre Eltern das jemals herausfinden, würden sie sich hoffentlich in Grund und Boden schämen. Doch das Selbstmitleid half ihr in dieser Situation nicht weiter. Wie sagte man so schön? Hinfallen, aufstehen, Krone richten und weitergehen.

Das Schicksal war ein mieser Verräter oder sie hatte ihr Karma eindeutig herausgefordert. Als sie nämlich die Tür zur Bäckerei öffnen wollte, wurde sie eben schwungvoll aufgezogen und ihr Ex-Verlobter Michael stand mit seiner Freundin Jenna in der Tür. Tja, eindeutig, Krone richten und weitergehen. Wobei ihr im nächsten Moment ein besserer Gedanke kam.

„Guten Morgen. Hättet ihr vielleicht einen Moment? Ich bezahle auch den Kaffee." Gedanklich fügte sie hinzu, dass seine Freundin diesen definitiv brauchen konnte. Sie sah etwas übernächtigt aus. Vermutlich lange gefeiert am vergangenen Abend.

Michael tauschte einen Blick mit Jenna und nickte Brit zu, vorzugehen. Sie setzten sich an einen kleinen Bistrotisch in der rückwärtigen Ecke. „Was möchtet ihr? Ich hole es."

„Einen Espresso und einen Cappuccino, bitte." Michael antwortete, während Jenna sich zurückhielt. Keine drei Minuten später kam sie mit den Getränken an den Tisch.

„Hier und danke, dass ihr mir kurz eure Aufmerksamkeit schenkt. Ich weiß, dass ich sie nicht verdient habe, nach meinem Verhalten vor einigen Wochen." Sie hatte einen der Deputys, der die Trennung bislang nicht mitbekommen hatte, dazu gebracht, sie in Michaels Haus zu lassen. Zu der Zeit hatte Jenna notfallmäßig bei ihm übernachtet. Erst danach waren sie ein Paar geworden. Anschließend waren sie sich noch einmal im Einkaufszentrum über den Weg gelaufen. Da allerdings hatte ihr Jenna bereits Kontra gegeben.

„Lass das Herumgerede, Brit. Was willst du?" Oh, Michael war eindeutig noch sauer. Und er würde vermutlich in ein paar Minuten nichts mehr mit ihr sprechen, wenn sie ihm die Wahrheit gesagt hatte.

„Ich wollte euch mitteilen, dass ich den Vaterschaftstest habe durchführen lassen. Und es ist eindeutig nicht dein Kind, Michael. Somit bist du mich nun ein für alle Mal los. Und ich wollte euch alles Gute für die Zukunft wünschen. Das war es genau genommen auch schon."

„Du verdammtes ...", Jennas Hand drückte Michaels, bevor er aussprechen konnte, was jeder in dieser Stadt von ihr dachte – dass sie ein Flittchen war. Und das musste sie akzeptieren. Sie würde niemanden vom Gegenteil überzeugen können. Den Stempel hatte sie verdient. Sie konnte nur hoffen, dass man es nicht an ihrem Kind auslassen würde.

Michael und Jenna hatten sich erhoben und verließen wortlos die Bäckerei. Brit saß glücklicherweise mit dem Rücken zum Geschäftsraum, sodass niemand ihre Tränen mitbekam, die ihr soeben heiß über die Wangen rollten. Sie zwang sich, ihren Donut langsam zu essen, obwohl das Hungergefühl sich bereits wieder verabschiedet hatte. Wenn sie es fortan richtig machen wollte, war regelmäßige Nahrungsaufnahme wichtig.

Sie trank ihren Earl Grey Tee schluckweise und ging dann kurz auf die Toilette, um sich die Zähne zu putzen und ihr Gesicht zu waschen. Geschminkt hatte sie sich auch schon länger nicht. All die Dinge, die ihr zuvor wichtig waren, wie Status und Geld, halfen einem nicht weiter. Sie musste tief fallen, um das zu erkennen. Aber nachdem sie mit Tommy zusammengekommen war, hatten ihre Freundinnen in den höchsten Tönen von ihr gesprochen. In den vergangenen Wochen, seit er auf Tournee war, hatte kein Hahn mehr nach ihr gekräht.

Ein weiterer Schwall kaltes Wasser und sie war bereit, sich der Realität erneut zu stellen. Sie betrat den im Moment leeren Gastraum und schnappte die Tassen und den leeren Teller vom Bistrotisch und brachte das Geschirr zu Cindy an die Verkaufstheke.

„Das ist nett, Kindchen. Danke! Sag, wie geht es dir, Brittany?"

„Danke der Nachfrage, Cindy. Es wird immer besser. Heute Morgen war mir zum ersten Mal nicht mehr übel. Das werte ich mal als einen Fortschritt."

„Es wird immer besser, du wirst schon sehen. Ich habe in beiden Schwangerschaften gelitten. Ich hatte die Übelkeit nicht nur morgens, sondern auch abends. Es war kräftezehrend. Ich hoffe, er unterstützt dich." Nicht mal annähernd, ging es ihr durch den Kopf.

„Cindy, hast du vielleicht eine Ahnung, wer jemanden einstellt? Ich sehe mich nach einem Job um."

„Oh, das kam jetzt überraschend." Der Blick, den sie ihr zuwarf, sprach Bände. Cindy hatte ihre Situation bereits durchschaut, bevor sie diese noch erläutern konnte. „Aber offen gesagt, könnte ich hier etwas Hilfe brauchen. Servieren habe ich dich eben gesehen und wenn es dir nicht zu minder ist, auch in der Küche mit dem Geschirr zu helfen, dann können wir über das Stundenausmaß und ein Gehalt reden."

„Danke, Cindy. Ich werde dich nicht enttäuschen und ich nehme, was ich bekommen kann."

„Na dann, komm nach hinten, ich gebe dir eine Schürze."

Im Grunde war es Zufall gewesen, dass Brad heute Morgen beobachtet hatte, wie Brit zu ihrem Wagen zurückkehrte. Mit all ihren Schlafutensilien, wie Matte, Schlafsack und Kopfkissen. Er hatte also richtig kombiniert, als er das Auto am vergangenen Abend in der verlassenen Gegend des Lagerhauses gesehen hatte. Aus irgendeinem Grund lebte sie im Moment in ihrem Auto. Sie hatte sich heute Früh mit Feuchttüchern gewaschen und im Auto gekämmt. So wie er sie noch aus der Highschool kannte, hätte er ihr das nie und nimmer zugetraut.

Was hatte der Musiker bloß getan, dass sie es vorzog in einem Auto zu leben, anstatt in seiner Villa? Bei dieser Frage rauschte das Blut in seinen Ohren und er musste sich zwingen, ruhig zu atmen. Er hoffte für ihn, dass er sie nicht misshandelt hatte, auch nicht verbal. Denn wenn er etwas nicht ausstehen konnte, waren es Männer, die meinten es wäre ihr Vorrecht, sich an Frauen zu bereichern. Ihre Partnerin kleinzuhalten stärkte wohl ihr Selbstbewusstsein.

Anschließend war er ihr zu Cindys Bäckerei gefolgt und hatte beobachtet, wie sie beinahe mit Michael und Jenna zusammengestoßen wäre. Da sein Parkplatz ungeeignet für eine weitere Beobachtung war, hatte er kurzerhand beschlossen, sich einen Frühstücksbagel zu holen. Brit verließ eben die Theke, als er eintrat und setzte sich zu Michael und Jenna. Er stellte sich mit seinem Bagel in die Nähe an einen Stehtisch. Ja, Lauschen war nicht okay. Aber er wollte wissen, was hier los war.

„Ich wollte euch mitteilen, dass ich den Vaterschaftstest habe durchführen lassen. Und es ist eindeutig nicht dein Kind, Michael. Somit bist du mich nun ein für alle Mal los. Und ich wollte euch alles Gute für die Zukunft wünschen. Das war es genau genommen auch schon."

„Du verdammtes …", das Sesselrücken, das darauf folgte, war unverkennbar der Aufbruch von Michael und Jenna. Als sie die Bäckerei verlassen hatten, drehte er sich kurz zu Brit und sah an ihrer Körperhaltung und dem leichten Zittern, dass sie weinte.

Das war der Moment in dem er beschloss, dass er genug gesehen und gehört hatte. Vorerst zumindest. Er verließ die Bäckerei und fuhr zur Feuerwache. Am Parkplatz erblickte er bereits das Fahrzeug des Brandermittlers, Fire Marshall Alec Vaughn. Sie hatten bereits von ein paar Monaten mit ihm zu tun, als im Hotel von Michaels Eltern ein Brand gelegt worden war.

„Chief Lancaster, schön Sie zu sehen."

„Fire Marshall Vaughn. Willkommen zurück. Lassen Sie uns hineingehen. Ich habe ein paar durchaus interessante Details für Sie, bevor wir uns den Ort des Brandes genau ansehen. Möchten Sie einen Kaffee?"

„Da sage ich nicht nein."

Jax hasste die Frühschicht, wenn sie am Vorabend mit Freunden aus war. Sie hatte zwar nicht so viel getrunken wie die anderen Frauen, doch sie war zu spät auf Wasser gewechselt. Monicas Geschichte hatte ihr aber auch einiges abverlangt. Die Welt war doch wirklich klein, wenn man bedachte, dass sie und Monica auf derselben Uni gewesen waren. Leider hatten sie beide negative Erfahrungen dort gesammelt, die ihr Leben beeinflusst hatten.

Auch wenn Monica sehr offen erzählt hatte, war Jax dennoch überzeugt davon, dass sie noch etwas zurückhielt. Nicht, dass es nicht schlimm genug gewesen wäre, was sie alles erlebt hatte. Trotzdem war Jax überzeugt, dass sie das eine oder andere bewusst weggelassen hatte. José hatte sie bereits am vorangegangenen Tag gefragt, ob sie ein Auge auf Monica haben und einmal versuchen könnte, etwas über ihre Vergangenheit herauszufinden. Er fand, dass sie beim Brand zu nervös gewirkt hatte. Und verdammt, Jax konnte ihre Reaktion absolut nachvollziehen.

Welcher Mensch würde nicht ausflippen, wenn man selbst Verbrennungen von einem Übergriff davongetragen und dann sämtliche Wohnungen, die man bewohnt hatte, einem Feuer zum Opfer gefallen wären? Aber wie sollte sie José gegenüber auftreten? Sie wollte ihn nicht anlügen. Aber die Wahrheit konnte sie ihm auch nicht sagen. Er würde sich damit begnügen müssen, dass sie ein Auge auf Monica haben würde.

„Hier ein Kaffee. Schwarz, mit einem Stück Zucker, richtig?" Chief Kane stellte ihr die Tasse auf den Tisch und beobachtete sie intensiv.

„Ja, danke. Soll das ein Friedensangebot sein, Chief?"

„Würde mir im Traum nicht einfallen." Das brachte sie beide zum Lächeln.

„Dann ist ja gut." Jax trank einen Schluck des schwarzen Gebräus und genoss, wie die heiße Flüssigkeit ihren Rachen herunterlief.

„Der Fire Marshall ist angekommen. Brad hat eben angerufen. Sie wollen das Lagerhaus in Augenschein nehmen. Bist du dabei?"

„Klar. Bin gleich so weit." Es war eindeutig besser, mit Chief Kane herumzufahren, als sich am Schreibtisch einer Grübelei hinzugeben. Sie nahm noch einen tiefen Schluck und stellte die Tasse im Vorbeigehen in der Teeküche in den Geschirrspüler.

Die zehn Minuten Fahrt zum abgebrannten Lagerhaus verliefen glücklicherweise schweigend. Normalerweise fanden Kane und sie immer ein Thema, über das sie kabbeln konnten. Doch heute schien jeder von ihnen seinen Gedanken nachzuhängen.

„Chief Kane Miller, Officer Jax Walker, das ist Fire Marshall Alec Vaughn." Brad stellte sie einander vor und nach dem obligatorischen Händeschütteln begannen sie einen gemeinsamen Rundgang im Gebäude. Oder dem, was davon übrig war.

Der beißende Geruch, der sie empfing, erinnerte Jax sofort wieder an die Erzählung von Monica. Egal, wie, sie musste mehr zu dem Ganzen herausfinden. Sobald sie wieder im Büro war würde sie nachsehen, ob sie Zugriff auf die Daten und Fälle haben würde. Ansonsten musste sie ihre Verbindungen nutzen, um an die Ermittlungsakten aus Pittsburgh, Cleveland und Chicago zu kommen. Je mehr sie wusste, desto eher würden sie einen Weg finden, Monica zu beschützen. Denn, wie auch José bemerkt hatte, war sie die letzten zwei Tage hypernervös und somit stand zweifelsfrei fest, dass etwas nicht stimmte.

„Alles okay?"

„Ja, sorry. Meine Gedanken überschlagen sich heute. Hab ich etwas verpasst?" Kane war neben Jax getreten, als er mitbekam, dass sie zwar körperlich anwesend war, aber gedanklich ganz weit weg.

„Nicht wirklich. Sie fachsimpeln. Wir werden auf Brads Übersetzung warten müssen." Jax nickte und sie folgten beiden Männern mit ein wenig Abstand. Sobald der Rundgang beendet war, kamen sie noch einmal am Fahrzeug des Fire Marshalls zusammen und Brad erläuterte kurz die Dinge, die sie gefunden hatten.

„Die Brandspuren in der Mitte der Halle sind eindeutig einem flüssigen Brandbeschleuniger zuzuordnen. Wir haben Proben entnommen, die der Fire Marshall auswerten lassen kann. Ihr solltet auch checken, ob es nicht doch ein paar Kameras in der näheren Umgebung gibt, die noch intakt sind. Es wäre hilfreich, zumindest eine leise Ahnung zu haben, wer sich hier umhertreibt.

„Ich werde das prüfen." Jax war froh, eine Aufgabe in Aussicht zu haben, um ihr Gedankenkarussell ausschalten zu können.

Zwei Tage später waren sie nicht schlauer als zuvor. Sie hatten keine Kamerabilder auswerten können. Einzig ein dunkler Camaro SS war auf den Kameras der Verkehrsüberwachung etwa zur Tatzeit zu sehen gewesen. Leider ohne Nummernschild. Somit hatten sie nichts in der Hand.

Die Auswertungen aus Denver ließen noch auf sich warten und die Gefallen, die sie einfordern musste, um an die Ermittlungsakten in Monicas Fall zu gelangen, lagen Jax noch ein wenig im Magen. Aber zumindest waren diese eben eingetroffen.

Sie zog sich in ihr Büro zurück. José hatte sie nur einmal gefragt, ob sie etwas herausbekommen hatte. Er hatte sich mit der Antwort, dass Jax ein Auge auf sie haben würde, vorerst zufriedengegeben. Letztlich wusste sie nicht, wie lange dieses *vorerst* andauern würde. Daher wollte sie lieber früher als später Antworten.

Die Akte aus Florida hatte sie bisher nicht angefordert. Erstens hatte sie selbst alle Fäden gekappt, als sie damals von dort wegging, und zweitens wollte sie nicht zu schnell vorpreschen. Der Nachmittag verging rasant und sie war in die Akten vertieft, als José plötzlich in der Tür zu ihrem Büro stand.

„Hey, Jax. Hast du einen Moment?"

„Natürlich, komm rein." Sie klappte so unauffällig wie möglich die Akten zu und legte sich ein Notizbuch zurecht, um die Daten zu verdecken. „Was gibt es?"

„Ich habe das Fläschchen aus der Asservatenkammer, das Monica gefunden hatte, nach Denver zur Auswertung geschickt. Also eigentlich hat Maya das, aber das ist nicht der springende Punkt. Die Kollegen haben die erwarteten Fingerabdrücke von Nick, dem ehemaligen Barkeeper der Diskothek des Inns und Monicas darauf gefunden. Allerdings habe ich auch gebeten, die Fingerabdrücke in Denver gleich auswerten zu lassen. Deren System ist einfach schneller."

„Okay ...", das lang gezogene Wort bedeutete, dass Jax bereits mit einer Hiobsbotschaft rechnete.

„Sie sind im AFIS, dem automatisierten Fingerabdruckidentifizierungssystem, rasch fündig geworden. Möchtest du mir jetzt etwas erzählen, das Monica vielleicht erwähnt hat? Oder soll ich weiter ermitteln?"

„Ich wünschte, ich könnte, José. Ehrlich. Aber entweder fragst du sie direkt oder wartest ab. Ich verspreche, ich bin dran. Aber ich möchte sie nicht übergehen. Sie ist eine Kollegin. Das wäre unfair. Meinst du nicht?"

„Vermutlich hast du recht. Aber ich kann auch nicht untätig herumsitzen. Ich gebe dir zwei Tage. Ansonsten muss ich meinen Fund Kane berichten. Dann obliegt es ihm, sie zur Rede zu stellen."

„Das klingt fair."

Brit hatte die erste Arbeitswoche gut überstanden. Es war Freitagmorgen, Ende Mai, und sie bereitete gerade die Theke mit den Leckereien vor, die Cindy aus der Backstube brachte, als die Tür aufging.

„Guten Morgen, was darf es sein?" Erst jetzt hob sie den Blick und schaute in die ungläubigen Augen von Michael.

„Was tust du denn hier?" Michaels Frage war nicht unberechtigt. Zu der Zeit, als sie noch zusammen waren, wäre sie nie auf die Idee gekommen, in einer Bäckerei zu arbeiten.

„Ich arbeite. Also, Michael, was darf ich dir bringen?" Sie stemmte die Hände in die Hüften und erwartete seine Antwort. Wenn sie Respekt wollte, musste sie ihrem Gegenüber ebendiesen entgegenbringen.

„Tut mir leid, Brit. Das ist nur so ... anders. Ich hätte gerne einen Espresso und einen Schokodonut."

„Gerne. Nimm schon mal Platz, ich bringe dir die Bestellung an den Tisch."

„Alles in Ordnung oder soll ich übernehmen?" Cindy war aus der Backstube gekommen und hatte sich im Türrahmen platziert.

„Nein, vielen Dank. Schon gut. Das mache ich schon." Erneut richtete sie ihre imaginäre Krone wieder gerade, die durch Michaels Anwesenheit immer zu verrutschen schien und brachte ihm seine Bestellung. Als sie den Tisch verlassen wollte, erwischte er ihr Handgelenk und zwang sie so, kurz stehenzubleiben.

„Es war ein Schock für mich, Brit. Eigentlich habe ich es die ganze Zeit über geahnt, dass es nicht von mir ist, aber es aus deinem Mund zu hören ... es tut mir leid, wie ich reagiert habe. Geht es euch beiden wirklich gut?"

„Schon gut, Michael, längst vergessen. Sagen wir mal, es ist alles so, wie es sein sollte." Sie pflasterte sich ein Lächeln ins Gesicht und Michaels Blick zeigte, dass er den Wink verstanden hatte.

Zurück an der Theke hatte sie glücklicherweise Kundschaft und konnte sich erneut auf alles andere konzentrieren. Der Job machte ihr wider Erwarten richtig Freude. Sie konnte sich mit den Leuten aus der Stadt unterhalten. Auch wenn die meisten versuchten, an Informationen über ihren Beziehungsstatus heranzukommen, versuchte sie sich über Tommys Abwesenheit in Schweigen zu hüllen. Und spätestens nach der dritten Abfuhr zu dem Thema, wusste auch jeder noch so unbedarfte Mensch, dass es hier nichts zu holen gab.

Cindy war zufrieden mit ihrer Arbeit und entlohnte sie gut für die täglichen sieben Stunden, die sie hier zugegen war. Sie half morgens beim Vorbereiten, servierte die Speisen und Getränke an die Tische und wenn es dazwischen ruhiger wurde, machte sie sich am Geschirrspüler nützlich. Vielleicht konnte sie sich so in Kürze wieder eine Krankenversicherung leisten. Zumindest sparte sie darauf. Denn ansonsten würde eine Geburt kostspielig werden. Aber es lagen noch gute zweieinhalb Monate vor ihr. Sie hoffte nur, dass sie dann noch eine Krankenversicherung nehmen würde, wenn sie so kurz vor der Geburt stand.

Wieder etwas, das sie an einem anderen Tag gedanklich zerlegen würde. Vorerst hatte sie ein Einkommen und genügend zu essen. Ein Schritt nach dem anderen. Als sie um dreizehn Uhr mit ihrer Schicht fertig war, schmerzten ihre Füße. Sie hoffte, dass sie sich in Kürze an das viele Stehen und Herumlaufen gewöhnt hätte. Ohne ein richtiges Zuhause war es schwer, ihrem Körper die nötige Portion Pflege zukommen zu lassen.

Sie tat ihr Möglichstes, indem sie kürzlich zweimal in der Thermalquelle war und dort ausgiebig geduscht und gebadet hatte. Zwischendurch mussten Feuchttücher und Katzenwäsche herhalten. Mittlerweile hatte sie eine noch funktionierende Wasserleitung im Lagerhaus entdeckt. Daher konnte sie sich zumindest immer mal wieder kalt waschen. Der Juni stand in den Startlöchern. Dann würde auch wieder das öffentliche Strandbad in Boulder eröffnen, das mit dem Auto in etwa eine Stunde entfernt lag.

Genau. Einfach in kleinen Schritten denken, Brit. Sie war definitiv schon weiter als noch vor ein paar Tagen, als sie gar nichts hatte. Jetzt hatte sie einen vorübergehenden Schlafplatz und einen Job. Der Rest würde sich ergeben. Da war sie sicher.

Der Abend nahte und sie machte sich wieder auf den Weg in das leer stehende Lagerhaus, in dem sie bereits die vergangenen Nächte verbracht hatte. Ein Besucher hatte sich dazwischen nicht mehr angekündigt und sie hatte auch nichts darüber vernommen, dass es gekauft worden war. Somit bestand eigentlich keine Gefahr, dass sie hier allzu schnell wieder herausmusste.

Als die Nacht hereinbrach, zog sie sich wieder in das Containerbüro zurück. Ihre Matte, den Schlafsack und ihr Kopfkissen verwahrte sie tagsüber immer noch im Auto. Vielleicht würde sie darüber nachdenken, all das in den kommenden Tagen mal hierzulassen. Dann wäre es zumindest nicht mehr so auffällig, wenn sie hier in der Nähe gesehen würde. Ja, das sollte sie sich noch einmal gut überlegen. Ihre letzten Gedanken, bevor sie einschlief, drehten sich darum, wie sie es sich hier ein wenig gemütlicher machen konnte.

Kapitel 5

Der Alarm, der durch die Feuerwehrwache schrillte, riss Brad aus dem Schlaf. In Windeseile sprang er in seine Montur und war kurz darauf auch schon auf der Beifahrerseite abfahrbereit, genau wie seine Kollegen. Wenn es in der heutigen Nacht erneut brannte, war klar, dass sie es definitiv mit einem Brandstifter zu tun hatten. Die Sache gefiel ihm gar nicht. Er hoffte, dass sich im Anschluss eine Gelegenheit ergeben würde, mit Kane und Michael im ISPD zu sprechen.

Sie erreichten die Lagerhalle, die eine Woche zuvor abgebrannt war, und hatten schon von Weitem gesehen, dass nun die dahinterliegende Halle in Flammen stand. Unweit der Gefahrenstelle entdeckte Brad das Auto von Brittany. Augenblicklich stellte sich eine extreme Unruhe bei ihm ein. Das Verlangen, nachzusehen, ob sie in dem Gebäude und möglicherweise verletzt war, trieb ihn zur Eile an.

„Noah, Alex, ihr verteilt euch an den Seiten und löscht von oben! Mason, du gibst mir Rückendeckung, ich gehe rein."

„Bist du sicher?" Mason war im letzten halben Jahr zu seiner rechten Hand geworden, daher hatte er kein Problem mit seinem Einwand. Er hatte nichts anderes erwartet.

„Ja, ich bin nicht sicher, dass die Halle tatsächlich leer steht. Es geht um ein Menschenleben."

„Alles klar, Chief. Ich bin hinter dir."

Gemeinsam kämpften sie sich in das brennende Lagerhaus vor. Die Flammen schlugen von der Decke und aus dem rückwärtigen Bereich der Halle. Der dichte Rauch nahm ihnen immer wieder die Sicht. Das Atemschutzgerät erhöhte den Energieverbrauch und die Hitze tat ihr Nämliches. Schrittweise durchkämmten sie den vorderen Bereich der Lagerhalle, als Brad die Umrisse eines Containers in seiner Nähe ausmachte.

„Lass uns den Container überprüfen."

„In Ordnung!"

Die Tür des Containers stand einen kleinen Spalt offen. Somit schwand die Möglichkeit, dass eine Person darin vor dem Rauch in Sicherheit gewesen wäre. Intuitiv suchte Brad den Boden ab. Er entdeckte eine Handtasche auf einem der ansonsten leeren Bürotische, als er sich schon umwenden wollte, und schritt um den Schreibtisch herum. Vor ihm lag Brit, in einen Schlafsack gewickelt. Sofort unterdrückte er sämtliche Erinnerungen, die ihn bei dem Anblick fluten wollten.

„Ethan, sind die Sanitäter schon da? Wir haben jemanden gefunden und kommen jetzt raus!"

„Ja, Chief. Sie sind hier."

Brad hob Brit auf seine Arme und bat Mason ihre Handtasche mitzunehmen. Sie bewegte sich nicht, was ihm Sorgen bereitete. Er konnte nur hoffen, dass es keine Auswirkungen auf ihr Baby haben würde. Erneut versuchten sich Erinnerungen emporzukämpfen, doch er verdrängte sie wieder in den hintersten Winkel seines Kopfes.

Der Weg zurück kostete ihn sämtliche Energie. Nicht nur, da er nun das zusätzliche, wenngleich auffallend leichte Gewicht von Brittany, trug. Nein. Auch die Situation in der Halle hatte sich verschlimmert und benötigte seine volle Aufmerksamkeit. Seine Anspannung fiel, als er nach draußen trat und Mason ihm in vertrauter Manier die Hand auf die Schulter schlug.

Sofort eilten Liam Chen und Rita Morgan mit einer Trage auf sie zu und legten Brit behutsam darauf. Sie überprüften ihren Puls und die Vitalwerte. Erfreulicherweise hielt die Ohnmacht nur kurz an und sie öffnete die Augen, als Brad noch neben ihr stand. Erschrocken sah sie sich um. Der Moment, in dem ihr dämmerte, was hier vor sich ging, war eindeutig an ihren Augen abzulesen.

Augenblicklich wollte sie sich aufsetzen, doch Brad hielt sie zurück. Er hatte seinen Helm und die Atemschutzmaske abgelegt, während Mason sich mit den anderen weiter um die Brandbekämpfung kümmerte. Indes war auch ein Trupp der Feuerwehr aus dem benachbarten

Dumont eingetroffen. Die Jungs hatten alles unter Kontrolle.

„Bleib ruhig liegen, Brittany. Alles wird gut. Man wird dich ins Krankenhaus bringen und untersuchen." Die Panik in ihren Augen verstärkte sich, was Brad automatisch auf ihr ungeborenes Kind bezog. „Keine Sorge, sie werden alles tun, damit es dem Baby gut geht." Kopfschüttelnd griff sie seine Hand und zog die Atemmaske von ihrem Gesicht. Auf der Stelle begann sie zu husten, weshalb ihr Rita die Maske wieder aufsetzte.

„Ich ... nein, bitte nicht ins Krankenhaus." Postwendend hustete sie erneut, doch der Druck auf Brads Hand verstärkte sich. Ein ungutes Gefühl machte sich in seiner Magengegend breit.

„Rita, lässt du uns kurz alleine? Ich passe auf sie auf." Nickend entfernte sich die Sanitäterin und hielt mit ihrem Kollegen ein wenig Abstand. „Was ist los? Wieso möchtest du nicht ins Krankenhaus? Dort kann man feststellen, ob dein Baby etwas abbekommen hat." Er konnte beobachten, wie sie die Lippen fest zusammenpresste und von innen darauf biss, bevor sie ihren Blick hob und ihm geradewegs in die Augen sah.

„Ich habe keine Krankenversicherung, Brad." Erneuter Husten unterbrach sie. „Cindys Angestelltenversicherung ... deckt nur den Gang ... zum Hausarzt ab." Immer wieder wurde sie vom Hustenreiz übermannt. Als sie den Blick wieder hob, war er nicht sicher, ob die Tränen in ihren Augen vor Scham oder durch den Husten aufgetreten waren.

„Aber wie kann das sein? Weshalb …?" Brad fehlten die Worte. Die Frau war schwanger. Warum war sie nicht versichert? Wie konnte jemand so kurzsichtig sein? Und wie zur Hölle wollte sie die Geburt bezahlen? Gesundheitsleistungen waren in den USA immer noch eine extrem kostspielige Sache.

„Das ist eine … lange Geschichte." Die Anstrengung der kurzen Unterhaltung und der anhaltenden Hustenattacken war ihr anzusehen. Trotzdem versuchte sich diese unmögliche Person vor ihm aufzusetzen und die Trage zu verlassen. Bevor er über seine Handlung nachdenken konnte, hatte er sie wieder auf die Liege zurückbefördert.

„Du bleibst fürs Erste hier liegen. Ich gehe kurz weg, um zu telefonieren. Dann reden wir weiter. Und lass die Maske auf!" Er zog sein Handy hervor und überlegte, ob das eine gute Idee war, was er eben vorhatte. Aber er konnte nicht aus seiner Haut heraus. Etwas musste er tun.

José war das Warten endgültig leid. Knapp anderthalb Wochen war es nun her, dass er Jax zwei Tage zugestanden hatte. Natürlich war ihm aufgefallen, dass sie vielfach einige Akten wälzte und er vermutete, dass es sich dabei um Information mit Bezug zu Monica handelte. Bevor er jedoch den Chief hinzuzog, würde er Monica direkt ansprechen. Bis zum heutigen Morgen war es ihm nicht gelungen, der Frau auf einer persönlichen Ebene näherzukommen.

„Guten Morgen, Monica. Möchtest du mitfahren?" Er hielt mit seinem Wagen neben dem Bordstein und erwartete wie jedes Mal eine Abfuhr. Doch zu seiner Überraschung nickte sie und stieg ein. Ein Blick auf sie und er erkannte, dass es ihr nicht gut ging. „Was ist los, Süße? Du siehst nicht gut aus."

„Vielen Dank für die Blumen, José. Das hört man als Frau besonders gern." Sie rang sich ein Lächeln ab, doch es erreichte ihre Augen nicht. Es war ein schwacher Versuch, sich einem Verhör zu entziehen.

„Du weißt, dass ich es nicht auf diese Weise gemeint hatte. Und ich erkenne eine Verzögerungstaktik. Also, wie kann ich dir helfen?" Angsterfüllte Augen richteten sich nun auf ihn. Seine Kombinationsgabe half ihm, die richtigen Schlüsse zu ziehen. „Keine Sorge, Jax hat nichts ausgeplaudert. Aber ich habe die Veränderung der letzten Zeit mitbekommen. Du ziehst dich immer weiter zurück und wenn ich raten müsste, hast du heute Nacht kein Auge zugetan. Habe ich recht?"

Monica schluckte und versuchte den Kloß, der ihr im Halse steckte, loszuwerden. „Ja, du hast recht, José."

„Aber du möchtest nicht darüber sprechen. Richtig?"

„Das ist korrekt. Es ist etwas Privates und wir haben festgehalten, dass wir Arbeitskollegen sind."

„Du hast das festgehalten, woran ich mich natürlich halten muss. Dennoch würde mich interessieren, wie deine Fingerabdrücke ins AFIS kommen." Schlagartig änderte sich die Stimmung im Wagen. Um die Unterhaltung fortsetzen zu können, parkte José kurzerhand den Wagen an der Hauptstraße, unweit der Polizeistation. „Ich möchte dir helfen, Monica. Das kann ich aber nur, wenn ich die Fakten kenne."

Im ersten Moment war Monica wie erstarrt. Gleich darauf, allerdings, war sie fuchsteufelswild. „Was soll das, José? Wie kommst du an meine Fingerabdrücke und weshalb überprüfst du sie?"

Wieder eine taktische Ablenkung, wie er sofort erkannte. „Ich musste noch das Fläschchen mit den K.-o.-Tropfen überprüfen lassen und da befinden sich nun mal deine Abdrücke darauf. Was verheimlichst du?"

Sobald er die Worte ausgesprochen hatte wusste er, es waren die falschen gewesen. Monica zog die Luft ein und er wappnete sich instinktiv vor dem, was jetzt folgen würde.

„Ich verheimliche nicht das Geringste. Ich habe eine Vergangenheit, wie jeder andere Mensch auch. Und ich habe das Recht, meine Vergangenheit genau dazulassen, wo sie ist – nämlich weit hinter mir. Oder siehst du das anders? Könntest du nicht eine deiner vielen anderen Frauen nerven? Vielen Dank fürs Mitnehmen!" Monica hatte sich so in Rage geredet, dass sie jetzt nicht mehr anders konnte, als zu flüchten.

Sie stieg aus dem Auto und legte energischen Schrittes die letzten Meter zum Police-Department zurück. Gefühlsmäßig wusste sie, dass sie vollkommen überreagiert hatte, gleichwohl war es ihre einzige Möglichkeit gewesen, mit der Situation fertig zu werden. Es hätte nicht viel gefehlt und sie hätte sich ihm anvertraut. Seine warmen Augen, die ihr Sicherheit suggeriert hatten und seine Stimme, die ihr regelmäßig eine Gänsehaut bescherte, waren zu verlockend.

Natürlich hatte dieser Mann genau ins Schwarze getroffen. In der vergangenen Nacht hatte sie kein Auge zugetan. Als sie am vorangegangenen Abend in ihre Wohnung getreten war, hatte sie geradewegs bemerkt, dass etwas nicht stimmte. Sie war alles abgegangen, hatte das Licht in sämtlichen Räumen aufgedreht und war dann prompt erstarrt, als sie das Schlafzimmerfenster geöffnet vorgefunden hatte. Mittlerweile musste sie sich eingestehen, dass er sie gefunden hatte.

Der anschließende Alarm der Feuerwache, der weithin zu hören war, hatte jeden Zweifel beseitigt. Wie hatte sie nur annehmen können, dass es dieses Mal anders werden würde? Sie wusste warum er hinter ihr her war. Unerledigte Dinge waren ihm ein Graus. Und sie war eines davon.

In ihrer Konzentration hatte sie nicht gehört, wie José geparkt hatte und sie erschrak daher umso mehr, als er sie berührte.

„Es tut mir leid, Monica. Ich wollte nicht in deine Privatsphäre eindringen. Aber bitte, wende dich an Jax oder an einen anderen von uns, wenn du Hilfe benötigst oder wir dich in anderer Weise unterstützen können. Du bist stark, keine Frage. Aber ein Mensch kann nur ein gewisses Maß an Dingen alleine stemmen. Und es sieht danach aus, als hättest du diesen Punkt bereits überschritten." Mit diesen Worten lief er die Treppe hinauf und öffnete die Türe für sie.

Langsam schritt sie auf ihn zu und überlegte, wie sie reagieren sollte. Es war schön zu hören, dass sie hier Menschen hatte, die ihr helfen würden. Aber die Frage war, konnte sie es riskieren, sie alle in Gefahr zu bringen? Es war schon schlimm genug, dass sie Jax mit ins Boot geholt hatte. Und Jenna und Maya. Wäre es da nicht vernünftiger, die Polizei einzuweihen?

„Danke, José. Ich denke darüber nach." Und das meinte sie ehrlich. Sie legte ihm im Vorbeigehen kurz ihre Hand auf die Brust und war sich im selben Augenblick darüber klar, dass diese Handlung automatisch Konsequenzen haben würde. Zum einen konnte sie es an Josés Blick sehen und zum anderen konnte sie dieses Gefühl, das er in ihr auslöste, keinesfalls wieder abstellen.

Gedanklich schimpfte sie sich selbst einen Esel. Wie konnte sie nur so unachtsam sein? Und dann noch gerade bei José. Sie wusste um die Beliebtheit dieses Mannes bei den Frauen. Oft genug hatte sie gesehen, wie er eine hübsche Frau aus der Diskothek mitgenommen hatte. Auch Rita, die Sanitäterin, war oft genug mit ihm abends mitgefahren und morgens wieder mit ihm angekommen. Monica war schließlich nicht blind. Sie vertraute ihr Herz einfach keinem mehr an.

Kaum hatte sie ihre Dienstkleidung angezogen, stand ihr das nächste Gespräch bevor. Jax stand vor ihr und wippte ungeduldig mit einem Fuß. Ihre Arme hielt sie verschränkt vor der Brust und betrachtete Monicas Erscheinungsbild eingehend. „Ich dachte ja, dass José übertreibt. Aber es ist wahr. Du siehst echt scheiße aus, meine Liebe. Was ist los?"

„Scht ... bitte nicht so laut, Jax. Ich habe kaum geschlafen, das ist alles."

„Von wegen, das ist alles. Warum hast du kaum geschlafen, Monica? Und vergiss nicht, ich bin geschult im Erkennen von Unwahrheiten."

„Nun ja, wenn du das so sagst. Okay. Die Albträume und anschließend wieder die Sirene der Feuerwache haben mich vom Schlafen abgehalten." Was nicht ganz gelogen war. Denn ihre Vergangenheit, die sie einzuholen drohte, war ein einziger Albtraum, und die Sirene hatte dann ihr Nämliches getan.

„Das kann so nicht weitergehen. Irgendetwas verschweigst du mir, meine Liebe, und ich gebe dir genau den heutigen Tag Zeit, dir zu überlegen, wie du es mir sagst. Hol dir Sally dazu, wenn es dir hilft, aber heute Abend sehen wir uns in meinem Büro und dann gehen wir die Fakten nacheinander durch. Und dann möchte ich wissen, welche Information du ausgespart hast. Ich kann dir nicht helfen, wenn ich nicht alle Details kenne." Jax drückte sie kurz an sich und verschwand dann aus der Garderobe.

Monica setzte sich auf die Bank, die zwischen den Spinden stand, und atmete tief ein. Dieser Tag war bereits jetzt ein Fiasko. Womöglich wäre es klüger gewesen, sich krankzumelden. Hier waren alle *zu* aufmerksam für ihren Geschmack.

Als es an der Tür zum Krankenzimmer klopfte, wusste Brit, dass die Schonzeit nun vorüber war. Brad hatte es irgendwie geschafft, sie in ein Einzelzimmer legen zu lassen. Auch wenn sie weiterhin nicht wusste, wie sie das jemals bezahlen sollte war sie dankbar, dass er sich um sie gekümmert hatte.

„Herein." Genau wie erwartet, stand Brad in der Tür und sie musste unwillkürlich schlucken. Der Chief war sicherlich einen Meter neunzig und ein Bär von einem Mann. Sein trainierter Oberkörper steckte in einem schwarzen Shirt, das über seine Brust und die Arme spannte. Dazu trug er eine Jeans, die tief auf seinen schmalen Hüften saß und eng um seine beeindruckend muskulösen Beine lag.

„Guten Morgen, Brittany. Wie geht es dir?"

„Danke der Nachfrage, es geht mir gut. Meine Sauerstoffsättigung ist wieder in Ordnung, daher hat man mir kurz vor deinem Eintreffen den zusätzlichen Sauerstoff wieder abgenommen."

„Und wie geht es dem Baby?" Die Situation drohte ihn zu übermannen. Es war wie ein Déjà-vu. Das Krankenhaus, die Frage nach dem Baby und die Tränen, die der Frau ihm gegenüber in die Augen traten.

„Dank dir geht es ihr gut. Brad, ich weiß nicht, wie ich dir meine Dankbarkeit ausdrücken soll. Was du getan hast, hat uns gerettet. Ich danke dir so sehr." Bei diesen Worten fiel ihm ein Stein vom Herzen. Er hatte die Tränen nicht als solche der Rührung und Dankbarkeit erkannt und mit dem Schlimmsten gerechnet. So wie es ihm bereits einmal passiert war.

„Moment mal. Ihr? Das heißt, es wird ein Mädchen?"

„Ja. Meine kleine Maus ist eine Kämpfernatur. Aber nun zu einem ernsteren Thema. Wie hast du es geschafft, dass sie mich hier aufgenommen haben und dann noch in einem Einzelzimmer?" Ihre Gedanken drehten sich, als sie darüber nachdachte, dass sie schnellstmöglich einen Kredit aufnehmen musste, um ihm so die entstandenen Kosten zu ersetzen.

„Ich habe meine Krankenversicherung angegeben. Vorerst versteht sich. Aber da du es schon ansprichst, wieso hast du keine Krankenversicherung?"

„Als ich mit Michael verlobt war, war ich bei ihm mitversichert. Nachdem wir uns getrennt hatten dachte ich, dass Tommy mich mit ihm krankenversichern würde. Doch da hatte ich mich getäuscht."

„Und was ist mit deinen Eltern? Soweit ich mich erinnere, sind sie nicht gerade arm."

„Du hast recht, sie sind vermögend. Aber sie wollen nichts mehr mit mir oder dem Baby zu tun haben. So etwas spricht sich schließlich in ihren Kreisen schnell herum. Mein Treuhandfonds ist somit auch Vergangenheit und wenn du es genau wissen willst, bin ich mittellos. Daher habe ich bei Cindy zu arbeiten angefangen und schlafe in der Lagerhalle. Oder zumindest habe ich das bis gestern Nacht."

„Aber was ist mit dem Musiker? Hat er dich sitzen lassen?"

„So könnte man es auch sagen. Ein Baby passt nicht in seine Karriere und in seinen Tour-Plan. Daher hat er mir seine Rechte als Kindsvater abgetreten. Ich habe meiner Maus eine Entschädigung herausgeschlagen, um sie bestmöglich ausbilden zu lassen. Aber das war es auch schon. Mehr haben wir nicht. Oh, aber keine Sorge, ich besorge mir einen Kredit und komme für die Kosten hier im Krankenhaus auf." Keinesfalls wollte sie, dass Brad auf den Kosten sitzen blieb. Auch wenn damit eine Wohnung wieder in weite Ferne rückte.

Vielleicht sollte sie doch nach Boulder oder Denver gehen. Dort wären ihre Chancen auf einen Ganztagsjob vermutlich besser. Aber was würde sie dann mit der kleinen Maus machen? Die konnte sie nicht zur Arbeit mitnehmen. Ein Gedanke jagte den nächsten, bis sich ein Klumpen in ihrem Magen gebildet hatte.

„Lass gut sein, Brittany. Wir finden eine Lösung. Jetzt ist erst mal wichtig, dass du dich ausruhst und wieder auf die Beine kommst."

„Danke. ... Oh, nein! Ich habe mich nicht bei Cindy gemeldet. Verdammt. Wo ist mein Handy?" Hektisch begann sie im Nachttisch zu suchen, als Brad seine Hand auf ihre legte.

„Sie weiß Bescheid und erwartet dich erst übermorgen wieder zur Arbeit. Nutze den Tag für dich, Brit. Morgen ist auch noch ein Tag."

Als Brad das Krankenhaus verließ, musste er sich zusammennehmen. Immer wieder prasselten Erinnerungen auf ihn ein. Erinnerungen an eine Zeit, die er mit aller Macht versuchte zu verdrängen, denn vergessen würde er sie nie.

So wie Brit in der vergangenen Nacht zusammengerollt gelegen hatte, so hatte seine Frau gelegen, als er sie im Krankenhaus besucht hatte. Und erst die Tränen in Brits Augen, als er sie nach dem Baby gefragt hatte. Er musste sich an den Laternenpfahl lehnen und tief ein- und ausatmen, um nicht einer Panikattacke zu erliegen. Langsam versuchte er durch bewusstes Atmen, die Gedanken an die Vergangenheit wieder zurückzudrängen, wie er es mit dem Psychologen damals erlernt hatte.

Zwei Minuten später konnte er seinen Weg zum Auto fortsetzen. Glücklicherweise hatte niemand seinen kurzen Ausfall mitbekommen. Das hätte ihn in Erklärungsnot gebracht. Und der Einzige in Idaho Springs, der seine Geschichte kannte, war Michael Prescott. Ihm hatte er sich kurz nach seiner Ankunft hier anvertraut. Er war zu Highschoolzeiten einer seiner besten Freunde gewesen. Und auch jetzt waren sie wieder Vertraute.

Was ihn zu seinem nächsten Problem brachte. Brittany Lowel. Einst Michaels Verlobte und nun, wie es aussah, sein Schützling. Die Frage war allerdings: Wollte er sich wirklich darauf einlassen? Bisher hatte er es erfolgreich geschafft, sich von ihr fernzuhalten. Aber er konnte es nicht mit seinem Gewissen vereinbaren, eine schwangere Frau auf der Straße leben zu lassen, nur weil sie eine falsche Entscheidung getroffen hatte. Auf gar keinen Fall.

Allerdings war es riskant, sie bei sich aufzunehmen. Wenn ihn die Erinnerung an die Vergangenheit überrannte, war er wie ein Pulverfass. Das heißt, er musste die Fronten klären. Es würde alles auf einer freundschaftlichen Ebene ablaufen müssen. Und es würde Tage geben, an denen sie sich besser von ihm fernhielt. Sobald sie auf eigenen Beinen stehen konnte, würde er ihr helfen, ein geeignetes Eigenheim zu finden, und danach konnte er wieder für sich sein. Das war der Plan.

Aus dem Wagen rief er seine Versicherung an und ließ Brittany als Lebensgefährtin eintragen, um sie mitzuversichern. Ihre Daten hatte er von der gestrigen Aufnahme noch im Kopf. Die Erhöhung der Beiträge stellte für ihn kein Problem dar. Er hatte immer gut verdient und kaum Ausgaben. Daher hatte er ein ausreichend hohes, finanzielles Polster angehäuft.

Kurz überlegte er, ob er Michael über sein Vorhaben informieren sollte, entschied sich jedoch dagegen. Schließlich sollte er erst einmal Brit über die Veränderung in Kenntnis setzen und sehen, ob sie damit einverstanden war oder ihr eine andere Lösung vorschwebte. Dennoch fuhr er zum ISPD, um mit Kane oder Michael über das Feuer und die Folgen der vergangenen Nacht zu sprechen.

Als er das Police-Department betrat, fiel ihm Monica Gesicht sofort ins Auge. Sie hatte dunkle Augenringe und schien durch ihn hindurchzusehen.

„Hi, Monica. Ist Michael da?" Erschrocken fuhr sie hoch.

„Hallo Brad, entschuldige, ich war in Gedanken. Michael? Nein, er hat heute seinen freien Tag. Aber Kane ist hier. Geht es um das Feuer gestern Nacht?"

„Ja. Kann ich zu Kane durchgehen?"

„Natürlich, ich öffne für dich."

„Danke."

Monicas Nerven lagen blank. Sie musste wissen, ob es sich beim Feuer der vergangenen Nacht wieder um Brandstiftung gehandelt hatte. Auch wenn sie normalerweise sehr darauf bedacht war, dass alles seine Richtigkeit hatte, konnte sie sich dennoch nicht davon abhalten, Brad zu folgen. Obwohl Kanes Büro nun geschlossen war, konnte sie die Stimmen durchaus vernehmen.

Brad erzählte von den Vorkommnissen, dem gelegten Feuer, dem Einsatz und von Brittany. Mit einem Schlag begann Monica zu zittern. Ihr Kreislauf spielte verrückt, ihre Handflächen schwitzten und ihr brach der kalte Schweiß aus. Man hatte Brit fast getötet? Eine werdende Mutter?

Nein, das konnte sie nicht zulassen. Sie musste etwas unternehmen. Niemals würde sie es verkraften, wenn jemand dadurch zu Schaden käme. Nur, weil dieses Monster immer noch hinter ihr her war. Das Wissen um einen solchen Unglücksfall würde sie umbringen.

„Hey, Schönheit. Alles okay? Komm mit und setz dich erst einmal hierhin. Ich bringe dir ein Glas Wasser."

Kapitel 6

Der Kosename, den José in diesem Moment für sie benutzte und zum ersten Mal laut auf der Wache aussprach, war ihr beinahe entgangen. Das Wissen um die Geschehnisse der vergangenen Nacht hatte sie kalt erwischt.

„Hey, Monica. Was ist geschehen?" Jax kam gleichzeitig mit José bei ihr an.

„Ich ...", ihr Blick, der zu José wanderte, sprach Bände.

„Oh, nein. Das könnt ihr beide gleich knicken. Ich möchte jetzt wissen, was hier gespielt wird. Du hattest deine Zeit, Jax. Jetzt heißt es, Karten auf den Tisch."

„Lasst uns in mein Büro gehen, da können wir in Ruhe alles besprechen." Jax schnappte Monicas Hand und brachte sie in den kleinen Raum, der ihr als Büro diente. José folgte ihnen wortlos. Sobald die Tür geschlossen war, wiederholte Jax ihre Frage von vorhin. „Also, Monica. Was ist passiert?"

„Ich glaube, ich muss meine Zelte hier abbrechen. Soeben habe ich Brad und Kane miteinander sprechen gehört. Es gab erneut einen Brand und … oh, Gott, ich weiß nicht, was ich getan hätte, wenn Brit …". Ein Schluchzen entkam ihr und sie schlug ihre Hände vors Gesicht.

„Jetzt mal ganz von vorn. Ich steige im Moment gar nicht durch. Weshalb interessiert dich der Brand von gestern Nacht und wieso, um alles in der Welt, solltest du deine Zelte hier abbrechen?" José setzte sich auf den leeren Stuhl neben Monicas. Jax hatte sich an den Schreibtisch gelehnt und fuhr sacht über Monicas Schulter, um ihre Unterstützung zu zeigen.

Monica blickte auf und traf Jax' Blick, der ihr unmissverständlich klarmachte, dass es an der Zeit war, sich mitzuteilen. Daher nahm Monica einen Schluck von dem Glas Wasser, das José ihr gebracht hatte, und begann nun, José ihre Geschichte zu erzählen. Allerdings etwas knapper, als sie es in der Bar gehalten hatte.

„Wow, das ist eine ganze Menge, die du erlebt hast. Jetzt verstehe ich zumindest ein paar Dinge besser, vor allem, warum deine Abdrücke im AFIS zu finden waren." José wirkte nachdenklich.

„Aber hat sich die Polizei in Chicago oder den Städten davor nicht für deine Vergangenheit interessiert?" Jax war sicher, dass hier noch ein Detail im Argen lag und Monicas Reaktion darauf zeigte ihr, dass sie mit der Frage ins Schwarze getroffen hatte.

„Ich habe nach der Sache in Pittsburgh nicht mehr darüber gesprochen."

„Das verstehe ich nicht. Weshalb? Hat man dir nicht geglaubt? Es gibt doch Unterlagen zur

Anzeige und Gerichtsverhandlung in Florida. Oder nicht?" Jax war verwirrt. Sie hatte sie bislang nicht angefordert, da sie dann mit ihrer eigenen Vergangenheit konfrontiert werden würde. Das vermied sie immer noch.

„Die Polizei in Pittsburgh hat mir versichert, dass es Jimmy nicht sein konnte, da er unter Beobachtung stand. Weiter wollten sie damals nicht darauf eingehen. Somit stand ich wieder einmal vor Leuten, die mich nicht für voll nahmen. Das wollte ich mir kein weiteres Mal antun."

„Na dann würde ich sagen, dass die ganze Sache doch nicht so glasklar auf der Hand liegt, wie wir vermutet haben. Hast du nie versucht herauszubekommen, warum Jimmy unter Beobachtung stand und vor allem, was das genau bedeutete?" Hier lag also der Hund begraben.

„Offen gesagt, nein. Ich wollte meinen Frieden damit schließen."

„Hat ja nicht ganz so toll geklappt, oder?" Nun meldete sich José wieder zu Wort. „Okay. Lasst uns die Sache mal durchdenken. Wenn es dieser Jimmy nicht gewesen sein kann – vorausgesetzt die Polizei in Pittsburgh hat entsprechend recherchiert – wer könnte dir unbemerkt folgen?"

„Tja, vermutlich jeder, der bei dem ersten Anschlag dabei war", schlussfolgerte Jax. Monica nickte stumm. „Dann wird es wohl Zeit, dass wir sämtliche Unterlagen dazu anfordern. Schließlich geht es hier bei uns derzeit auch um einen Brandstifter. Wenn uns das in unseren Ermittlungen nicht weiterhilft, dann möglicherweise, um Monica aus der Schusslinie zu bringen."

„Ich kümmere mich darum, dass wir aus allen Städten die Untersuchungen zugesandt bekommen." José machte sich auf den Weg zur Tür.

„Streich Chicago, durch die Akte bin ich durch. Diese Unterlagen habe ich bereits. Florida und Pittsburgh fehlen noch." Jax hob eine Akte von ihrem Schreibtisch, um sie ihm zu zeigen.

„Sobald wir alle haben, setzen wir uns zusammen und arbeiten sie in Ruhe durch. Wäre doch gelacht, wenn wir das nicht unter Kontrolle bekämen. Allerdings werden wir über kurz oder lang Brad und den Chief einweihen müssen. Aber das überlasse ich dann mal lieber euch, Ladies."

Jax zog eine Grimasse, bei der José loslachen musste, bevor er den Raum verließ. Monicas Hände zitterten immer noch, wenngleich sich ihr Puls und ihr Kreislauf langsam beruhigten.

„Und jetzt zu Brit. Was hat sie denn mit der Sache zu tun?"

„Ich weiß es nicht genau. Kane und Brad hatten sie erwähnt. Sie musste wohl aus einem unbekannten Grund im Lagerhaus gewesen sein. Sie musste die Nacht im Krankenhaus verbringen, soweit ich mitbekommen habe."

„In Ordnung. Ich werde versuchen Kane dazu zu befragen, wenn Brad weg ist. Geht es dir wieder besser?"

„Ja, danke, Jax."

„Jederzeit. Dann lass uns an die Arbeit gehen."

Brad verließ das Gebäude nach der Besprechung mit Kane. Er hatte die Details, die Brit betrafen, ausgelassen. Es reichte schon aus, sie erwähnen zu müssen. Bestimmt war es ihr schon unangenehm genug, dass die Leute der Feuerwache und die Sanitäter mitbekommen hatten, dass sie in der Lagerhalle war. Jeder konnte sich vorstellen, was sie dort gemacht hatte.

Mit jedem Feuer fiel es Brad schwerer, nicht in den Ermittlermodus zu schalten. Immerhin war der Fire Marshall bereits informiert und somit war es nicht mehr seine Aufgabe, hier weiter Erkundigungen einzuholen. Die Polizei und Marshall Vaughn würden die Sache aufklären. Doch die Tatsache, dass es Brittany beinahe das Leben gekostet hätte, wäre er nicht so aufmerksam gewesen ihr Auto zu entdecken, machte ihn fertig.

Er wollte sie am nächsten Morgen im Krankenhaus besuchen und sie anschließend zu sich nach Hause holen. Solange der Brandstifter die Nachbarschaft unsicher machte, konnte er sie nicht ruhigen Gewissens ohne Unterkunft auskommen lassen. Bei diesem Gedanken musste er sich allerdings der Tatsache stellen, dass er seit drei Jahren nicht mehr mit einer Frau unter einem Dach gewohnt hatte.

Erneut versuchte er mittels Atemtechnik, die Erinnerungen in den hintersten Winkel seines Bewusstseins zu verdrängen. Wie lange ihm das noch gelingen würde, bevor sie sich dafür rächten und ihn verschlangen, war nicht abzusehen. Brad hoffte, dass er noch eine kleine Schonzeit hätte.

Da er selbst die meiste Zeit auf der Wache war und auch dort schlief, würde Brit die vom Fire Department bereitgestellte Bleibe vorwiegend für sich haben. Allerdings musste er noch der Reinigungskraft Bescheid geben, die einmal wöchentlich kam, um sauberzumachen. Sie sollte das Gästezimmer vorbereiten, damit Brit das nicht musste. Und bald musste er sicherstellen, dass sie nicht allein war, wenn die Wehen einsetzten. Aber bis dahin war noch Zeit.

Er schickte Martha eine Nachricht, damit sie bis zu ihrer Ankunft am Mittag in seinem Haus das Bett im Gästezimmer frisch bezog und alles sauber wischte. Sie antwortete ihm, dass es sie freute, dass er Besuch bekam und sie sich umgehend darum kümmern würde. Danach schickte er noch eine Nachricht an Cindy, um sie darüber zu informieren, dass es Brit den Umständen entsprechend gut ging und er sie auf dem Laufenden halten würde. Zusätzlich bat er sie, dass Brit noch einen weiteren Tag fehlen durfte. Es würde ihr gut tun, sich bei ihm einzugewöhnen und zurechtzufinden, bevor sie am darauffolgenden Tag ihre Arbeit in der Bäckerei wieder aufnahm.

Cindy war natürlich einverstanden und freute sich, dass es Brit soweit gut ging. Nun konnte auch Brad in aller Ruhe an seine Arbeit gehen und die Gedanken an den nächsten Tag verdrängen. Alles zu seiner Zeit.

Kane gefiel es gar nicht, die Neuigkeiten von Brad zu hören. Natürlich war ihm das Feuer in der vergangenen Nacht nicht verborgen geblieben. Doch die Information, dass sich im Lagerhaus eine Person befunden hatte, die im schlimmsten Fall zu Tode gekommen wäre, war nicht die Art von Nachricht, die er am frühen Morgen gerne erhielt.

Und als ob das nicht genug des Guten gewesen wäre, steuerte Jax direkt auf sein Büro zu. Das konnte doch nur ein übler Scherz sein. Als wäre sein Morgen nicht schon durch den ersten Besuch ruiniert worden. Er hatte bisher nicht einmal seinen zweiten Kaffee getrunken. So konnte er Jax auf gar keinen Fall empfangen. Rasch erhob er sich und trat aus seinem Büro, bevor Jax eintreten konnte. Sie sah ihn kurz verwundert an, als er ihr mit einem Kopfnicken bedeutete, ihm in die Teeküche zu folgen.

Wortlos goss er zwei Tassen Kaffee ein und hielt Jax eine davon entgegen. Dann setzte er sich an den kleinen runden Tisch, der gleich rechts von der Maschine stand und trank das aromatische Getränk genussvoll mit geschlossenen Augen. Erst nach dem zweiten Schluck öffnete er die Augen und sah, dass Jax ihn fasziniert beobachtete.

„Ich höre, Jax. Was kann ich heute für dich tun?"

„Dir auch einen wunderschönen Morgen, Kane. Ich wollte fragen, was Brad bei dir wollte.

Gab es etwas Neues beim gestrigen Feuer?" Der Blick, den sie ihm schenkte, war reines Kalkül. Sei schlau, stell dich dumm. Unter diesem Motto erreichte sie beim Großteil der Männer, dass sie unterschätzt wurde.

„Nichts von Bedeutung. Was war vorhin mit Monica los?" Tja, und mit dieser Frage erwischte er sie wiederum eiskalt. Sie hatte nicht damit gerechnet, dass ihm die Situation vor seinem Büro aufgefallen wäre. Doch sie hatte sich verkalkuliert. Das passierte ihr bei Kane leider viel zu oft.

„Nichts von Bedeutung. Danke für den Kaffee." Sie beschloss, den Rückzug anzutreten. Monicas Geschichte sollte noch ein wenig unter Verschluss bleiben. Zumindest, bis sie gemeinsam alle Akten gesichtet hatten und sich ein Bild machen konnten. Erst dann wollten sie Kane und Brad hinzuziehen und einweihen.

Weshalb schaffte es diese Frau immer, ihn mit ihren Spitzen auf die Palme zu bringen? Es war ihm ein Rätsel. Und obwohl er sich darüber im Klaren war, dass sie es ohne großes Zutun schaffte, war es ihm nicht möglich, ruhig zu bleiben. Der Kaffee schmeckte plötzlich bitter und Kane beschloss, sich in sein Büro zurückzuziehen.

Kaum war er dort angelangt, kam der nächste Dämpfer. Sein Smartphone klingelte in der bestimmten Melodie, die er seiner Schwester zugeteilt hatte. Die Frau, der es nach Jax am besten gelang, ihn schnellstmöglich aus der

Fassung zu bringen. Er atmete tief durch, bevor er den Anruf annahm.

„Hi, Nelly. Was gibt's?"

„Hi, Kane. Na, was wohl? Das ist mein monatlicher Kontrollanruf, ob du noch lebst. Ich weiß ja, dass du mit Mom und Dad nicht sprichst, aber womit habe ich diese Ausgrenzung verdient? Einfach nur, weil ich noch zu Hause wohne?" Kane war klar, dass es relativ egal war, was er nun antwortete. Es konnte nur falsch sein.

„Natürlich nicht, Nelly. Aber worüber sollen wir sprechen? Ich habe, offen gesagt, wenig Lust zu hören, was auf der Ranch passiert. Und dir wird es gleich sein, welche Art von Verbrechen ich gerade aufkläre. Habe ich recht?"

„Vielleicht möchtest du aber hören, dass ich ab dem Wintersemester nicht mehr auf der Ranch sein werde. Das ist auch der Grund meines Anrufs. Ich wurde auf der University of Colorado Boulder angenommen."

„Wow. Ich weiß gar nicht, was ich sagen soll. Was wirst du studieren?" Nelly war elf Jahre jünger und hatte bisher in Bozeman, Montana, Betriebswirtschaft studiert.

„Ich habe mich für Umweltdesign entschieden. Und die Universität dort bietet eine Zusammenarbeit mit den führenden Instituten des Landes. Aber ich weiß bis jetzt nicht, wo ich unterkommen werde. Derzeit stehe ich noch auf der Warteliste für ein Studentenwohnheim." Also, daher wehte der Wind.

„Was sagen Mom und Dad dazu? Bisher warst du immer in greifbarer Nähe. Jetzt wirst du eine Tagesreise von ihnen entfernt sein."

„Sie waren nicht begeistert. Und ganz ehrlich. Dad spricht nicht mehr mit mir. Er ist überzeugt, ich sei genauso undankbar wie du. Mom hat etwas gebraucht, versteht aber meine Intentionen, die mich dazu bewegen. Die Welt ist im Wandel und wir müssen uns anpassen. Ich denke, dass ich mit diesem Studium wesentlich besser zum Erhalt der Ranch beitragen kann, als mit dem Betriebswirtschaftsstudium, das ich mit Ende des Semesters abschließen werde."

„Oh, Mann. Nelly, das ist wirklich toll, aber ich hoffe du weißt, was du dir damit aufhalst. Dad ist niemand, der schnell vergibt oder vergisst. Wann wirst du hier aufschlagen? Ich nehme an, darum geht es hier, oder?"

„Du kennst mich so gut, Kane. Ich dachte, ich komme nach den Feierlichkeiten zum vierten Juli zu dir. Dann ist auf der Ranch ohnehin nicht mehr so viel zu tun. Du könntest mich auf den Campus begleiten und wir sehen uns Unterkünfte an, sofern ich bis dahin noch kein Zimmer habe. Was denkst du?"

„Klingt machbar. Noch tiefer kann ich in Dads Missgunst wohl nicht mehr fallen."

„Danke, großer Bruder. Dann sehen wir uns in einem Monat."

Monica hatte gesehen, dass Chief Kane telefonierte, sobald er seine Unterhaltung mit Jax beendete. Sie hoffte nur, dass Jax ihn weiterhin nicht einweihen musste. Wie würde man sie dann auf dem Revier ansehen? Es schien, als hätte man ihre Person bisher nicht genauer geprüft. Würde sie ihren Job behalten dürfen? Das hing wohl davon ab, wie die ganze Sache hier ausgehen würde. Erneut erfasste sie ein kalter Schauer, als sie über Brit nachdachte.

Sie konnte nichts dagegen tun, dass sie sich verantwortlich fühlte. Wäre sie nicht hierhergekommen, wären die Stadtbewohner sicher vor dem Feuerteufel, wie sie ihn unterbewusst nannte. Selbstverständlich hatte sie immer wieder versucht herauszufinden, wer hinter den Angriffen auf ihre Wohnungen steckte. Aber wenn es nicht Jimmy war, hatte sie keine Anhaltspunkte.

Es war zu hoffen, dass Jax und José weitere Details ans Licht brachten. Die Ungewissheit nagte an ihrem Verstand. Immer öfter erwischte sie sich selbst dabei, Dinge infrage zu stellen. Hatte sie die Bürste wirklich dorthin gelegt? War die Brotdose nicht geschlossen, als sie das Haus verließ? Niemand hatte Zugang zu ihrem Apartment und doch fielen ihr öfter Dinge ins Auge, die sie anders in Erinnerung hatte.

Als sie nach Dienstende auf dem Nachhauseweg wieder auf José traf, stieg sie, ohne viel zu überlegen, in seinen Wagen. Wie jedes Mal, wenn er sie erblickte, hatte er kurz neben ihr gehalten. An diesem Abend hatte sie nicht die Kraft, ihm eine Diskussion zu liefern. Zu sehr fühlte sie sich von den bisherigen Ereignissen mitgenommen.

„Ist es okay, wenn ich mit hochkomme und deine Wohnung überprüfe? Versteh mich bitte nicht falsch, aber ich würde mich besser fühlen, wenn ich weiß, dass du sicher bist."

„Danke, José. Das würde mich beruhigen." Keine zwei Minuten später hielten sie vor ihrem Wohnhaus.

José konnte Monica ansehen, dass es ihr unangenehm war auf fremde Hilfe zurückzugreifen. Doch er hatte bereits im Department bemerkt, wie mitgenommen sie den ganzen Tag über war. Ihre Arbeit hatte sie zu aller Zufriedenheit erledigt, doch das innere Feuer, das sie normalerweise dabei versprühte, war erloschen. Am liebsten wollte er sie in seine Arme schließen und sie vor der Welt beschützen.

„Warte kurz hier im Flur auf mich. Ich mache einen Rundgang in der Wohnung und dann bist du mich auch schon wieder los." Auch wenn es ihm schwerfallen würde, sie hier schutzlos zurückzulassen, musste er sich der Realität stellen. Sie war seine Kollegin, die ihm klargemacht hatte, nichts mit ihm anfangen zu wollen. Und er würde den Teufel tun und diese unmissverständliche Ansage ignorieren.

Angrenzend an einen kurzen Flur, öffnete sich der Wohnraum mit darauffolgendem Küchenbereich an der linken Seite. Rechter Hand folgte ein weiterer Flur, der zu einer Toilette, einem Badezimmer und dem gegenüberliegenden Schlafzimmer führte. Die Wohnung war hell und modern eingerichtet. Alles war ordentlich an seinem Platz. Einzig das einen Spalt offenstehende Schlafzimmerfenster würde er an ihrer Stelle verschließen.

„Es ist alles in Ordnung. Du solltest aber im Moment das Schlafzimmerfenster während deiner

Abwesenheit geschlossen halten." Der überraschte Blick, den sie ihm nun zuwarf, sprach Bände.

„Das tue ich, José. Ich habe es mir nach dem Vorfall in meiner ersten Wohnung angewöhnt. Und ich überprüfe das regelmäßig, bevor ich das Haus verlasse."

„Ist das der erste Vorfall dieser Art?"

„Was meinst du?"

„Hast du andere Dinge bemerkt? Hat dich jemand verfolgt?"

„Ich denke nicht. Mir sind zwar manche Dinge seltsam vorgekommen ..."

„Welche Dinge?" José wurde hellhörig.

„Eine Bürste, die an der falschen Stelle liegt. Die Brotbox, die beim Nachhausekommen offen steht. Solche Dinge eben. Wie du siehst, bin ich ein sehr ordentlicher Mensch. Und es sieht mir nicht ähnlich, plötzlich etwas anders zu machen."

José machte auf dem Absatz kehrt und überprüfte die Wohnungstür auf Spuren. Das Schloss war unberührt. Es gab keinerlei Kratzspuren.

„Wer hat noch einen Schlüssel zu der Wohnung?"

„Nur Sally. Und die Vermieterin natürlich."

„Wer ist deine Vermieterin? Ich möchte herausfinden, ob sie vertrauenswürdig ist." Monicas kurzes Zögern ließ ihn sofort wieder ein wenig Tempo herausnehmen. „Ich möchte nicht übergriffig wirken, Monica. Aber bei allem, das du heute erzählt hast, möchte ich dich einfach in Sicherheit wissen. Bitte."

„Cindys Schwester Lea ist meine Vermieterin. Daher bin ich davon ausgegangen, dass sie vertrauenswürdig ist, wie du so schön sagst." Die Verunsicherung stand ihr ins Gesicht geschrieben.

„Cindy aus der Bäckerei? Das ist korrekt. Lea ist absolut integer und verschwiegen. So kann derjenige also nicht an einen Schlüssel gelangt sein." José musste nachdenken und Monica wollte nicht länger im Durchgang stehen.

„Möchtest du etwas trinken? Nimm doch gerne Platz. Ich denke, dass diese Unterhaltung wohl noch nicht vorbei ist, oder?" Der Blick, den er ihr nun zuwarf, ließ sie sofort zurückrudern. „So meinte ich das nicht. Aber ich brauche etwas zu trinken und meine Energiereserven sind für heute einfach aufgebraucht. Ich werde mir eine Tiefkühlpizza machen. Möchtest du mir Gesellschaft leisten? Es sei denn, du hast noch etwas vor?"

Diese Einladung würde er auf gar keinen Fall ausschlagen. Zum gefühlt ersten Mal hatten sie eine Möglichkeit gefunden, sich auf persönlicher Ebene auszutauschen. „Ich bleibe gerne. Kann ich dir zur Hand gehen?"

„Nicht nötig. Ich schiebe das Ding nur eben in den Ofen. Aber du könntest uns Getränke aus dem Kühlschrank holen." Monica wusste nicht, was sie dazu bewogen hatte, José zum Bleiben einzuladen. Sie wusste, dass er sie mit seinen Fragen nicht verhören wollte. Daher dachte sie, dass die Unterhaltung ungezwungener laufen würde, wenn sie diese beim Essen führten. Die

Richtung, die José mit seinen Fragen einschlug, war aufwühlend.

Der Gedanke, dass jemand einen Schlüssel zu ihrer Wohnung hätte und sich damit jederzeit Zugang verschaffen konnte, ängstigte sie. José musste diese Schwingung gefühlt haben, denn er stand plötzlich neben ihr in der Küche und legte behutsam seine Hand auf ihre Schulter. Vermutlich, um sie nicht zu erschrecken.

„Keine Sorge, Monica. Wir bekommen das hin. Du bist hier nicht alleine. Jax und ich kümmern uns um den Mistkerl, der dir Angst einzujagen versucht. Ich werde nicht zulassen, dass dir etwas geschieht." Wie gerne wollte sie sich in eine Umarmung flüchten und die Welt aussperren. Doch ob sie sich jemals wieder jemandem so weit öffnen konnte, um ihm bedingungslos zu vertrauen, blieb abzuwarten.

„Danke, José. Das weiß ich wirklich zu schätzen." Glücklicherweise verstand er es als Aufforderung, sich ein wenig zurückzuziehen. Sie wollte wirklich nicht unhöflich sein, doch bei seinem vermeintlichen Frauenverschleiß wollte sie nicht die nächste Kerbe in seinem Bettpfosten darstellen.

„Ich nehme uns ein Wasser mit und warte auf der Couch, wenn das okay ist?"

„Ja, vielen Dank. Ich bin gleich bei dir."

Gemeinsam gingen sie noch einmal gedanklich durch, wie jemand zu ihrem Schlüssel kommen konnte, doch eigentlich war es ein Ding der Unmöglichkeit. „Wo behältst du deine Tasche auf, wenn du im Department bist?"

„Bei meinen Sachen im Spind. Du denkst doch nicht ernsthaft, dass jemand in die Polizei-Umkleide kommt, meinen Spind öffnet und meinen Schlüssel holt. Nur um in die Wohnung hineinzukommen, meine Bürste an eine andere Stelle zu legen und ihn anschließend wieder zu retournieren?"

„Nein, das denke ich nicht. Aber ich denke, dass es machbar ist, in die Polizei-Umkleide zu kommen, deinen Schlüssel in ein dafür vorgesehenes Schlüsselabdruckset hineinzudrücken und ihn anschließend wieder zurückzulegen. Danach den Schlüssel auszugießen und mit diesem ständig Zutritt zu haben, wäre sinnvoller."

„Das klingt leider machbar."

„Nun mein Vorschlag. Ich hole ein neues Zylinderschloss und baue es heute noch ein. Dann brauchst du nur zukünftig darauf zu achten, dass du ihn während der Arbeitszeit in deiner Nähe behältst."

„Oh, nein. José, das kann ich nicht von dir verlangen."

„Tust du auch nicht. Ich habe es angeboten."

„Na schön, ich danke dir. Aber ich komme mit und werde mich dafür erkenntlich zeigen." Das Lächeln, das sich auf seinen Lippen ausbreitete, war eindeutig das eines Jägers. „So war das nicht gemeint, Officer." Das anschließende Lächeln konnte sich Monica jedoch auch nicht verkneifen.

Brad war nervös. Er sollte Brittany heute nach Hause holen. Seit beinahe fünf Minuten versuchte er, im Krankenhaus die Zeit totzuschlagen und eine Ausrede zu finden, warum er noch nicht bereit war in ihr Zimmer zu gehen. Kurz vor ihrer Türe hielt er erneut inne.

„Guten Morgen, Chief Lancaster! Wie geht es Ihnen heute?" Die Krankenschwester, die eben Brits Zimmer verließ, grüßte ihn freundlich und seine Schonzeit war somit verflogen.

„Schönen guten Morgen, Schwester Ally. Danke, es geht mir gut. Wie geht es Ihnen und unserer Patientin?" Die Schwester war hübsch, aber nicht sein Fall, wenngleich sie immer versuchte, mit ihm zu flirten.

„Das Ende meiner Schicht ist in Sicht. Sie wurde bereits etwas unruhig. Es wird Zeit für sie nach Hause zu gehen, denke ich." Tja, ein *nach Hause* konnte er ihr nicht bieten. Aber zumindest ein Zuhause auf Zeit.

„Dann wollen wir sie mal nicht länger warten lassen." Jetzt war er froh, dass er in Brits Zimmer Zuflucht finden konnte, um vor der Krankenschwester Reißaus zu nehmen.

„Hallo, Brad. Kann ich heute nach Hause? Ich habe am Abend noch mit Cindy telefoniert. Sie hat mir gesagt, dass ihr beide euch abgesprochen hattet."

„Hi, Brit. Das ist richtig. Ich habe dir einen Vorschlag zu unterbreiten und dachte, dass es für dich angenehmer wäre, wenn du noch einen Tag freihättest."

„Okay, ich höre gerne zu. Aber ich möchte nicht bevormundet werden. Es fällt mir schwer genug, mit dir offen über alles zu reden. Du bist die einzige Person, die über all das Bescheid weiß. Lass mich das bitte nicht bereuen."

„Es war nicht meine Absicht, dich zu bevormunden, Brit. Aber es muss auch klar sein, dass ich dir nur helfen möchte. Wenn das falsch ankommt, dann können wir gerne darüber reden. Aber so wie ich das sehe, bin ich derzeit eine der wenigen Personen, die für dich da sein wollen. Oder?" Es war besser, im Vorfeld die Fronten zu klären. Er war nicht ihr Freund oder der Vater des Kindes. Wenn sie sich darauf einließ, dann zu seinen Bedingungen.

„Du hast recht und ich danke dir dafür. Aber versteh mich bitte auch. Ich muss das erste Mal für mich selbst einstehen und für meine Tochter. Und ich versuche, das Beste aus meiner Situation zu machen. Die Hormone machen mich ein wenig dünnhäutig in letzter Zeit." Auch sich selbst gegenüber musste sie sich eingestehen, dass es ihr nicht mehr so leicht fiel, Kränkungen wegzustecken.

„In Ordnung. Ich werde versuchen, das im Hinterkopf zu behalten. Willst du meinen Vorschlag nun hören?" Sie nickte und sah ihn erwartungsvoll an. „Ich möchte, dass du in meinem Haus wohnst, bist du finanziell besser aufgestellt bist. Das Fire Department hat mir ein Haus zur Verfügung gestellt, das ich kaum nutze. Großteils bleibe ich gleich auf der Wache, um alles besser koordinieren zu können. Daher würde es sich für dich anbieten."

„Aber das geht doch nicht. Das kann ich nicht annehmen. Außerdem ist es doch bestimmt gegen die Nutzungsregeln. Oder nicht?" In ihrem Kopf kreisten die Gedanken. Es wäre schon toll, wieder in einem weichen Bett schlafen zu können, wie die letzten beiden Nächte.

„Wer sollte etwas dagegen haben oder es sogar nachprüfen?"

„Da hast du wiederum recht. Was kann ich dir im Gegenzug dafür anbieten?"

„Brit, das Angebot ist an keine Verpflichtungen geknüpft. Du sollst das Haus nicht abfackeln, du musst es nicht einmal besonders sauber halten, denn einmal die Woche kommt eine Reinigungskraft. Also, wenn du einverstanden bist können wir losfahren und du kannst den heutigen Tag nutzen, um in deinem neuen Domizil anzukommen."

Kapitel 7

Die Fahrt zu Brads Haus führte sie durch die Innenstadt und nördlich in die Anhöhen, die Idaho Springs umgaben. Die Virginia Canyon Road gehörte zu den größeren Straßen, die von Idaho Springs weiter durch das Tal in die Berge führte. Wenn man ihr folgte, kam man an der alten Mine vorbei in höher gelegene Gebiete, die im Pewabic Mountain gipfelte.

Bereits am fünften Haus hielt Brad an. Das Gebäude war zweistöckig, mit einem kleinen Eingang zur Straße hin. Außerdem zierte ein überschaubarer Erker rechts davon und ein paar Rundbogenfenster die Front. Die Holzvertäfelung war weiß gestrichen und gab dem Haus ein gepflegtes Aussehen. Beigefarbene Zierleisten hoben den Eingang und die Fenster farblich vom Rest des Hauses ab. Unter dem Giebel des Daches entdeckte Brit ein zierliches rundes Fenster, das dem Objekt ein charmantes Aussehen verpasste. Die Dachziegel in dunklem Braun ergänzten die Zierränder farblich perfekt.

Rechts neben dem Haus gab es einen überdachten Parkplatz, den Brad nun ansteuerte. Auf dieser Seite des Hauses gab es einige große Fenster, die die Räume mit Sicherheit hell erstrahlen ließen, sobald das Sonnenlicht darauf traf. Die anderen beiden Seiten des Hauses konnte Brit von dieser Stelle nicht einsehen, doch der Gesamteindruck passte schon mal.

„Komm, ich zeige dir erst einmal alles. Dann kannst du in Ruhe ankommen." Er öffnete die Eingangstür und ließ sie in einen schmalen Vorraum treten, von dem links eine Treppe ins Obergeschoss führte. Neben dem Erker, der von außen sichtbar war, befand sich eine kleine Garderobe, in die Nische eingebettet. Weiter geradeaus konnte sie durch einen weitläufigen Raum direkt nach draußen in den hauseigenen Garten blicken.

Alles war in weißen und beigefarbenen Tönen gehalten. Durch das eindringende Licht wirkte der Raum vor ihr strahlend hell, offen und ruhig. Nachdem sie die Schuhe ausgezogen hatte, folgte sie Brad in den großen Wohnraum, der beidseitig Fenster aufwies und, wie sie jetzt erkannte, zum Garten hin mit Glasschiebetüren begrenzt war. Glücklicherweise gab es passende Vorhänge, die die Blicke anderer aussperrten. Ein großes Sofa dominierte diesen Raum. An der gegenüberliegenden Wand drohte der Flachbildschirm zwischen den Fenstern beinahe zu verschwinden, obwohl er groß genug für die Entfernung zur Couch war. Zwei Sideboards in hellem Holz und ein dazu passender Couchtisch rundeten das Gesamtbild ab.

Der Garten, der sich hinter den Glastüren erstreckte, war terrassenförmig angelegt und gab einen Blick auf die karge, hügelige Landschaft dahinter preis. Das Ende des Grundstücks wurde von einem Streifen einheimischer hoher Nadelbäume gesäumt, eine lebende Hecke umgab die Seiten. Brittany verlor sich in Träumen darüber wie schön es wäre, wenn ihre kleine Tochter hier spielend aufwachsen könnte. Brads Stimme holte sie in die Realität zurück.

„Der Wohnraum ist der größte Raum. Hier links ist die Küche. Unterhalb der Treppe befindet sich eine Gästetoilette. Im oberen Stockwerk ist das Hauptschlafzimmer, in dem ich meine Sachen untergebracht habe. Du kannst dich im Gästezimmer einquartieren. Beide Räume teilen sich ein Badezimmer. Wie gesagt, bin ich nicht oft hier, somit sollte das kein Problem darstellen."

Er ging die Treppe hinauf und öffnete die entsprechenden Räume. Das große Schlafzimmer war in dunklen Grautönen gehalten, und bis auf ein Bett und eine Kommode wirkte es leer. Es machte einen unbewohnten Eindruck. Die nächste Türe im Flur öffnete das Gästezimmer. Hier kamen wieder Erdfarben zum Tragen, was dem Raum ein gewisses Maß an Wärme und Heimeligkeit verlieh.

Brit war sofort voller Vorfreude auf die Zeit, die sie hier verbringen durfte, und hoffte, auch die kleine Maus würde noch davon profitieren. „Das wäre dann dein Zimmer. Was sagst du?"

„Ich weiß wirklich nicht, wie ich mich jemals dafür revanchieren soll, Brad. Es ist so schön hier. Ich danke dir."

„Wie gesagt, es sind keinerlei Verpflichtungen daran geknüpft. Du bleibst, solange du möchtest und es für dich passt. Ich möchte morgen auch noch mit meiner Versicherung telefonieren. Lass uns sehen, ob wir nicht auch hier eine Lösung für dich finden können. Es wird bestimmt nicht einfach, die Geburt mit einer Grundversicherung hinter dich zu bringen."

„Brad, ich möchte nicht undankbar erscheinen, aber weshalb tust du das alles für mich?"

„Möglicherweise, weil ich etwas wiedergutmachen möchte." Der Ausdruck in seinen Augen zeigte ihr eindeutig, dass er nicht weiter darauf eingehen würde.

„Dann werde ich in Zukunft wohl auch etwas gutmachen müssen" murmelte Brit, bevor sie das Zimmer verließen.

José und Monica steuerten den Heimwerker-Laden an, der glücklicherweise noch geöffnet hatte. Die Auswahl reichte von normalen Zylinderschlössern hin zu Sicherheitsschlössern. Natürlich ließ es sich José nicht nehmen, das Bestmögliche für Monicas Türe auszuwählen.

„Denkst du, dass sich Lea dazu überreden lässt, etwas auf das neue Türschloss beizusteuern? Die Dinger sind ja nicht gerade billig."

„Wenn du möchtest, lege ich das Geld aus, spreche mit Lea und hole es mir von ihr zurück."

„Oh, nein. Das mache ich schön selbst. Wäre ja noch schöner, wenn du das alles für mich erledigen würdest. Ich bin schon froh, dass du mir hierbei hilfst. Das mit Lea werde ich selbst regeln."

„Wie du möchtest. Aber vergiss nicht, du gehörst jetzt hierher und bist somit Teil der Gesellschaft. Und wir sind es gewohnt, füreinander da zu sein und uns zu unterstützen. Also gewöhnst du dich besser gleich daran." Das Lächeln, das sie ihm daraufhin schenkte, ließ ihr wunderschönes Gesicht erstrahlen. José musste an sich halten, um ihr nicht zu sagen, wie schön er sie fand. Mit Sicherheit würde er sie damit nur verschrecken.

Das Schloss war schlussendlich rasch gewechselt. Und Monica versprach José, die Türe ordentlich zu versperren und darauf zu achten, dass auch alle Fenster geschlossen waren. Erst dann verließ er sie. Auf dem Nachhauseweg überlegte er fieberhaft, wie er helfen konnte, Monicas Geschichte zu klären. Es war unabdingbar, sich mit Jax auszutauschen. Sie hatte vorab bereits Informationen von Monica erhalten und auch die Akten schon überprüft. Zumindest einige von ihnen.

Vor seinem Haus angekommen bemerkte er, dass bei Rita noch Licht brannte. Da es bereits kurz vor elf war konnte er davon ausgehen, dass sie am darauffolgenden Tag erst Spätschicht hatte. Daher beschloss er, noch kurz bei ihr vorbeizusehen. Nach dem heutigen Tag hatte er das Bedürfnis, alle Frauen, die er kannte, in

Sicherheit zu wissen. Er parkte und klopfte dann bei seiner Nachbarin.

„Hey, José. Was führt dich noch so spät hierher?"

„Hi, Rita. Ich bin eben angekommen und habe noch Licht gesehen. Ich wollte nur sichergehen, dass alles in Ordnung ist. Es kommt nicht oft vor, dass du so spät noch wach bist."

„Das stimmt. Aber es ist alles in Ordnung. Ich habe den Nachmittag genutzt, mal wieder einen gründlichen Hausputz durchzuführen. Und der hat mich doch länger in Anspruch genommen als vermutet. Was ist mit dir? Wo kommst du gerade her?"

„Ich war bei Monica."

„Uuuh, erzähl mir mehr, Casanova!" Sie schlug ihm leicht auf den Oberarm.

„Ich habe ihr ein neues Schloss eingebaut. Nichts weiter."

„Du musst dich ins Zeug legen, wenn du sie für dich gewinnen willst."

„Wer sagt denn, dass ich das möchte?"

„José, das sieht jeder, der Augen im Kopf hat. Vor allem die Frauen, die nicht mehr bei dir landen, wenn sie dich anlächeln. Das brauchst du nicht einmal auszusprechen. Auch wenn ich sagen möchte, dass ich es sehr unterhaltsam finde zu sehen, wie du dir bei Monica die Zähne ausbeißt. Bei ihr musst du definitiv schwere Geschütze auffahren. Und sie ist auch keine Frau für eine Nacht. Das würde ich dir sogar schriftlich geben."

„Möglicherweise möchte ich in dem Fall auch nicht nur eine Nacht." Ohne darüber nachzudenken, waren diese Worte aus seinem Mund gekommen.

„Sprich nur weiter, jetzt wird es ja richtig interessant."

„Übertreib es nicht, Rita. " Sein Smartphone kündigte einen eingehenden Anruf an. Als er Monicas Namen las, hob er sofort ab.

„Hi, Monica. Alles in Ordnung bei dir?"

„Hi, José. Ja, alles okay. Ich wollte mich noch einmal für deine Unterstützung heute bedanken."

„Das war doch selbstverständlich. Nichts zu danken."

„Hi, Monica!", rief Rita von der anderen Seite des Raumes noch nach.

„Oh, wer war das?" Monica war irritiert, die Frauenstimme in Josés Nähe zu hören.

„Das war nur Rita. Sie möchte dich grüßen."

„Ich grüße sie natürlich zurück. Und das war es genau genommen auch schon. Ich wollte nicht stören. Ich wusste nicht, dass du Besuch hast. Entschuldige bitte." Bevor José das Missverständnis aufklären konnte, hatte Monica schon aufgelegt.

Monica betrachtete ihr Handy und schüttelte den Kopf über sich selbst. Was hatte sie sich nur dabei gedacht? Sie wusste doch, wie José war. Wie konnte sie nur denken, dass er allein schlafen würde? Um nicht weiter darüber nachzudenken begann sie, ihre Wohnung aufzuräumen. Ja, sie war penibel und achtete darauf, Dinge immer an den dafür vorgesehenen Platz zurückzulegen.

Jetzt noch mehr als zuvor. Sie wollte sichergehen können, jegliches neuerliche Eindringen in ihre Wohnung sofort zu bemerken. Keinesfalls wollte sie von einem Fremden in ihren vier Wänden überrascht oder gar überrumpelt werden. Beim Sortieren ihres begehbaren Wäscheschrankes bemerkte sie hellen Staub auf dem Fußboden. Sie überlegte einen Moment, weshalb ihr dieser nicht längst aufgefallen war, holte dann einen Mopp und entfernte ihn.

Anschließend reinigte sie noch die Oberflächen ihrer Küche. Erst danach fühlte sie sich besser und ging ins Bad. Der Gedanke, dass eine Person Zugang zu all ihren Dingen gehabt hatte, fühlte sich furchtbar an. Ein derartiges Eindringen in die Privatsphäre war sehr übergriffig und verstörend für Monica.

Die reinigenden Strahlen der Dusche beruhigten auch ihre Gedanken so weit, dass sie anschließend in ihr Bett schlüpfen konnte. In dem Moment wünschte sie sich, einen Partner an ihrer Seite zu haben, der sie in den Arm nehmen könnte und ihr versicherte, dass alles gut werden würde.

Er war ein wenig beunruhigt gewesen, als der Cop die Wohnung durchsuchte. Gerade heute wäre er bereit gewesen, sie zu holen. Doch was war ein Katz-und-Maus-Spiel schon ohne einen würdigen Gegner? Vielleicht sollte er sich noch etwas Zeit lassen. Möglicherweise war es ein besserer

Abgang für sie, wenn sie gemeinsam mit ihrem neuen Freund verbrennen würde.

Die Bildübertragung war einwandfrei. Ihre Gedanken waren ihr beim Aufräumen und Reinigen der Wohnung anzusehen. Alles fühlte sich für sie beschmutzt an. Dann hatte er zumindest ganze Arbeit geleistet. Immerhin hatte sie ihm seinen Seelenverwandten genommen. Dabei waren sie zusammen schon so weit gekommen.

Aufgeben war für ihn nie eine Option gewesen. Nein. Er würde sie vernichten. Sie so zugrunde richten, wie sie es mit Jimmy getan hatte. Wenn er dabei noch ein paar Leute mitnahm, dann wäre es eben so. Aber anschließend würde er dann nur noch für Jimmy da sein. Sich um ihn kümmern und ihm alles geben, was er wollte.

Jax saß vor den Akten, die aus Florida gekommen waren und überlegte, ob sie sie öffnen sollte. Draußen schien die Sonne und versuchte, die Wonne eines Junitages zu verbreiten. Ein dumpfes Gefühl machte sich in der Magengegend breit. Es fühlte sich an, wie die Büchse der Pandora zu öffnen. Sobald sie einmal offen war, konnte sie nichts mehr gegen den Inhalt unternehmen. Und dass die Akten Negatives enthalten würden, stand außer Frage. Sie wollte eben die erste Akte öffnen, als Kane in ihrer Türe erschien.

„Guten Morgen, Jax. Was ist los? Du siehst aus wie sieben Tage Regenwetter."

„Guten Morgen, Chief. Ach, nichts. Halb so wild." Der Versuch von sich abzulenken scheiterte.

„Auch wenn ihr denkt, dass ich es nicht mitbekomme. Ich hätte diesen Posten nicht inne, wenn ich nicht die Möglichkeit hätte, die Leute hier im Auge zu behalten. Das schließt das Revier mit ein, Jax. Dachtest du ernsthaft, du könntest aus verschiedenen Bundesstaaten Akten anfordern, ohne dass ich es mitbekomme?"

Das hatte gesessen. Sie war tatsächlich davon ausgegangen, dass ihre eigenen Kontakte ausreichten, um diese Information am Chief vorbeizuschmuggeln. Obwohl sie normalerweise alles andere als naiv war, musste sie diese Eigenschaft wohl, mit dem heutigen Datum, ihrem Repertoire hinzufügen.

„Offen gesagt, kann ich darüber nicht mit dir sprechen. Ich habe noch zu wenig Information zusammengetragen, um mir ein Gesamtbild zu machen. Sobald ich Näheres weiß, lasse ich es dich gerne wissen."

„Schön gesagt und nun raus mit der Sprache. Oder soll ich mich lieber an José oder Monica wenden?"

„Kane, verdammt. Lass uns bitte erst die Vorarbeit leisten. Dann werden wir dich hinzuziehen."

„Ich gebe euch zwei Tage, Jax. Dann will ich die Informationen auf meinem Tisch haben und eine detaillierte Übersicht. Verstanden?" Der Ton, den er soeben anschlug, war unmissverständlich.

„Ja, Chief." Gedämpft in ihrer Stimmung, schlug Jax die erste Akte auf und sah sich einem

Albtraum gegenüber. „Oh, nein." Ein Flüstern, doch laut genug, um Kane umgehend in den Raum zurückzurufen.

„Was ...", die restlichen Worte verschluckte Kane beim Anblick von Jax' kalkweißem Gesicht. Bevor sie antworten konnte, schnappte sich Kane die Akte. „Verdammt. Wo seid ihr da gerade dran, Jax?"

„An Monicas Geschichte. Ich weiß nicht, wie er da hineinpasst. Und woher weißt du ...?"

„Das ist mein Job, Jax. Ich kenne eure Akten und euren Werdegang. Ich muss schließlich wissen, mit wem ich Dienst tue und wer für mich arbeitet. Daher ist es auch meine Aufgabe, eure Schwachpunkte zu kennen. Also, wie passen die Gesichter deiner Vergangenheit in Monicas Geschichte?"

„Ich weiß es noch nicht, Kane. Aber ich werde es herausfinden."

„Dann gib mir ein paar der Akten. Ich hole uns Kaffee und wir sehen, was wir hier haben. In diesem Fall denke ich, dass du jede Hilfe gebrauchen kannst."

„Das ist wohl wahr. Danke, Kane."

Als José und Monica im Department eintrafen, brüteten Jax und Kane immer noch über dem Stapel Akten. Um sicherzugehen, ob es sich dabei um ihren Fall handelte, ging Monica in Jax Büro. Beim Anblick der Fotos, die vor den beiden auf dem Tisch lagen, schnappte Monica hörbar nach Luft. Vor ihr fand sich die schlimmste Zeit ihres Lebens ausgebreitet.

„Guten Morgen." Kane machte sich nicht die Mühe aufzusehen. Er war dabei, den Bericht von Monicas Gerichtsverhandlung durchzulesen.

„Hi, Monica. Entschuldige bitte. Aber wir sind dabei, deinen Fall auseinanderzunehmen. Vielleicht solltest du einmal ankommen und Kaffee trinken. Ich komme zu dir, sobald wir uns einen Überblick verschafft haben." Der Ton in Jax' Aussage gefiel Monica ganz und gar nicht. Sie konnte nicht genau sagen, was los war. Aber irgendetwas ging hier vor, von dem sie noch keine Ahnung hatte.

„Okay. Und guten Morgen." Schnellstmöglich verließ sie das Büro und machte sich daran, ihren Arbeitsplatz vorzubereiten. Auf Kaffee wollte sie im Moment verzichten. Sie wusste nicht, wie ihr Magen darauf reagieren würde. Die Fotos ihres entstellten Körpers zu sehen, die im Krankenhaus gemacht worden waren, hatten ihr wieder verdeutlicht, wie kaputt sie war.

Wie konnte sie nur annehmen, dass ein Mann wie José sie auch nur ansehen würde? Die Hilfe am vergangenen Abend war bestimmt nur ein Dienst unter Kollegen gewesen. Sie sollte sich keinesfalls etwas darauf einbilden. Der Dämpfer, den sie beim Telefonat erfahren hatte, würde ihr noch ein wenig in Erinnerung bleiben. Sie sollte sich eindeutig mehr auf ihren Job konzentrieren.

José beobachtete Monica mit gemischten Gefühlen. Er wusste, dass sie vom Telefonat am Vorabend ihre eigenen Schlüsse gezogen hatte. Nun saß sie am Empfang des Departments und schien in Gedanken versunken. Er konnte es ihr allerdings nicht verdenken, schließlich war er bislang kein Kind von Traurigkeit gewesen. Und bei den Dingen, die er eben in Jax' Büro gesehen hatte, war es kaum verwunderlich, dass sie nicht schnell Vertrauen fasste. Dennoch faszinierte ihn, welche Stärke diese Frau entwickelt hatte. Und das bei ihrer Vorgeschichte. Auch wenn es ihr gar nicht bewusst zu sein schien.

Rita hatte definitiv recht mit ihrer Annahme. Er würde sich bei Monica verdammt ins Zeug legen müssen, damit etwas Gutes dabei herauskam. In dem Moment war für ihn klar, dass er sie an seiner Seite wollte. Egal was er dafür tun musste, er würde es tun. Bevor er noch eine Dummheit beging und sie bat mit ihm auszugehen, ging er in Jax' Büro und versuchte sich dort nützlich zu machen. Schließlich war das mit Monica ein Marathon, kein Sprint.

Jax hatte es geschafft, sich durch die Zeugenaussage von Monicas Unfall, wie es zum damaligen Zeitpunkt betitelt wurde, zu lesen. Das Gruppenfoto, das dem Akt beilag, war das einer Studentenverbindung, die sie nur zu gut kannte. Es war wirklich unglaublich, dass es einen zweiten Vorfall mit derselben Verbindung gab und der Dekan erneut nichts unternommen hatte. Selbst wenn zwischen den Vorfällen beinahe sechs Jahre lagen. Das konnte doch kein Zufall sein.

„Was denkst du?"

„Ich frage mich einfach, wie es der Dekan zulassen konnte, das diese Studentenverbindung ein weiteres Mal auffällig geworden ist und nichts von seiner Seite dazu unternommen wurde. In keinem der Berichte wurden irgendwelche Sanktionen für die Jungs erwähnt."

„Möglicherweise hat man das Gerichtsurteil abgewartet, bevor dahingehend von der Universität irgendetwas beschlossen wurde."

„Hey, Leute. Kann ich euch irgendwie zur Hand gehen?" José brauchte Beschäftigung.

„Tatsächlich habe ich gerade eine Aufgabe für dich, José. Ich möchte, dass du dich um den Letztstand aus Florida kümmerst. Könntest du herausfinden, ob es zum damaligen Zeitpunkt noch Abmahnung der Studenten gab? Setz dich zuerst mit den Kollegen vor Ort in Verbindung. Sie haben vielleicht noch einen weiteren Annex, der dem Bericht nicht beiliegt. Ansonsten sollen sie an der Uni nachfragen. Das ist sicher herauszubekommen."

„Wird gemacht, Chief." Er schnappte sich die Akte und ging zu seinem Schreibtisch im Großraumbüro, das den Teil zwischen dem Eingang und den Besprechungsräumen sowie den wenigen Einzelbüros einnahm. Hier hatte jeder einen Schreibtisch, dem kein eigenes Büro zugewiesen werden konnte. Die Räumlichkeiten gaben das bedauerlicherweise nicht her.

Monica ging die Berichte der Notrufe der letzten Nacht durch und notierte sich stichwortartig, worum es dabei ging. Sie hatte sich das vor einigen Jahren angewöhnt. So konnte sie gleich eine Verknüpfung herstellen, wenn ein erneuter Einsatz kam, der mit einem vorangegangenen zusammenhing. Vertieft in die akribische Arbeit bemerkte sie nicht sofort, dass ein älteres Paar das Department betreten hatte.

„Guten Tag." Der leicht spanische Akzent riss sie sofort aus ihren Gedanken.

„Oh, guten Tag. Ich bin Monica Taylor, wie kann ich Ihnen weiterhelfen?"

„Wir wollten kurz mit unserem Sohn sprechen. Ist Officer Alvaro gerade hier?" Monica war so perplex plötzlich vor Josés Eltern zu stehen, dass ihr einen Moment der Mund offen stehen blieb.

„Aber natürlich. Entschuldigen Sie bitte. Ich hole ihn sofort." Sie erhob sich von ihrem Pult und ging in den rückwärtigen Bereich. José saß nicht an seinem Schreibtisch, daher ging sie weiter zu Jax' Büro, wo sie ihn vermutete.

„... Der Dekan hatte das Urteil abgewartet. Da man keinem der Jungs – aufgrund mangelnder Beweise – etwas zur Last legen konnte, hat man auch davon abgesehen sie zu maßregeln." Die Worte, die José eben an die anderen beiden im Raum gerichtet hatte, legten sich wie ein Druck auf Monicas Brust. Wie konnte das nur sein? Man hatte nichts getan? Obwohl sie solche Schmerzen erlitten hatte? Das durfte doch nicht wahr sein.

„José, deine Eltern sind da und würden dich gerne einen Moment sprechen." Plötzlich waren alle Augen auf sie gerichtet. Sie wollte es nicht, doch sie fühlte sich in diesem Moment verwundbar. Es wäre doch klüger gewesen, die Reißleine zu ziehen und wieder zu verschwinden. Das hier fühlte sich viel zu schmerzhaft an, zu real. Man stöberte in ihrer Vergangenheit und zerrte alles erneut ans Licht, was sie bis heute mehr oder weniger erfolgreich verdrängt hatte. Würde sie es noch einmal ertragen, dass man ihr nicht glaubte? Dass man alles für einen Unfall hielt, wie es die Jungs damals zu Protokoll gegeben hatten?

„Danke, Monica. Ich komme gleich mit dir vor." Er legte die Hand auf ihren unteren Rücken und führte sie wieder hinaus. „Es tut mir leid, dass ich im Moment keine positivere Information für dich habe. Aber du kannst dir sicher sein, dass wir dran bleiben. Wir lassen dich nicht hängen." Kurz bevor er durch den Durchgang nach draußen trat, drehte er Monica noch einmal zu sich um und bestätigte ihr mit einem tiefen Blick in ihre Augen, dass er jedes Wort davon ernst meinte.

„Ich weiß nicht, ob ich den ganzen Trubel wert bin." Das war genau das, was sie in dem Moment empfand und es war ein fürchterliches Gefühl.

„Sieh mich an, Monica. Das bist du. Du bist jeden Trubel wert und noch viel mehr. Vertrau mir. Ich bin an deiner Seite." Das Zögern in ihrem Blick zeigte ihm, dass sie noch nicht überzeugt war. Aber daran würde er derzeit nichts ändern können. Es würde Zeit brauchen.

Das Bild, das sich seinen Eltern bot, erfreute seine Mutter. Die Türe des Durchgangs war aus Panzerglas, dennoch einsehbar. Der Blick, den ihr Sohn dieser jungen Frau zuwarf, zeugte von so viel Zärtlichkeit, wie sie es ihm nicht zugetraut hätte. Vor allem nach den Äußerungen über sein Junggesellenleben. Aber es war doch immer wieder faszinierend, wie die *Eine* so etwas selbst beim eingefleischtesten Junggesellen bewerkstelligen konnte.

„*Hola cariño,* wer ist diese hübsche, junge Dame?"

„*Hola mamá, creo que algún día será mi esposa. Pero no quiero asustarla diciéndoselo ahora.*" Er versuchte die Worte so leise wie möglich zu sagen, doch Monica hörte sie. Und was José nicht wusste, sie verstand sie auch. Und bei Gott, sie hoffte, sich verhört zu haben. Denn, dass sie eines Tages seine Frau sein würde, auch wenn er sie im Moment damit nicht verschrecken wollte, bezweifelte sie.

„*Oh, cariño, estoy tan feliz de escuchar eso.*" Seine Mutter freute es auf jeden Fall, das zu hören.

„Aber warum seid ihr hier?"

„Deine Schwester möchte eine Babyparty veranstalten. Arianna möchte das groß feiern. Und wir hatten uns gedacht, dass du dafür im Inn nachfragen könntest. Du hast besseren Kontakt zu den Besitzern."

„*Claro que sí, mamá.* Das werde ich gerne machen. Wie geht es Ari?"

„Es geht ihr gut. Sie macht ihren Mann verrückt, aber das war zuvor nicht anders." Das Lachen, das den Raum erfüllte, war ansteckend, sodass auch Monica schmunzeln musste. Es war herzerwärmend, wie liebevoll diese Personen miteinander umgingen. Sie hätte José diese Einfühlsamkeit nicht zugetraut. Schon der Anblick des Strahlens, als er den Namen seiner Schwester – oder besser gesagt, ihren

Kosenamen – aussprach. In solchen Momenten bemerkte sie, wie sehr sie ihre eigene Familie vermisste.

Und schon schwenkten ihre Gedanken wieder zu all dem Unerfreulichen, das sich derzeit in ihrem Leben tummelte. Sie, die Frau von José, einfach lachhaft. Bei dem Ballast, den sie mitbrachte, brauchte er einen Bagger, um ihr Platz in seinem Leben zu schaffen. Bestimmt würde in Kürze jemand Neues in der Stadt auftauchen, der Josés Interesse auf sich zog.

Kapitel 8

Kane hatte das Gefühl, am Stuhl festzukleben. Die letzten Tage hatten Jax und er Akten gewälzt, Telefonate geführt und mit anderen Polizeistellen gesprochen, um das Gesamtausmaß dessen, was sich bisher in Monicas Leben abgespielt hatte, auf den Punkt zu bringen.

Langsam zeichnete sich ein Bild vor ihnen ab, doch Bruchstücke fehlten immer noch. Diese würden sie erst mit Monicas Hilfe einsetzen können. Allerdings war sie im Moment etwas neben der Spur. Jax hatte ihm erzählt, dass sie weiterhin das Gefühl hatte, in ihrer Wohnung beobachtet zu werden. Auch erwähnte sie Jax gegenüber, dass ihr eine Kette abhandengekommen sei. Und all das, nachdem José ihr das Schloss bereits ausgetauscht hatte.

Wenn sie den Fall nicht bald klar vorliegen hätten, würden seine Mitarbeiter den nervlichen Tribut zahlen. Der Arbeitstag war wieder viel zu schnell vergangen und es fehlte Kane unterwegs zu sein oder sich anderweitig körperlich zu betätigen. Ein Blick in Jax' Büro zeigte ihm, dass sie ebenfalls noch immer am Bildschirm saß.

„Hey, Jax. Was hältst du von etwas Sparring? Ich brauche Bewegung." Irritiert aus den Tiefen ihrer Gedanken herausgerissen, sah sie hoch.

„Das klingt machbar. Danke. Ich denke, ich kann etwas Abwechslung gebrauchen." Wie zum Beweis, streckte sie sich und ihren Rücken durch.

Sie beendeten ihren Dienst und zogen sich in der Umkleide ihre Sportsachen an. Anschließend liefen sie nebeneinander die Treppe in den Fitnessraum hinunter.

„Ich würde mich gerne am Crosstrainer aufwärmen. Was nimmst du?" Jax warf ihr mitgebrachtes Handtuch über die Halterung, um das Gerät optisch zu besetzen.

„Kein Problem. Dann nehme ich das Laufband." Er stellte die Steigung ein und begann, langsam die Geschwindigkeit zu erhöhen, bis er in seinen Rhythmus fiel. Das stetige Klopfen seiner Schuhe auf dem Band ließ seinen Kopf freiwerden. Bald rauschte das Blut in seinen Ohren und sein Herz schlug kräftig gegen die Rippen. Endlich fühlte er sich wieder ganz.

Jax arbeitete sich durch ihr Aufwärm- und Trainingsprogramm, das in Intervallen vom Computer des Crosstrainers abgerufen wurde. Ihre Gedanken kreisten immer noch um den Fall, der auf ihrem Schreibtisch in einigen Aktenordnern verpackt lag. Sie beschäftigte die Frage, wie alles zusammenhing. Doch sie hatte bisher nicht den Mut gefunden, ihre Vergangenheit in Form von Nicoles Akte hervorzuholen.

Ihr Blick richtete sich starr auf das hohe Kellerfenster vor ihr, das die letzten Sonnenstrahlen des Tages an der Westseite des Polizeireviers hereinließ. Erst als das Licht immer diffuser wurde, schnellte ihr Blick auf den Trainingscomputer, der ihr vierzig Minuten Intervalltraining aufzeigte. Langsam ließ sie das Cool-Down-Programm über sich ergehen und stieg anschließend vom Gerät, um das Licht einzuschalten. Der Anblick, den Kane nach vierzig Minuten Lauftraining bot, ließ Jax nicht kalt. Sein schweißnasses Shirt klebte wie eine zweite Haut an ihm und ließ jede Kontur seines gestählten Körpers hervortreten. Der stakkatoartige Klang seiner Schritte ließ die Kraft in seinen muskulösen Beinen erahnen.

Das aufflammende Licht im Raum riss ihn aus dem tranceartigen Lauf und sein Blick fand den ihren, als er sich nach ihr umsah. Langsam ließ er seine Schritte auf dem Band auslaufen und stieg dann herab. Mit dem Handtuch trocknete er sein kurz geschorenes Haar, sein Gesicht und den Oberkörper. Erst als er eine Augenbraue hob und ihr einen fragenden Blick zuwarf, erwachte sie aus ihrer Starre.

„Ich werde etwas trinken, dann können wir mit dem Sparring beginnen."

„Gute Idee, und ich werde ein frisches Shirt anziehen. Das hier war nicht die beste Wahl für so ein ausgedehntes Aufwärmtraining. Atmungsaktiv geht anders." Diese Aussage ließ sie beide lachen.

„Wet-T-Shirt-Contest, wir kommen", feixte Jax, was ihr ein unerwartetes Augenzwinkern einbrachte.

Eine halbe Stunde später war es amtlich. Jax war nicht bei der Sache. Kane war es gelungen, sie mehrmals auf die Matte zu bringen. Und das war bestimmt nicht allein sein Verdienst. Ihr schwirrte der Kopf und es war ihr nicht möglich, ihre Gedanken abzustellen. Umso unkonzentrierter war sie Kane gegenüber gewesen. Nicht, dass er es tatsächlich ausgenutzt hätte. Im Gegenteil. Jax war überzeugt, dass er sich absichtlich zurückhielt.

„Okay. Wir sollten dieses Trauerspiel beenden. Was ist los, Jax? So kenne ich dich gar nicht."

„Tut mir echt leid. Ich bin nicht bei der Sache."

„Was du nicht sagst", bemerkte Kane vorwurfsvoll.

„Ja, ich hab's kapiert, Chief. Nun mach mal halblang."

„Wir werden jetzt beide tief durchatmen, dann holen wir uns etwas zu trinken und nutzen diesen neutralen Bereich neben der Matte, damit du mir erzählst, was in deinem Kopf vorgeht. Ernsthaft, Jax, wenn du so auf der Straße herumläufst, gefährdest du nicht nur dich."

Jax hob beschwichtigend die Hände und nickte. Es war ihr klar, dass Kane recht hatte, wenngleich sie wünschte, es wäre nicht so. Sie war eine Frau, die mit beiden Beinen im Leben stand. Sie hatte viel dafür getan, ihre

Vergangenheit hinter sich zu lassen. Dass sie diese nun wieder in allen Einzelheiten durcharbeiten musste, behagte ihr gar nicht.

Es waren Jahre vergangen. Jahre, in denen sie an sich gearbeitet hatte, um dort zu stehen, wo sie heute war. Und doch schaffte es ihre Vergangenheit, sobald sie sich zeigte, sie wieder zurückzuzerren. Dann fühlte sie sich wieder klein und unscheinbar. Wie jemand, dem man nicht glaubte. Jemand, der es nicht geschafft hatte, seine Freundin zu beschützen.

Sie ließ sich langsam zu Boden sinken. Die Beine in den Schneidersitz gelegt, trank sie einen Schluck aus der Wasserflasche. Kane hatte sich ihr gegenüber niedergelassen und betrachtete sie abwartend.

„Du kennst meine Akte, Kane. Mich beschäftigt, dass es Jahre später erneut zu diesem Zwischenfall mit Monica gekommen ist. Und weshalb ist *er* auf dem Foto der Studentenverbindung? Er müsste zu dem Zeitpunkt doch schon seinen Abschluss gemacht haben. Es macht mich fertig, nicht zu wissen, ob er in der Sache drinsteckt. Aber dazu müsste ich mich gegenüber Monica öffnen und ich weiß nicht, ob ich dazu bereit bin."

Die Erkenntnis traf sie wie ein Schlag. So lange Zeit hatte sie sich vorgemacht, dass sie alles verarbeitet hatte. Sich davon erholt hatte. Doch das war ein Trugschluss gewesen. Sie hatte nichts verarbeitet. Nein, sie war davongelaufen. Glücklicherweise hatte sie einiges erreicht in ihrem Leben. Nur ihre Vergangenheit aufzuarbeiten, war ihr nicht gelungen.

„Du hast recht, Jax. Ich kenne deine Akte. Aber es würde mich interessieren, was aus deiner Sicht damals passiert ist. Was hast du dabei empfunden, wie ist es dir ergangen? Ich denke, dass du hier nie einen Abschluss gefunden hast. Und die Geschichte mit Monica hat dich jetzt wie ein Trigger am Haken. Liege ich richtig?"

Der Blick, den sie ihm aus ihren glänzenden Augen entgegenbrachte, verriet all ihre Zweifel, die sie mit sich herumschleppte. Es wäre ihm nie in den Sinn gekommen, dass Jax je Zweifel hätte. Zuvor war sie ihm immer amazonenhaft erschienen. Doch darunter war sie, wie es schien, ein sensibles Wesen.

Brit genoss die Annehmlichkeiten in Brads Haus. Sie konnte von hier aus zu Fuß zur Bäckerei gehen und benötigte kaum mehr als zwanzig Minuten. Das herrliche Wetter, das sich jetzt Mitte Juni konstant hielt, trug sein Nämliches dazu bei, ihre Stimmung und ihre Hormone im oberen Bereich zu halten. Die letzten Tage hatte sie damit begonnen, den Garten hinter dem Haus auf Vordermann zu bringen. Sie konnte selbst kaum glauben wie viel Freude es ihr bereitete, die Hecke zu stutzen, Blumen zu pflanzen und ein Hochbeet anzulegen.

Dieses hatte sie mit dem letzten Gehalt gekauft und sogar selbst zusammengebaut. Wäre sie bei Michael geblieben, wäre ihr all das nie in den Sinn gekommen. Am heutigen Tag hatte sie es geschafft, das Beet mit Kräutern und kleinerem Gemüse zu bepflanzen. Somit konnte sie hoffentlich in Kürze Paprika und Gurken sowie Cocktailtomaten ernten und sie zu einem frischen Salat zubereiten.

Jetzt stand sie im Badezimmer und cremte sich nach der langen Dusche ein. Cindy war so nett und hatte sie mit ein paar Pflegeprodukten ausgestattet, die ihre Haut geschmeidig hielten. Im großen Spiegel erkannte sie glücklicherweise noch keine Risse im Bindegewebe, wie es bei anderen Schwangeren oft der Fall war. Dennoch war sie sich ihres veränderten Körpers sehr bewusst.

Hatte sie vor ein paar Monaten noch viel Wert auf skinny Jeans und knappe Shirts gelegt, versuchte sie nun ihren Körper zu verhüllen. Cindys Schwester, die seit einiger Zeit ein Magenband hatte und so ihren Körperumfang verkleinerte, hatte ihr große T-Shirts und Kleider weitergegeben. Diese waren jetzt Bestandteil ihres Wäscheschranks. Aufgrund der weiten Kleidung wurde sie zumindest noch von niemandem auf die fortgeschrittene Schwangerschaft oder die damit einhergehenden körperlichen Veränderungen angesprochen.

Ihr langes, blondes Haar hatte schon besser ausgesehen. Sie bürstete es und ließ es an der Luft trocknen, damit es nicht noch mehr an Glanz verlor. Die teuren Pflegeprodukte, die sie zuvor immer benutzt hatte, waren derzeit einfach nicht im Budget. Sie wollte gerade in ihren bequemen Baumwoll-Schlüpfer steigen, als die Badezimmertüre aufgerissen wurde und Brad in all seiner Nacktheit vor ihrem Gesichtsfeld auftauchte.

„Oh, verdammt!" Mit den Händen bedeckte er seine Länge, die sie gerade auf Augenhöhe hatte, da sie gebückt dastand. „Sorry, Brit. Ich wusste nicht, dass du im Bad bist. Ich habe das Wasser nicht gehört." Brittany zog ihren Schlüpfer hoch und richtete sich auf, wobei sie ihre Brüste mit ihren Händen bedeckte. Ihre Augen tanzten aus der Reihe und checkten Brad ab, bevor sie sich selbst davon abhalten konnte.

Der Mann war durchtrainiert, hatte kräftige Schenkel und definierte Muskeln, die sich unter einer leicht behaarten Brust abzeichneten. Bei seinem Gesicht angekommen, erhielten ihre aufsteigenden Hormone allerdings eine Eisdusche. Sein Ausdruck ließ darauf schließen, dass er bedauerlicherweise nicht so über sie dachte. Es schien, er hätte in eine Zitrone gebissen, so verkrampft war sein Kiefer.

„Schon gut, ich hatte die Dusche nicht mehr an. Ich war noch mit Eincremen beschäftigt. Aber ich bin bereits fertig, du kannst duschen." Sie schnappte sich im Vorbeigehen ihr Shirt vom Waschtisch und verließ fluchtartig das Badezimmer durch ihren Eingang.

Sie wollte gar nicht wissen, was Brad von ihr dachte. Sie würde den Ausdruck, den er bei ihrem Anblick gezeigt hatte, nicht so schnell vergessen können. Obgleich sie wusste, wie die Schwangerschaft ihren Körper veränderte und sie sich auf das Baby freute, war ihr Gefühlsleben an die Hormone gebunden. Und ihr

Selbstbewusstsein angekratzt. Jetzt noch ein wenig mehr als zuvor.

Kopfschüttelnd über sich selbst streifte sie ihr Shirt über und zog sich Leggings an. Um nicht weiter über den Zusammenstoß mit Brad nachdenken zu müssen, ging sie hinunter in die Küche und machte sich daran, Abendessen zuzubereiten.

Die letzten Tage hatte sich Brad in der Feuerwache aufgehalten, daher hatte sie nicht mit seinem Auftauchen gerechnet. Sonst hätte sie womöglich die Badezimmertüren versperrt. Wäre ihr nicht am heutigen Tag erst durch den Kopf gegangen, dass sie sich hier ein wenig einsam fühlte, würde sie es beinahe begrüßen, wenn er wieder ginge.

Doch es war sein Haus und nicht sein Problem, dass sie über sein Verhalten gekränkt war. Sie musste aufhören mehr in Männern zu sehen, als sie tatsächlich waren. Tommy war das beste Beispiel dafür. Sie dachte, er wäre ihre große Chance etwas zu erleben, bevor sie sich fest an jemanden band, doch er sah sie als eine Ablenkung. Brad hatte ihr gesagt, dass sie hier wohnen durfte, zu seinen Bedingungen und ohne Verpflichtungen. Nicht mehr, nicht weniger.

„Das sieht lecker aus. Was kochst du?"

„Hähnchenpfanne mit Pasta und buntem Salat."

„Klingt toll. Kann ich mitessen?"

„Natürlich. Es ist dein Haus." Brit schnippelte unaufhörlich Gemüse, während das bereits geschnittene Fleisch in der Pfanne briet und vermied es, Brad anzusehen.

„Brit, es tut mir wirklich leid was im Bad geschehen ist. Ich wollte dich nicht überraschen."

„Schon gut, mir tut es leid, dass ich so lange gebraucht habe." Mein umfangreicher Körper benötigt einfach mehr Zeit und Pflege, fügte sie gedanklich hinzu. Das wiederum ließ ihre Augen glänzen, was wirklich schlecht war, wenn man gerade mit einem Messer hantierte.

„Brit, sieh mich an. Bitte." Er berührte sanft ihr Kinn und zog ihren Blick auf sich. „Was ist los?"

„Nichts, nur meine blöden Hormone. Vergiss den Vorfall einfach. Alles okay."

Brad wusste, dass etwas nicht stimmte. Er hatte den feurigen Blick gesehen, mit dem sie ihn im Bad abgecheckt hatte. Und es fiel ihm nicht leicht, sich zurückzunehmen. Aber sie war nun einmal nicht seine Partnerin. Und er würde es auch nicht wollen. Der Anblick ihrer wunderschönen Rundungen, ihr Körper, der sich an die fortgeschrittene Schwangerschaft angepasst hatte, und ihre makellose Haut hatten ihn nicht kaltgelassen. Bis zu dem Zeitpunkt, als ihm seine Vergangenheit wieder schmerzhaft bewusst wurde.

Aber ihre jetzige Reaktion und die glänzenden Augen verrieten ihm, dass er etwas verbockt hatte. Er musste die letzten drei Jahre auf niemandes Gefühle Rücksicht nehmen. Vielleicht hatte er es verlernt. Konnte man so etwas überhaupt verlernen? Vermutlich nicht. Das war bestimmt wie Fahrradfahren. Deshalb war es ihm jetzt auch bewusst.

Er ließ die Badezimmerszene noch einmal Revue passieren und dann fiel es ihm ein. Der Blick, bevor sie sich abgewandt hatte, war von Traurigkeit gezeichnet. Hatte er diese Traurigkeit verursacht? Wie hätte er das anstellen sollen? Möglicherweise hatte sie mit einem ebenso feurigen Blick gerechnet oder ihn zumindest erhofft? Und der kam nicht. Und das, wo ihre Hormone derzeit Achterbahn mit ihr fuhren. Das sollte er dringend klären.

„Hier, setz dich." Brad war so in seine Gedanken vertieft gewesen, dass er nicht einmal mitbekommen hatte, dass das Essen fertig war.

„Danke, Brit. Das duftet herrlich." Es schmeckte auch hervorragend. Sie hatten es sich auf der Couch bequem gemacht, da die Frühstückstheke in der Küche mit Schalen von frischem Obst und Gemüse verstellt war. Unterdessen glitt sein Blick zum Garten und er konnte seinen Augen kaum trauen. „Hast du im Garten gearbeitet?"

„Ähm, ja … ich hoffe, das ist in Ordnung? Es war entspannend, nachmittags ein wenig draußen zu arbeiten. Das Hochbeet habe ich heute bepflanzt. Tut mir leid, ich habe nicht nachgefragt, ob …", ihre Worte wurden immer leiser.

„Oh, nein … ich meine, ja, das ist in Ordnung. Aber es wäre nicht nötig gewesen. Ich hätte auch einen Gärtner kommen lassen können. Ich habe ehrlich nicht darüber nachgedacht, da ich kaum hier bin."

„Okay, da bin ich aber erleichtert."

„Darf ich dich etwas fragen, Brit?"

„Natürlich. Was möchtest du wissen?"

„Welcher Gedanke kam dir im Badezimmer? Du sahst plötzlich so traurig aus."

„Oh. ... es ist nichts. Ich kam mir nur plötzlich ...", tja, wie sollte sie es ausdrücken, unförmig vor, unattraktiv, oder „... sehr verletzlich vor."

„Ich weiß nicht, ob das jetzt unpassend ist, aber ich möchte, dass du weißt, dass ich dich für eine wunderschöne Frau halte."

„Das ist nett, dass du das sagst, aber dein Gesicht hat definitiv etwas anderes gesagt. Lass uns bitte nicht darauf herumreiten. Es ist mir unangenehm." Sie senkte den Blick und starrte auf ihren Teller. Ein tiefer Seufzer entfuhr ihm, bevor er den Mut zusammennahm und beschloss, ihr den Grund dafür zu nennen.

„Ich dachte an meine Frau zurück. Und an ihre Schwangerschaft. Leider sind damit keine allzu schönen Erinnerungen verbunden. Es hatte nichts mit dir oder deinem Körper zu tun, Brittany."

Ihr Blick suchte seinen und hielt ihn fest. Und zum ersten Mal seit drei Jahren bekam er keine Panikattacke, wenn er an Jessica dachte. Brit musste seine Verwundbarkeit bei diesem Thema erahnen, denn sie ließ ihn das Tempo bestimmen, sich ihr zu öffnen.

„Wir kamen während der Collegezeit zusammen und ich liebte sie abgöttisch. Nach unserem Abschluss haben wir geheiratet und waren uns einig, dass wir erst unsere Karrieren vorantreiben wollten, bevor wir eine Familie gründeten." Bei dem Thema verging ihm immer der Appetit. Auch jetzt stocherte er mehr in seinem Teller, als er tatsächlich aß.

„Was macht sie beruflich?" Brits Stimme war warm und zog ihn wieder ein wenig in die Gegenwart.

„Sie war Galeristin. In Denver hatte sie eine kleine Galerie, wobei sie das meiste online abwickelte. Ich hatte mich damals noch mit Strafjustiz und Kriminologie beschäftigt und als Brandermittler begonnen. Erst ein paar Jahre danach habe ich die Ausbildung zum Feuerwehrmann absolviert."

„Was ist mit ihr passiert?" Sie griff seine Hand und drückte sie, um zu signalisieren, dass sie bei ihm war.

„Jessica ist leidenschaftlich gerne geritten. Sie war bereits im sechsten Monat, als ihr Pferd bei einem Ausritt scheute und sie abwarf. Obwohl sie nicht alleine geritten ist, hat es zu lange gedauert, bis sie im Krankenhaus ankam. Unser Sohn hat nicht überlebt."

„Oh, nein. Das tut mir so leid, Brad."

„Ich habe Jessica im Krankenhaus besucht, habe ihr versucht beizustehen und für sie da zu sein, obwohl ich mich gefühlt habe, als ob mir mein Innerstes entrissen worden wäre. Dann kam der Tag, an dem sie entlassen wurde und nach Hause durfte. Wir hatten einen Psychiater in der Klinik konsultiert und Termine mit ihm ausgemacht. Jessica hatte auch Einzelsitzungen vereinbart, was ich für eine tolle Idee hielt." Brad legte die Gabel beiseite und trank einen Schluck. Brit konnte sehen, wie sehr es ihn schmerzte, über die Vergangenheit zu reden.

„Du musst nicht weitersprechen, wenn es zu schwer ist. Ich verstehe das." Sie hielt immer noch seine Hand. Brad schüttelte kurz den Kopf, als ob er sich aus seinen Erinnerungen loslösen musste.

„Ich erhielt einen Anruf des Psychiaters, als Jessica nicht zu ihrem zweiten Einzeltermin erschienen war. Ich war damals bereits bei der Feuerwehr. Wir waren gerade von einem Einsatz zurückgekehrt und ich musste erst duschen. Natürlich habe ich gleich versucht, sie telefonisch zu erreichen. Doch wie bereits bei Dr. Spencer, hat sie auch meine Anrufe nicht angenommen.

Als ich dann zu Hause ankam, fand ich sie in unserem Bett. Auf der Seite liegend, zusammengerollt, unter der Decke versteckt. Ich dachte, sie schläft. Einen Moment hatte ich überlegt, ob ich sie überhaupt wecken sollte, dann wollte ich wissen, warum sie den Termin nicht wahrgenommen hatte und habe die Decke weggezogen." Jetzt hielt ihn nichts mehr auf dem Sofa. Er tigerte durch den Raum und fuhr sich immer wieder durch das dunkle Haar. Dann strich er über seinen Vollbart und sah Brit direkt in die Augen.

„Sie hatte ihre Schmerz- und Schlafmittel im Küchenmörser pulverisiert und in Wasser aufgelöst. Mit diesem Cocktail hat sie sich aus unserem gemeinsamen Leben verabschiedet. Auf ihrem Laptop fand ich eine Notiz, in der sie um Verzeihung bat. Zwei Zeilen. Mehr war ich ihr nicht wert."

Brit stand auf und ging auf ihn zu. Vorsichtig, um ihm die Möglichkeit des Rückzugs zu lassen, trat sie in seinen persönlichen Intimbereich. Er beobachtete sie und schien mit einem Mal von der Erzählung gealtert. Ein weiterer Schritt und ihre Oberkörper berührten sich. „Es tut mir so leid, was du durchmachen musstest", flüsterte sie, als sie ihn in den Arm nahm.

Im ersten Moment blieb er steif stehen. Dann zog er sie fest an sich und sie spürte, wie sein Körper sich entspannte. Als er sie aus der Umarmung entließ, schimmerten seine Augen feucht und es tat Brit in der Seele weh, diesen starken Mann so gebrochen zu sehen. So etwas hätte sie nie vermutet. Nun kam sie sich reichlich dumm vor, mit ihren banalen Befindlichkeiten zu ihm gekommen zu sein. „Danke, dass du deine Geschichte mit mir geteilt hast."

„Als ich dich im Lagerhaus in dem Container gefunden habe, lagst du zusammengerollt, wie Jessica. Dich oben im Bad zu sehen, mit deinen wunderschönen Rundungen … du triggerst mich, Brit."

„Das wollte ich nicht", hauchte sie. Sofort fühlte sie sich schlecht. Sollte sie gehen? War es ein Fehler, Brads Hilfe anzunehmen? Ihr Blick huschte durch den Raum, um einen Ausweg zu suchen.

„Ich weiß. Aber das ist auch der Grund, warum ich mich von dir fernhalte und mich in der Wache aufhalte." Oh, nein. Er war ihretwegen nicht hier. Das konnte sie doch nicht zulassen. Sie musste packen. Sie musste …

„Egal was du dir gerade zusammenreimst. Lass es."

„Wie kannst du das sagen, ich blockiere dein Haus. Du hast es doch eben gesagt. Ich ...", sie war planlos.

„Brit, ich will, dass du hier bist. Und wenn du mich lässt, möchte ich auch sehen, wie dein Mädchen groß wird. Einfach als Freund."

Auch wenn sie nach seiner Erzählung verstehen konnte, warum er es sagte, war es dennoch wie ein Stich mit einem Dolch, der ihr ins Herz gestoßen wurde. Erneut musste sie der Realität ins Auge blicken. Er war kein Partnermaterial. Aber als Freund würde er sie weiterhin unterstützen. Das war als alleinerziehende Mutter immerhin besser als nichts.

„Das würde mich sehr freuen."

Kane saß auf der Trainingsmatte und überlegte, wie seine nächsten Schritte aussehen sollten. Was Jax ihm eben erzählt hatte, musste er einmal verdauen. Es war für ihn immer noch etwas anderes, wenn er eine Fallakte las oder den Fall geschildert bekam. Noch dazu kannte er in diesem Fall eine Betroffene. Zu hören, dass sie nicht ernst genommen wurde und wie sie gelitten hatte, war schwer wegzustecken. Wie sich das auf ihr weiteres Leben ausgewirkt hatte, wusste er.

Jetzt konnte er auch besser nachvollziehen, warum ihr der Kampfsport und das Training mit den Mädchen so viel bedeuteten. Vor ein paar Tagen hatte sie ihn beim Sparring auf die Matte befördert und ihm das Versprechen abgenommen, sich als Trainingsopfer für die Mädchen zur Verfügung zu stellen. Er war schon gespannt, wie sie das Training gestalten würde. Doch er schweifte ab.

Wenn sie sicherstellen wollten, dass ihnen keine Fehler unterliefen und sie Monicas Fall aufklären wollten, mussten sie tiefer graben. So, hoffte Kane, würden sie auch herausfinden, wer hinter ihr her war und sie psychisch immer mehr unter Druck setzte. Auch ihm war aufgefallen, dass sie nicht mehr dieselbe war, seit die Feuer in den Lagerhallen ausgebrochen waren. Nun zu hören, dass sie auch im Privaten keine Ruhe fand, erklärte ihren gehetzten Zustand in den vergangenen Tagen.

Er würde mit Lucas sprechen. Der Sergeant des ISPD hatte, laut seiner Akte, zuvor in Chicago gelebt und viel Erfahrung in der Ermittlungsarbeit. Möglicherweise war er noch mit ein paar Leuten in Kontakt. Langsam formte sich ein Plan, wie er dem Ganzen auf den Grund gehen würde.

„Hey, Kane. Ich bin dann mal weg." Jax, steckte den Kopf zur Tür herein. Ihr Haar war nass von der Dusche und zu einem lockeren Dutt in ihrem Nacken gebunden. In den hochgekrempelten Jeans, den Sneakers und dem hellen Hoodie sah sie viel jünger und nahbarer aus, als er sie bisher zu Gesicht bekommen hatte.

„Ist alles okay mit dir, Jax?" Er wollte sicherstellen, dass ihr der vorherige Seelenstriptease keine Albträume bescherte.

„Ja. Danke der Nachfrage. Ich komme schon klar."

„Das weiß ich. Aber ich möchte, dass du weißt, dass ich für dich da bin. Wann immer du reden möchtest, ruf mich an." Er widerstand dem Drang, aufzustehen und sie in den Arm zu nehmen. Das wäre übergriffig und das konnte er sich in seiner Position nicht erlauben.

„Okay. Danke. Gute Nacht, Kane."

„Gute Nacht, Jax." Sobald sie aus der Tür war, ging er ebenfalls unter die Dusche. Er spülte die Anstrengungen des Tages hinunter und ließ seine Strategie Gestalt annehmen. Gleich am kommenden Morgen würde er das Gespräch mit Lucas suchen und sehen, ob er bereit war, für die Recherchen und Gespräche die Reise auf sich zu nehmen. Doch, soweit Kane informiert war, lebte Lucas allein. Insofern sollte eine Reise für ihn kein großes Problem darstellen.

Jax lief den Gehweg entlang, der vom Polizeirevier die Hauptstraße entlang zum anderen Ortsende führte. Die Trainingseinheit mit Kane hatte sie nicht so sehr ausgelaugt wie das darauffolgende Gespräch. Man hatte ihr oft nahegelegt, dass sie Nicoles Geschichte mit professioneller Hilfe aufarbeiten sollte. Doch wie alle unerfahrenen, jungen Erwachsenen war sie der Meinung gewesen, dass es nicht nötig war.

Jetzt, mit dreißig, sah sie die Dinge in einem neuen Licht. Sie würde ihre Vergangenheit aufarbeiten müssen. Denn, wie Kane richtig festgestellt hatte, war es keine Option, so kopflos herumzulaufen. Und wie sie den Chief kannte, würde er ihr nicht allzu lange dabei zusehen.

Erneut stellte sie fest, dass sie ihn unterschätzt hatte.

Wie er richtigerweise feststellte, kannte er seine Mitarbeiter und deren Achillesferse. Er hatte ein Auge auf seine Kollegen und sah Dinge, die anderen verborgen blieben. Und er würde nicht zögern, sie vom Dienst freizustellen, wenn er meinte, dass sie sich oder andere im Einsatz gefährden würde. Was absolut richtig von ihm wäre. Nur, dass Jax es gar nicht so weit kommen lassen wollte.

„Hi, Jax. Was verschlägt dich denn hierher?" Völlig in Gedanken versunken hatte sie nicht mitbekommen, dass sie sich bereits im Zentrum von Idaho Springs befand. Genauer gesagt vor Reggie's Pub, aus dem eben ihr Kollege Michael mit seiner Freundin Jenna heraus trat.

„Oh, hallo, Michael. Hi, Jenna. Ich wollte mir nur schnell eine Kleinigkeit holen und anschließend nach Hause. Ich bin ziemlich k. o."

„Dann möchten wir dich keinesfalls aufhalten. Schönen Abend noch, Jax." Jenna drückte im Vorbeigehen ihre Schulter und neigte den Kopf, als ob sie noch etwas sagen wollte, was sie aber nicht tat.

„Schönen Abend, ihr zwei."

Das Reggie's war gesteckt voll und Jax hatte Mühe, sich zur Bar durchzukämpfen, um ihre Bestellung aufzugeben. Nachdem sie bei Reggie ihren Salat und Pommes in Auftrag gegeben hatte, entdeckte sie auch den Grund für diese inoffizielle Stadtversammlung. Im Fernsehen wurde eine politische Debatte übertragen und, so schien es, ganz Idaho Springs war dabei, um seine Meinung dazu kundzutun.

Sie war froh, dass ihr Essen nicht allzu lange dauerte und so schlüpfte sie ungesehen wieder zur Tür hinaus. Weitere zehn Minuten später erblickte sie ihr Apartmenthaus. Die Treppen, die sie normalerweise laufend nahm, schienen an diesem Abend nicht enden zu wollen. Im dritten Stockwerk angekommen, ließ sie ihre große Sporttasche fallen, bevor sie die Haustüre aufschloss. Sie konnte sich kaum erinnern, wann sie zuletzt so kraft- und energielos gewesen war.

Ihr Essen schien plötzlich keine Bedeutung mehr zu haben, die Tasche zog sie bloß noch in den Vorraum, die Tür trat sie ins Schloss, dann schleppte sie sich in den Wohnraum und fiel auf ihr Sofa. Nun war es so weit, jetzt erlaubte Jax sich, ihre Tränen fließen zu lassen. Tränen der Traurigkeit über ihre verlorene Freundin, Tränen der Wut, da man niemanden dazu belangt hatte und Tränen der Frustration über die weiterhin nicht verarbeitete Vergangenheit.

Kapitel 9

Monica zweifelte an sich selbst. Sie suchte ihre Tasche. Die Tasche, die sie beim Nachhausekommen immer an den dafür vorgesehenen Platz auf der Kommode im Eingangsbereich stellte. Ihr Herz schlug wie wild und ein Kloß hatte sich in ihrem Hals gebildet, den sie unaufhörlich versuchte, herunterzuschlucken.

Etwas ging hier nicht mit rechten Dingen zu. Dieses Apartment war ihr seit Wochen nicht mehr geheuer. Sie sollte verschwinden. Dieses Gefühl in ihr wurde mit jeder Minute mächtiger. Eine Gänsehaut bildete sich auf ihren Armen, und sie trat den Rückzug an. Sie schnappte ihren Wohnungsschlüssel, der im Türschloss steckte, eine Jacke und verließ fluchtartig das Haus.

Ohne viel darüber nachzudenken, lief sie in Richtung von Reggie's Pub und wollte sich dort ein Taxi rufen, als ein allzu bekannter Polizeiwagen vor ihr hielt. José lächelte sie an und machte, dass sie sich weniger ausgeliefert fühlte als noch kurz zuvor.

„Wohin des Weges? Kann ich dich mitnehmen?"

„Vermutlich nicht. Danke, José. Aber ich brauche eine Auszeit."

„Was meinst du? Ist alles okay, Monica?"

„Nein. Meine Tasche ist verschwunden. Vor einigen Tagen war plötzlich meine Lieblingskette weg. Aber das kann nicht sein. Wir hatten doch mein Schloss ausgetauscht. Niemand kann mehr unbefugt hinein. Trotzdem verschwinden immer wieder Dinge. Langsam denke ich, ich werde verrückt."

„Lass mich einen Parkplatz finden. Dann sehen wir es uns gemeinsam an. In Ordnung?" Monica war nicht überzeugt, dass es an ihrem Empfinden etwas ändern würde, doch sie nickte zögerlich.

„Spring rein. Ich möchte nicht, dass du hier so herumstehst." Die Erleichterung, die sie bei seinen Worten durchdrang, wärmte sie. Er griff hinüber und öffnete ihr die Beifahrertüre. Ohne Widerstand ließ sie sich auf dem Sitz nieder und zog die Tür zu. Ein kurzer Blick hoch zu ihrem Apartment ließ sie erneut an sich zweifeln.

„Denkst du, dass ich mich zu sehr hineinsteigere?"

„Ganz ehrlich? Nein, das denke ich nicht. Ich kenne dich als bodenständige Person, der öfter als gut für sie ist, übel mitgespielt wurde."

„Danke, José." Das Auto fuhr an und keine zweihundert Meter weiter fanden sie einen geeigneten Parkplatz. „Hey, keine Sorge. Es gibt bestimmt eine Erklärung für all das."

„Das hoffe ich wirklich." Mit seiner Hand auf ihrem unteren Rücken gingen sie zurück in ihr Apartment. Monica fand alles vor, wie sie es eben verlassen hatte. Aber ihre Tasche stand weiterhin nicht auf dem dafür vorgesehenen Platz.

José nahm alles genau unter die Lupe. Er kontrollierte sämtliche Ein- und Ausgänge, Fenster und auch die Feuertreppe. Nichts war ungewöhnlich. Im Badezimmer fand er ebenso keine Spur einer fremden Person. Zusätzlich kontrollierte er den begehbaren Schrank. Doch außer ein paar Staubkörnern auf dem Fußboden, war auch dort nichts Spezielles zu erkennen.

Monica stand immer noch im Vorraum ihrer Wohnung, als José von seiner Inspektion zurückkam. „Ich kann hier nichts entdecken, Monica. Komm doch bitte mal mit. Zeig mir, was dich beunruhigt. Außer deiner Tasche. Ich verstehe natürlich, dass das beunruhigend ist. Aber dafür gibt es bestimmt eine logische Erklärung."

„Ich weiß nicht, ob ich dir das wirklich begreiflich machen kann. Es ist nicht mal für mich festzumachen. Es ist einfach ein Gefühl. Als würde ich beobachtet. So, als ob sich jemand hier herumtreibt, sobald ich mal nicht hier bin oder schlafe. Das macht mich fertig." Monica ließ sich von ihm mitnehmen, sobald sie seine Hand auf ihrem Rücken spürte. Gemeinsam machten sie den gleichen Rundgang, den José eben gemacht hatte, erneut.

„Oh, Mann. Was macht mein Nachbar nur in seiner Wohnung? Jeden verdammten Tag muss ich hier den Boden säubern. Keine Ahnung, wann die Umbauarbeiten dort endlich durch sein werden."

„Das können wir doch noch bei Lea erfragen. Als Vermieterin sollte sie darüber Bescheid wissen." José konnte Monicas Verzweiflung und Frustration beinahe mit Händen greifen. Und in dem Moment konnte er nicht mehr an sich halten. Seine Hand griff ihren Nacken und er zog sie an seine breite Brust. „Wir bekommen das hin. Du musst das nicht alleine durchstehen. Ich stehe dir zur Seite, wenn du mich lässt."

Ihr Zögern konnte er nur allzu gut nachvollziehen. Schließlich kannte er ihre Vergangenheit. Doch kurz darauf konnte er ihre Hände um seine Taille fühlen. Seine zweite Hand griff um ihre Schultern und hielt sie fest, was dazu führte, dass auch ihre Umarmung fester wurde. Ihr zartes „Danke", das sie gegen seine Brust hauchte, war kaum hörbar und doch umso mehr spürbar für ihn.

Das Wissen, dass sie ihm vertraute, war ihm mehr Wert, als er vermutet hatte.

Phil empfand es als äußerst köstlich, die beiden in der Nachbarwohnung dabei zu beobachten, wie sie ihre Rundgänge absolvierten. Er saß an einem Schreibtisch und beobachtete an seinem Laptop die verschiedenen Blickwinkel, die ihm die angebrachten Mikrokameras in Monicas Apartment einspielten.

Wer hätte gedacht, dass es ihm so viel Freude bringen würde, ihr dabei zuzusehen, wie sie an ihrem Verstand zu zweifeln begann. Das hektische Herumlaufen, das Durch-die-Haare-fahren, das alles Durchsuchen, um gleich darauf erneut von vorn zu beginnen.

Währenddessen saß er in der nett eingerichteten Wohnung ihrer Nachbarin, die derzeit auf Reisen war, und besah gerade den Inhalt erwähnter Damenhandtasche. Schneller als gedacht wurde er fündig.

Das Smartphone hatte er routiniert an seinen Laptop angesteckt und mittels Zusatzgerät einen Klon der SIM-Karte erstellt, bevor er es wieder in die Tasche zurücksteckte. Jetzt musste er nur noch überlegen, wie er ihr die Tasche wieder zurückgeben konnte. Schließlich wollte er es nicht zu offensichtlich machen.

Möglicherweise war es an der Zeit, wieder einen Abstecher ins Police-Department zu machen. Dort war es ihm auch gleich zu Beginn gelungen, ihren Schlüssel zu kopieren. Bevor er seinen Entschluss fassen konnte, vibrierte sein eigenes Handy in der Hosentasche. Die angezeigte Nummer verhieß nichts Gutes.

„Matthews."

„Guten Tag, Sir. Hier ist Milly aus der Burlington Mansion. Ich rufe wegen Jimmy an."

„Ich verstehe, ich werde mich in Kürze auf den Weg machen. Wird es ein Problem geben in den nächsten sechsunddreißig Stunden?"

„Aber nein, Sir. Das bekommen wir schon hin. Wir sehen Sie dann übermorgen."

„Bis dann."

Er hasste es, wenn er in seinen Planungen unterbrochen wurde. Aber dieses Mal wäre er nicht mehr ganz so abgeschnitten und könnte in Ruhe von unterwegs planen. Jetzt hatte er Augen und Ohren. Er musste nur noch die Tasche zurückgeben. Das hinterlistige Lächeln, das nun auf sein Gesicht trat, war ungewohnt, aber befreiend.

Langsam löste sich José von Monica, wenngleich es seine ganze Willenskraft benötigte. Er hätte sie lieber noch ein wenig festgehalten, doch das wäre in diesem Fall nicht hilfreich. Nein, es war besser, der Sache schnellstmöglich auf den Grund zu gehen und ihr zu helfen, sich sicher zu fühlen.

„Pack ein paar Sachen. Du kommst mit zu mir. Ich muss nur noch einen Halt im Idaho Springs Inn einlegen, um endlich die Babyparty für meine Schwester zu koordinieren." Das brachte ihm ein Lächeln ein.

„Das hätte ich dir jetzt tatsächlich nicht zugetraut."

„Was davon? Eine Schwester zu haben oder ihre Babyparty zu organisieren? Du kennst doch meine Mutter, oder?" Der Blick, den er ihr zuwarf, sagte alles.

„Oh, ja. Mama Alvaro führt ein strenges Regiment, oder?"

„Das kannst du annehmen. Und selbst als erwachsener Cop würde ich ihr niemals widersprechen."

„Das finde ich großartig." Ihre Stimme, die plötzlich brüchig war, passte nicht zu der Aussage und machte ihn hellhörig.

„Wie ist das mit deinen Eltern?"

„Ich habe seit Jahren keinen Kontakt mehr."

„Möchtest du darüber reden?"

„Nein, das würde doch nichts ändern. Lass uns lieber los." Sie warf einen letzten Blick zurück in ihr Apartment und schloss dann die Türe ab.

Zurück in Josés Wagen schwieg Monica. Sie hatte ihren Blick aus dem Seitenfenster des Autos gerichtet.

„Willkommen, José, mein Junge. Was verschafft uns die Ehre? Und wen haben wir denn da? Schön dich zu sehen, Monica. Kommt rein!"

Die überschwängliche Begrüßung von Vivian Prescott, die das Inn führte, war immer eine Wohltat für sie und fühlte sich wie Familie an.

„Hi, Vivian. Wie geht's euch? Was macht Harold?" Monica fühlte sich augenblicklich zu Hause in der Hotellobby, die sie in jüngster Vergangenheit noch gelegentlich als erweiterten Arbeitsplatz angesehen hatte.

„Uns geht es gut, meine Liebe. Na, was schon, Kindchen. Er ist in der Küche und plant die kommende Woche." Und Monica wusste nur zu gut, dass Vivian das gar nicht mochte und musste daher breit grinsen. Es tat so gut, wieder hier zu sein.

„Also, was führt euch beide hierher?"

„Eigentlich wollte ich mit euch die Babyparty für Arianna besprechen. Harold wollte sich ein paar Häppchen überlegen und mir einen Vorschlag unterbreiten."

„Dann geh doch gleich zu ihm in die Küche und besprich das, während ich mit Monica einen

Kaffee trinke. Sie sieht aus, als könnte sie einen gebrauchen."

„Klingt gut. Monica?"

„Ja, geh nur. Bis gleich."

Während Vivian einen Kaffee aus der Kapselmaschine im großen Aufenthaltsraum zubereitete, ließ sich Monica auf einen bequemen Lesestuhl am Kamin sinken.

„Hier, Kindchen. Und jetzt sag mir, was los ist. Ich habe fünf Kinder großgezogen. Ich sehe immer, wenn jemand ein Gespräch nötig hat." Zwinkernd ließ sich Vivian ihr gegenüber nieder und blies behutsam in ihren dampfenden Kaffee.

„Ich habe das Gefühl verrückt zu werden. In meiner Wohnung geschehen Dinge, die sich nicht so einfach erklären lassen. Ketten verschwinden, Sachen liegen plötzlich an einem anderen Platz und seit heute ist meine Tasche nicht mehr auffindbar. José hat vor ein paar Tagen mein Schloss ausgetauscht. Dennoch habe ich das Gefühl, dass sich jemand Fremdes in meiner Wohnung bewegt, wenn ich nicht anwesend bin."

„Monica, wenn du das Gefühl hast, dass jemand in deinen privaten Bereich eindringt, dann ist das keinesfalls deinem Verstand geschuldet. Ich kenne dich gut genug, um zu wissen, dass du rational denkst und bestimmt schon einiges ausschließen konntest. Allerdings neigt man dazu, Dinge nicht klar zu sehen, die direkt vor einem geschehen. Vielleicht kannst du ein paar Tage an einem anderen Ort übernachten. Gern auch hier. Dann bemerkst du möglicherweise, was du übersehen hast."

„Danke, Vivian. Das ist ein guter Ratschlag. José hat mir angeboten, bei ihm unterzukommen. Er wollte mich nicht in meinem Apartment zurücklassen, in dem ich mich nicht mehr sicher fühle."

„Also steckt mehr dahinter, nicht wahr?"

„Leider, ja. Eine lange Geschichte."

„Ich kann dir nur raten, vertraue dich deinen Freunden an und umgib dich mit ihnen. Je näher sie dir sind, desto schwieriger wird es für einen Feind, an dich heranzukommen."

„Das werde ich. Versprochen." Vivian hatte nach ihrer freien Hand gegriffen und drückte sie nun, um ihr ein Gefühl der Verbundenheit zu geben. Ohne darüber nachzudenken, stellte Monica ihren Kaffee ab, erhob sich und umarmte Vivian, wie sie es zur Begrüßung getan hatte. Und schon fühlte sie sich besser.

„Habe ich etwas verpasst?" José wählte diesen Moment, um mit Harold in den Aufenthaltsraum zu kommen.

„Ja, eine meiner heiß begehrten Umarmungen, Junge." Vivian lächelte José an und tätschelte Monicas Arm, während sie sich wieder setzte.

„Ah, ja. Die hole ich mir dann noch beim Abschied."

„Habt ihr alles geklärt? Hat Harold die Bestellung notiert?" Vivian war akribisch, was die Organisation ihres Hotels und der zugehörigen Küche anbelangte. Hier machte ihr keiner etwas vor. Je älter sie wurde, desto genauer nahm sie es mit den Notizen, damit ihnen kein Fehler unterlaufen konnte.

„Ja, das habe ich, mein Schatz. Und José hat es kontrolliert, damit auch seine Mutter beruhigt sein kann."

„Gut, dann freue ich mich auf die Feier nächste Woche. Es war doch der neunundzwanzigste Juni, nicht wahr? Übrigens hat Michael eine spezielle Überraschungsfeier für Jenna am elften Juli geplant. Es wäre schön, wenn ihr auch kommen könntet."

„Dann werden wir es einrichten."

Die Fahrt zu Josés Haus dauerte nicht allzu lange. Der Anblick der alten Goldmine, die sich indirekt beleuchtet gegen den nächtlichen Himmel abhob, war berauschend. An keinem anderen Ort in Idaho Springs war die Vergangenheit so greifbar.

José öffnete ihr die Beifahrertür und nahm ihre Sporttasche aus dem Kofferraum, in die sie das Nötigste gepackt hatte. Durch die Kirchenfenster auf der gegenüberliegenden Seite der Straße fiel dumpfes Licht.

„Es wirkt sehr friedlich hier."

„Das ist es. Nur sonntags tummeln sich die Lutheraner des Orts bei der Kirche. Selbst jetzt, in den Sommermonaten, ist es bei Einbruch der Dunkelheit ruhig. Die Goldmine ist nur tagsüber für den Fremdenverkehr geöffnet. Während der Wintermonate ist es beinahe ausgestorben in diesem Stadtteil." Er schloss die Tür auf, um sie hereinzulassen und stockte kurz in der Bewegung. „Sag hallo, Rita."

Die Aussage war wie eine Ohrfeige in Monicas Gesicht, und sie wollte zurückweichen. Doch

José legte seinen Arm um sie und zog sie mit sich in den offenen Wohnraum.

„Hallo ihr beiden. Sorry, José. Ich bin am Verhungern und habe es nicht mehr zum Einkaufen geschafft. Mama Alvaro hat mir gesagt, dass du erst ein Carepaket von ihr erhalten hast. Also habe ich mich wieder bedient."

„Rita, du solltest nicht so oft mit meiner Mutter quatschen. Sie hält dich schon für die perfekte Schwiegertochter und wir wissen es beide besser."

„Aber ich dachte, sie könnte mich doch einfach adoptieren. Dann wärst du um eine Schwester reicher." Breit lächelnd kam sie ihm entgegen und drückte ihm einen Kuss auf die Wange, bevor sie Monica kurz in die Arme zog. „Ich lasse euch schon allein."

„Nein, bleib doch. Ich sollte nicht hier sein, José." Monica versuchte sich loszumachen.

„Und verrätst du mir auch, warum du nicht hier sein solltest? Diejenige, die nicht hier sein sollte, ist Rita, da sie zwei Häuser weiter wohnt."

„Das ist dann wohl mein Stichwort. Danke für das leckere Essen und bis bald." Rita nahm die prall gefüllte Schüssel und schob sich zur Tür raus.

„Nicht zu bald, hoffe ich." Rita reckte den Daumen hoch und bedeutete ihm so, dass sie ihn gehört und den Wink mit dem Zaunpfahl verstanden hatte.

„Also seid ihr nicht zusammen?" Monica war verwirrt.

„Wer? Rita und ich? Oh, nein. Wir ticken viel zu ähnlich. Und dann noch die

Nachbarschaftssache, das wäre ein einziges Desaster." Lachend legte er ihre Tasche auf die Couch und bedeutet ihr, am Esstisch Platz zu nehmen, der den offenen Raum zwischen Küche und Wohnzimmer teilte.

„Aber ich hatte dich mit ihr in der Disco gesehen und da hat es noch ganz anders gewirkt. Außerdem ist sie ständig um dich herum. Bist du sicher, dass sie es auch so sieht?"

„Definitiv. Wir hatten anfangs tatsächlich eine Schwäche füreinander. Aber dann lernten wir uns durch die Arbeit besser kennen und sie zog in die Nachbarschaft. Ja, wir verbringen Zeit miteinander, aber wie sie es schon angedeutet hat. Sie ist mittlerweile mehr wie eine Schwester für mich."

„Oh, dann habe ich das missinterpretiert. Das tut mir leid." Monica war überfordert von der Offenheit, die José an den Tag legte.

„Muss es nicht. Aber jetzt verstehe ich langsam auch deine Beweggründe besser, dich von mir fernzuhalten. Oder soll ich lieber sagen, mich zu meiden?" Bei diesen Worten stieg Röte in Monicas Wangen, die selbst der dunkle Teint ihrer Haut nicht verdecken konnte. „Komm schon, lass uns etwas essen. Worauf hast du Lust?"

„Ich würde vorschlagen, wir essen etwas von dem, das deine Mutter gekocht hat. Wäre doch schade, es zu verschwenden."

„In Ordnung, kommt sofort. Was möchtest du trinken?"

„Wasser ist ausreichend."

„Ich hätte auch Wein anzubieten."

„Danke, aber ich denke, ich bleibe bei Wasser."

„Na schön."

Das darauffolgende Essen verlief harmonisch. Sie unterhielten sich über die verschiedensten Dinge. José erzählte von seiner Familie und seiner Schwester. Man konnte hören, dass er sie liebte und sich freute, dass Arianna ihren Eltern den ersten Enkel schenkte. Seiner Meinung nach entließ ihn das aus der Pflicht, worüber Monica nur lachen konnte.

„Das meinst du doch nicht ernst. Denkst du, deine Mutter lässt dich zufrieden, wenn das erste Enkelkind da ist? So wie ich sie gesehen habe, wird sie dann noch verbissener daran arbeiten, die Familie zu vergrößern. Egal, ob das eine Schwiegertochter oder ein Enkelkind sein wird."

„Auf diese Weise hatte ich es tatsächlich bisher nicht betrachtet. In Venezuela leben unsere Verwandten in großen Familienverbänden zusammen. Möglicherweise vermisst sie das. Ich denke, das muss ich dann einfach mal auf mich zukommen lassen."

„Darf ich dich etwas Persönliches fragen?"

„Aber natürlich. Immer raus damit." Er lehnte sich in seinen Stuhl zurück und legte seine Serviette auf den Tisch, da er das Mahl beendet hatte.

„Weshalb hast du deiner Mutter erzählt, dass ich eines Tages deine Frau werden sollte, wenn du gar nicht darüber nachdenkst, sesshaft zu werden?"

„Oh, das hast du verstanden? Verdammt. Also, einerseits, um mir meine Mutter vom Hals zu halten, damit sie nicht ständig um meinen Familienstand besorgt ist. Andererseits wollte ich dich zu dem Zeitpunkt noch gerne besser kennenlernen und sehen, wohin das Ganze führen kann."

Und da war das Problem. *Zu dem Zeitpunkt.* Also war er nun nicht mehr daran interessiert. Mit den Mätzchen der letzten Tage und Wochen konnte sie ihm das tatsächlich nachfühlen. Wenn sie könnte, würde sie sich auch von allem, was sie betrifft, fernhalten.

„Ich weiß nicht, wohin deine Gedanken gerade wandern, aber dein Blick gefällt mir nicht. Was geht in deinem Köpfchen vor, Monica?"

„Nichts, ich dachte nur daran, was in meinem Leben gerade vor sich geht und dass du das in deinem nicht brauchen kannst."

„Ich habe dir gesagt, dass ich für dich da bin und du das nicht alleine durchstehen musst. Und das habe ich auch so gemeint."

„Du hast recht, danke dafür. Lass mich den Abwasch machen."

„Okay, dann bereite ich dir inzwischen das Gästezimmer vor."

Nach einer heißen Dusche ließ sich Monica auf das duftende Gästebett fallen, das ihr José frisch bezogen hatte. Das Zimmer wurde dominiert von hellen Möbeln, während ein dunkler Holzboden einen wunderbaren warmen Kontrast dazu bot. Ein bodentiefes Fenster, das in Richtung des

Clearcreek River zeigte, war mit durchscheinenden Vorhängen bedeckt.

Dunkle Seitenteile waren bis auf einen schmalen Streifen vorgezogen, damit niemand hineinsehen konnte. Außerdem konnten sie das Sonnenlicht am Morgen aussperren.

Sobald Monica ihre Kleidung in der Kommode verstaut hatte, schnappte sie ihren Kulturbeutel und ging ins angrenzende Gästebad. Die ebenerdige Dusche fügte sich perfekt in die linke hintere Ecke des überschaubaren Raums. Ein Waschtisch und die Toilette besetzten die anderen beiden, und ein Schränkchen war strategisch so platziert, dass die Toilette räumlich getrennt wirkte. Es war alles vorhanden, was man benötigte.

Das heiße Wasser entspannte zwar Monicas angespannte Muskeln, konnte aber ihr Gedankenkarussell nicht abstellen. Immer wieder kehrte sie gedanklich in die Wohnung zurück und überlegte, wo ihre Tasche bloß hingekommen war.

Egal, wie sie es drehte und wendete, irgendjemand musste in ihrer Wohnung gewesen sein. Anders war es nicht zu erklären.

Sie trocknete sich ab und schlüpfte gerade in einen bequemen Hausanzug, als es an der Zimmertür klopfte.

„Hey, Monica. Ist alles in Ordnung?"

„Ja, komm rein, José." Die Tür schwang auf und seine Augen suchten den Raum ab, bis er sie auf dem Bett sitzend erblickte.

„Ich wollte nur fragen, ob du noch etwas benötigst."

„Außer der Antwort, wer mich in den Wahnsinn treiben möchte? Nein, vielen Dank. Alles okay." Er kam auf sie zu und setzte sich an die Bettkante.

„Lass es nicht zu nah an dich ran. Du wirst sehen, es wird sich aufklären. Gleich morgen früh werden wir Kane darüber unterrichten und entscheiden dann gemeinsam, wie wir die Sache angehen. Außerdem kann ich dann bei Lea nachfragen, was es mit den Arbeiten in der Wohnung deines Nachbarn auf sich hat. Jetzt solltest du dich einmal ausruhen."

„Du hast recht. Heute können wir nichts Sinnvolles mehr machen. Morgen ist auch noch ein Tag."

„Schlaf gut, Monica."

„Danke, du auch, José."

Als José das Zimmer verlassen hatte, fühlte sich Monica erneut einsam. Die Ungewissheit, ob oder besser gesagt, wann ihre Wohnung in Flammen stehen würde, zermürbte sie. Sie wollte nicht erneut davonlaufen, war aber auch nicht sicher, ob es nicht die bessere Alternative wäre.

Er stand vor ihr, seine Augen musterten sie abfällig. Bevor sie noch überlegen konnte, wie sie sich verhalten sollte, schnellte seine Hand vor und drückte ihr die Kehle zu. Sie bekam keine Luft mehr. Immer höher hob er ihren sich windenden Körper, ohne dass ihm ihre Abwehr etwas anhaben konnte.

Monica fuhr im Bett hoch und rang nach Luft. Ihre Hände wanderten sofort an ihren Hals, doch da war nichts. Es war ein Traum gewesen. Doch dieser hatte nichts mit den Träumen der Vergangenheit gemein. Nein, dieser war definitiv schlimmer. Denn ihr Unterbewusstsein konnte weit heftigere Szenarien heraufbeschwören als alles, was sie bisher erlebt hatte.

Vorsichtig tastete sie zur Nachttischlampe und stellte das Licht an. Der warme Schein erhellte das ihr fremde Zimmer und erinnerte sie daran, dass sie in Josés Haus war. Ihre Hände zitterten immer noch und sie hatte Angst.

Ohne groß darüber nachzudenken, schlüpfte sie aus dem Zimmer und lief über den Flur zu Josés Tür. Sie öffnete sie einen Spaltbreit, was ihn sofort im Bett in die Höhe schnellen ließ. Mit gezogener Waffe zielte er auf sie.

„José, ich bin's."

„Monica, was ist los? Ist jemand hier?"

„Nein. Nur ich."

„Dann kann ich die Waffe weglegen?"

„Ja. Ich … es tut mir leid, ich habe Angst."

José kam auf sie zu und zog sie in eine feste Umarmung. „Was ist geschehen? Hast du schlecht geträumt?"

„Leider, ja. Aber es war nicht der gleiche Traum, den ich normalerweise habe. Dieser war schlimmer."

„Möchtest du ihn mir erzählen?"

„Nein. Eigentlich nicht. Aber ich möchte im Moment nicht allein sein. Darf ich hier bleiben?"

„Okay. Komm, du kannst die rechte Bettseite nehmen."

Monica schlüpfte unter die Decke. Sie trug immer noch ihren Hausanzug, somit sollte sie sich nicht so nackt fühlen, wie sie es im Moment tat. Der Traum hatte sie verletzlich gemacht. Es war auch nicht sonderlich hilfreich, dass sie José nur in Boxershorts gesehen hatte. Er hatte einen tollen Körper, während sie ihren aufgrund der Narben verhüllte.

„Fühlst du dich besser?"

„Ganz ehrlich? Keine Ahnung. Ich habe das Gefühl, ich sollte nicht hier sein."

„Weshalb?"

„Sieh uns nur an. Abgesehen davon, dass ich Berufliches und Privates versuche zu trennen? Wir sind verschieden. Möglicherweise zu verschieden."

„Das sehe ich nicht so, aber das können wir zu einem späteren Zeitpunkt klären. Momentan bist du dort, wo du sein sollst. An meiner Seite. Ich werde niemanden an dich heranlassen. Und jetzt lass uns etwas schlafen."

Phil wartete bis spätnachts, um die Tasche in Monikas Wohnung zurückzubringen. Sie in den Vorzimmerschrank zu legen war gerissen, schließlich wusste er, dass sie dort nicht nachgesehen hatte. Er liebte es, mit dem Verstand anderer zu spielen. Und er hatte jahrelange Erfahrung darin. Erneut musste er lächeln. Es war nur eine kleine Verzögerung. Bald, versprach er sich, würde er sie in den Flammen tanzen lassen. Und das Inferno würde alles Bisherige in den Schatten stellen.

Im Schutz der Dunkelheit der frühen Morgenstunden verließ er das Haus und ging zügig die Hauptstraße entlang, um zu seinem Wagen zu kommen. Was er jedoch dann erspähte, ließ seinen ganzen Körper vibrieren. Sie war es. Die Einzige, die er nicht geschafft hatte zu beeinflussen. Das war ja ein Zufall, dass sie hier zu finden war. Ein wahres Geschenk. So konnte er ein weiteres offenes Kapitel abschließen. Zwei Fliegen mit einer Klappe, wie man so schön sagte. Er stellte sich in einen Hauseingang und beobachtete die junge Frau, die eben zum Joggen aufbrach.

Kapitel 10

Jax konnte nicht schlafen. Obwohl der vorangegangene Tag sie so ausgelaugt hatte, hatte sie kaum geschlafen und sich die letzten Stunden in ihrem Bett herumgewälzt. So konnte sie keinesfalls im ISPD erscheinen. Also beschloss sie, sich körperlich zu betätigen. Möglicherweise hatte sie danach die Chance, noch ein wenig Schlaf aufzuholen.

Nach einer kurzen Dusche, die ihr die Müdigkeit vertrieb, stieg sie in ihre Trainingsklamotten, band ihre Laufschuhe und lief die Außentreppe ihres Wohnhauses hinab.

An der Hauptstraße angekommen, hatte sie für kurze Zeit das Gefühl, beobachtet zu werden. Und keine zwei Minuten später erblickte sie den Zeitungsjungen auf der Straße, der ein kleines Stück hinter ihr in die andere Richtung unterwegs war.

Cindys *Miners Bakery* war zwar noch geschlossen, doch der leichte Lichtschein, der hinter der Ladentheke aus der Backstube kam, eröffnete Jax, dass bereits gearbeitet wurde.

Es war erfrischend zu sehen, was sich alles um diese Zeit bereits in Idaho Springs tat. Die Luft, die sie in ihre Lungen zog, fühlte sich nach Sommer an. Immerhin endete der Juni in Kürze. Was ihr allerdings immer noch Kopfzerbrechen bescherte, war die Tatsache, dass ihr Leben mit Monicas irgendwie zusammenhing. Sie hoffte, dass Lucas bald von seiner Recherchereise zurückkehrte und Licht ins Dunkle dieses Falles bringen würde. Er war ein hervorragender Analytiker. Wenn jemand die Zusammenhänge fand, dann er.

Sie bog von der Hauptstraße ab und folgte der Virginia Canyon Road ins bergige Umland. Doch sie kam nicht weit. Bereits ein paar hundert Meter weiter stand der Chief in Uniform auf seiner Veranda, hielt seine Zeitung in der Hand und beobachtete sie beim Näherkommen.

„Guten Morgen, Jax. Was hältst du von einem Kaffee?" Er wartete ihre Antwort nicht ab, sondern drehte sich um und ging vor in seine Küche. Jax war es gewohnt, ihm zu widersprechen. In diesem Moment wollte sie das zum ersten Mal nicht.

„Ich gehe nicht davon aus, dass du so zeitig unterwegs bist, da du ausgeschlafen und voller Tatendrang bist?" Er blickte sie über seine Schulter an, als sie in die Küche trat und sich der Kochinsel näherte.

„Das siehst du leider richtig. Ich konnte nicht schlafen und dachte, das Work-out würde mir helfen, doch noch zu ein paar Stunden Schlaf zu kommen." Dankend nahm sie ihm die Kaffeetasse ab. „Warum bist du so früh schon wach?"

„Meine Schwester hat mich angerufen. Eine längere Geschichte. Jedenfalls ist sie noch für ein paar Tage in Chicago, bevor sie in zwei Wochen hierherkommt. Sie wird in Denver ab dem Wintersemester studieren."

„Ich wusste gar nicht, dass du eine Schwester hast, Chief."

„Das ist der Vorteil, wenn man der Boss ist. Ich muss alles über euch wissen, aber ihr nicht über mich." Mit der Tasse in seiner Hand lehnte er sich gegenüber an die Anrichte und grinste sie offen an.

„Wohl wahr. Und es würde dich mitunter mehr als Mensch erscheinen lassen, also pass bloß auf damit." Das Lächeln in ihrer Stimme und ihrem Gesicht nahm den Worten die Schärfe und zeigte Kane, wie sie es gemeint hatte.

Sie schon so zeitig am Morgen zu sehen, ohne dass sie sonderlich zurechtgemacht war, bedeutete eine Herausforderung. Ihre natürliche Schönheit war nichts Neues für Kane und doch lag zu dieser frühen Stunde eine gewisse Verletzlichkeit in ihren Zügen, die seinen Beschützerinstinkt hochkochen ließ.

Würde er nicht wissen, dass sie ihn ohne Murren aufs Kreuz legen konnte, wäre es ihm nicht möglich, sich zurückzuhalten. Doch das musste er. Immerhin war er ihr Vorgesetzter und das würde ihr gutes Arbeitsverhältnis zerstören, wenn er ihr nicht mit einem gewissen Respekt begegnen würde. Der Respekt, ihr zuzutrauen, mit dieser Situation fertig zu werden.

„Okay, eins zu null für dich, Jax. Aber mal ehrlich. Wie fühlst du dich? Wenn du möchtest, kann ich gerne jemand anderen deinen Dienst übernehmen lassen. Und denk bitte kurz darüber nach, bevor du ablehnst. Zumindest mir zuliebe."

Jax legte den Kopf schief, sah auf die Uhr und grinste ihn an. „Vielen Dank dafür, aber das wird nicht passieren."

„Sag nicht, ich hätte es nicht angeboten. Du kannst manchmal echt stur sein."

„Hast du mich eben stur genannt? Soll ich dir einen Spiegel holen, Kane? Und das gerade von dir?"

„Hey, immerhin steht das so in meinem Dienstvertrag. In deinem hab' ich es aber nicht gefunden." Der verdutzte Ausdruck, den Jax nun an den Tag legte, ließ ihn auflachen.

„Oh, Mann. Bist du heute kindisch." Das Lächeln um ihre Lippen gab ihm recht. Er hatte es geschafft, sie aus der Reserve zu locken. Und das fühlte sich wirklich gut an. „Na schön, ich mache mich dann mal wieder auf den Weg. Wir sehen uns später im Department. Danke für den Kaffee, Kane."

„Bis dann." Kaum hatte er die Worte gesprochen, hörte er die Haustür ins Schloss fallen.

Als Monica erwachte, fühlte sie eine unangenehme Hitze. Es war seltsam, da sie normalerweise dazu neigte zu frieren. Erst danach bemerkte sie den Herzschlag an ihrem

Ohr. Und mit diesem wurde ihr bewusst, dass sie auf Josés Brust lag und die sie umgebende Hitze von seinem Körper stammte. Seine Arme lagen um ihren Oberkörper geschlungen, seine Beine waren mit ihren verknotet. So eng aneinandergekuschelt war sie noch nie mit jemandem aufgewacht und sie hatte keine Ahnung, wie sie sich verhalten sollte.

Sie war so weit davon entfernt, Privates und Berufliches zu trennen, dass sie nicht wusste, wie sie mit der neuen Situation umgehen sollte. Je mehr ihr Gedankenkarussell in Fahrt kam, desto mehr versteifte sich ihr Körper.

„Ist es so schlimm, neben mir aufzuwachen?" Die tiefe, brummige, verschlafene Stimme an ihrem Ohr, versetzte ihrem Herz einen Extraschlag. Seine Arme zogen sie erneut zu sich und mit dieser Bewegung schaffte es Monica, sich wieder ein wenig zu entspannen.

„Nein, ist es nicht. Aber ich kann wohl meine Trennung, auf die ich normalerweise immer bestehe, getrost in den Wind schießen, wenn ich mir ansehe, wie wir eben aufgewacht sind."

„Findest du das schlimm?"

„Ganz ehrlich? Ich denke nicht. Und du?"

„Nein. Ich könnte mich daran gewöhnen, so aufzuwachen."

„Das kann ich mir vorstellen." Lachend klatschte ihre Hand auf seinen nackten Bauch, bevor sie sich aufrappelte und hochkam. „Lass mich Frühstück machen, damit ich mich nützlich fühle."

„Aber gerne doch. Du findest alles in der Küche. Ich verschwinde mal eben im Bad."

Monica war froh, eine Aufgabe zu haben. Einen letzten Blick auf Josés trainierten Oberkörper konnte sie sich allerdings nicht verkneifen. Der heiße Blick, den José ihr daraufhin zuwarf, ließ Röte ihren Hals hochsteigen.

Der Kühlschrank bot alles, was Monica gerne zum Frühstück aß. Sie schnippelte Gemüse, bereitete einen Obstteller zu, goss Orangensaft in eine Karaffe und briet Eier in einer Pfanne. José kam mit feuchtem Haar, in Jeans und Shirt in die Küche, steckte Toastscheiben in den Toaster und bediente die Kaffeemaschine.

„Das sieht köstlich aus."

„Ich befürchte, ich habe es ein wenig übertrieben."

„Keine Sorge, ich bin immer hungrig." Mit seiner Hüfte lehnte er sich an die Arbeitsplatte. „Wie geht es dir heute?"

„Tja, mal sehen. In meiner Wohnung geht immer noch etwas vor sich, von dem ich nicht weiß, was es ist. Dann hab' ich mich nachts an dich gekuschelt, obwohl ich meine strikte Trennung gerne aufrechterhalten hätte. Und zu allem Überfluss finde ich das nicht mal sonderlich schlimm. Ich fühle mich besser als die letzten Wochen und das verwirrt mich." Das zuzugeben fiel Monica schwer. Die letzten Jahre hatte sie sich immer vor ehrlichen Aussprachen drücken können. Schließlich hatte sie jegliche persönliche Interaktion auf ein Minimum beschränkt.

Jetzt hier in Josés Küche zu stehen und sich ihm gegenüber zu öffnen war ein Wagnis, das sie einzugehen bereit war. Wenngleich sie Josés Reaktion darauf verunsicherte.

„Das klingt für mich absolut verständlich. Und ich schätze deine Offenheit. Ich hasse es, dich so nervös zu sehen, ohne dir helfen zu können. Umso mehr freut mich, dass du dich hier wohlfühlst. Oder zumindest meine Nähe annimmst, wie die letzte Nacht gezeigt hat. Damit kann ich arbeiten." Sein Lächeln, ließ ihre Gedanken in eine gefährliche Richtung abdriften.

Wie würde es wohl sein, öfter in seinen Armen aufzuwachen? Könnte er sein Singledasein für sie beenden? Wäre er überhaupt interessiert? All diese Fragen gingen in Sekundenbruchteilen durch Monicas Kopf.

„Lass uns essen, danach sollten wir mit Lea sprechen, um zu sehen, was sie über die Arbeiten in der Nebenwohnung weiß. Anschließend sollten wir zum Revier. Möchtest du zuvor noch in der Wohnung vorbei?"

„Es kann wohl nicht schaden. Bei Tageslicht fällt uns möglicherweise noch etwas auf, das wir gestern übersehen haben."

„Ja, möglicherweise."

Das Gespräch mit Lea lief bedauerlicherweise sehr unbefriedigend. Monicas Nachbarin war anscheinend die nächsten Monate in Florida bei Verwandten. Sie hatte der Vermieterin nichts über Umbau- oder auch andere Arbeiten in ihrer Wohnung mitgeteilt. Lea versprach, sich der Sache anzunehmen, konnte aber derzeit nichts zum Informationsfluss beitragen.

Diese Neuigkeit war nicht gerade erbaulich. Sie waren nun so weit wie zuvor. Als sie Monicas Wohnung betraten, wich sie augenblicklich zurück. Ein leichtes Aftershave hing in der Luft.

„Riechst du das?"

„Es ist nur schwach, aber ja, ich rieche es auch. Bleib hier, ich überprüfe alles." José zog seine Waffe und überprüfte alle Räume. „Gesichert. Die Wohnung ist sauber, es ist niemand hier, Monica." Er kam wieder zu ihr in den Flur.

„Aber jemand war hier. Wie ist er hineingekommen? Was wollte er hier?"

„Sieh dich in Ruhe um. Kontrolliere die Schränke, ich hole das Fingerabdruckset aus dem Wagen. Vielleicht finden wir etwas. Ist es okay, wenn ich dich hier kurz alleine lasse?"

„Ja, geh nur."

Langsam schritt sie durch ihre Wohnung, die sich zunehmend fremd anfühlte. Wie sollte sie sich in diesen Wänden je wieder sicher fühlen, wenn sie wusste, dass jemand ohne ihre Erlaubnis hier eingedrungen war? Schon wieder! Sie zog gerade die Nachttischlade auf, als das Läuten ihres Handys sie zusammenfahren ließ.

Sofort sprang sie auf und lief in die Richtung, aus der sie den Klingelton vernahm. Sie zog die Schranktüre im Vorraum auf und hielt einen Moment den Atem an. Da stand ihre Handtasche, die sie am Vorabend gesucht hatte. Das Läuten verstummte.

Das Klopfen an der Wohnungstür riss sie aus der Starre. Ein Blick durch den Türspion zeigte, dass José bereits zurück war. Ohne Umschweife öffnete sie. José blickte sie fragend an.

„Ich habe meine Tasche gefunden."

„Wie das?"

„Mein Handy hat geläutet."

„Hast du etwas angefasst?"

„Nur den Schrankknauf."

José nickte und machte sich daran, die Tasche und anschließend das Smartphone auf Fingerabdrücke zu überprüfen. Doch, wie er es insgeheim befürchtet hatte, wurde er nicht fündig. Nicht mal ein einziger Abdruck war darauf. Es musste alles gereinigt worden sein, bevor man es zurückbrachte.

„Ich hatte auch nicht erwartet, dass es so einfach werden würde."

Monica wandte sich ab und ging zurück ins Schlafzimmer, hier war sie zuvor unterbrochen worden. In ihrem Nachttisch fehlte nichts. Dann öffnete sie ihren Wandschrank und ärgerte sich erneut über den Staub, der auf dem Boden zu finden war. Allerdings hatte sie jetzt keinen Kopf dafür, diesen zu beseitigen.

Nach einer Stunde war sie sicher, dass außer der Handtasche, die plötzlich wieder da war, nichts fehlte oder den Platz gewechselt hatte.

José hatte zwar ein paar Abdrücke genommen, allerdings war er ziemlich sicher, dass diese zu Monica gehören würden.

„Ah, Jax, da bist du ja. Auf ein Wort, bitte."

Kane stand in seinem Büro hinter dem Schreibtisch und hatte sie durch die geöffnete Tür hereingebeten.

„Was gibt es, Chief?"

„Schließ bitte die Tür." Es war ungewöhnlich, dass Kane diese Bitte äußerte.

„Muss ich mir Sorgen machen?"

„Nein. Ich wollte dich nur darüber informieren, dass ich Lucas beauftragt habe, den Fall von Monica neu aufzurollen. Er hat die meiste Erfahrung und aktuell immer noch gute Kontakte zu verschiedenen Departments. Vor allem in Chicago."

„Das klingt doch gut."

„Weiß Monica bereits von der Verbindung eurer Vergangenheit?"

„Nein, es hat sich bisher nicht ergeben." Das war etwas, das Jax tatsächlich ein schlechtes Gewissen bereitete.

„Gut, dann werde ich es momentan nicht erwähnen. Es ist deine Geschichte."

„Danke, das weiß ich zu schätzen." Sie verließ das Büro gerade, als José mit Monica das Büro betrat.

„José, Monica, kommt bitte einen Moment rein." Sobald die Tür geschlossen war, bot er ihnen einen Sitzplatz an.

„Gut, dass du uns hereingebeten hast, Chief. Wir wollten eben zu dir kommen."

„Schön, dann ihr zuerst. Ich höre."

„In Monicas Wohnung ist immer noch irgendetwas nicht ganz koscher. Gestern war ihre

Tasche verschwunden. Und ich weiß, dass sie ihre Dinge immer an denselben Platz stellt."

„Vor allem habe ich die ganze Wohnung auf den Kopf gestellt, bevor ich die Nerven verloren habe und ohne Handy und Tasche auf die Straße bin. Um ehrlich zu sein, wollte ich einfach nur weg. Als wir jedoch heute noch einmal alles durchsucht haben, fand ich die Tasche inklusive meines Handys in einem Schrank im Vorraum. Ich habe in der gesamten Zeit, die ich hier wohne, noch kein einziges Mal die Tasche dort hineingestellt." Monicas Finger zitterten leicht in ihrem Schoß, als sie den Ablauf schilderte.

„Ich verstehe. Das bestärkt mich noch mehr in meinem Vorhaben. Ich wollte euch auf den neuesten Stand bringen, da ich beschlossen habe, Lucas in den nächsten Wochen Monicas Fall neu aufrollen zu lassen. Er wird direkt in die Städte fahren und die Kollegen vor Ort kontaktieren. Es ist mir wichtig, dass du, Monica, diese Information hier und jetzt von mir erhältst, bevor Lucas loslegt. Solltest du irgendwelche Einwände haben, dann lass sie mich jetzt hören. Mit den bisherigen Akten kommen wir einfach nicht weiter. Und die ganze Sache scheint auch nicht besser zu werden."

„Ihr kennt meine Akte bereits. Meine schlimmste Zeit lag schon einmal ausgebreitet vor euch auf dem Tisch. Nichts, das Lucas zutage fördert, kommt hier noch überraschend. Aber möglicherweise kommt er an den entscheidenden Hinweis, was wir hier übersehen. Also von meiner Seite gibt es keine Einwände. Im Gegenteil. Ich danke dir, Kane. Zum ersten Mal nimmt jemand meine Ängste und mich ernst und möchte mir helfen. Das … das ist neu. Danke." Monica war überwältigt, was an dem Wegbrechen ihrer Stimme deutlich wurde.

„Nichts zu danken, Monica. Wir sind ein Team und unterstützen einander. Ich lasse es dich wissen, sobald es Neuigkeiten gibt."

„Danke, das weiß ich zu schätzen." Und er konnte sich gar nicht vorstellen, wie sehr. José nickte dem Chief zu und folgte Monica aus dem Büro. Allerdings ließ er es sich nicht nehmen, sie am unteren Rücken zu berühren, als er sie hinausgeleitete, was Kane nicht entging.

Bevor Monica sich an den Empfang zurückziehen konnte, griff José ihren Arm und drehte sie halb zu sich.

„Monica, ich möchte, dass du in meinem Haus bleibst, bis Lucas zurück ist oder wir sicher sein können, dass dir keine Gefahr mehr droht. Nach dieser Aktion mit deiner Tasche möchte ich dich ungern in deiner Wohnung alleine lassen."

„Danke, José. Ich sage das nur sehr ungern, aber ehrlicherweise wäre mir das sehr recht. Als ich heute in der Wohnung war, hatte ich ein sehr beklemmendes Gefühl. Es fühlte sich nicht mehr sicher an."

„Ich sage Rita, dass sie mir meinen Zweitschlüssel heute Abend vorbeibringt, damit du ihn nehmen kannst. Du sollst dich schließlich nicht wie eine Gefangene fühlen."

„Keine Sorge, das tue ich nicht. Sie wird nicht böse sein, oder?"

„Nein, keinesfalls. Ich bin sicher, sie freut sich darüber, dass sie ihn dir überlassen kann." Diese kryptische Aussage ließen sie beide so im Raum stehen.

Das Wochenende kam schneller als erwartet. Kane hatte den Dienstplan überarbeitet, nachdem José ihm mitgeteilt hatte, dass Monica vorübergehend bei ihm unterkam.

Nun fuhr José sie beide ins Idaho Springs Inn zur Babyparty seiner Schwester. Es war nicht so, dass Monica nicht hätte alleine bleiben können, doch Arianna hatte sie kurzerhand persönlich eingeladen. José war ziemlich sicher, dass seine Mutter die Hand im Spiel hatte, da ihr zu Ohren gekommen war, dass er jetzt einen gewissen Hausgast hatte. Er musste eindeutig ein ernstes Wort mit Rita sprechen. Seine Mutter brauchte tatsächlich nicht mehr über jeden Aspekt seines Lebens in Kenntnis gesetzt werden.

Vor dem Hotel, das wieder in gewohnter Manier strahlte, parkten schon einige bekannte Fahrzeuge. Seine Eltern waren demnach schon eingetroffen, und der SUV seiner Schwester parkte ebenfalls am Wendehammer.

Als er den Wagen abgestellt hatte, ließ er es sich nicht nehmen, Monica die Tür zu öffnen und ihr seine Hand zum Aussteigen entgegenzuhalten.

„Werden wir schon beobachtet, da du den Gentleman gibst?" Monica grinste ihn bei dieser Bemerkung ungeniert an.

„Den Gentleman gebe ich immer in aller Öffentlichkeit. Hinter verschlossenen Türen sieht die Sache allerdings ganz anders aus." Mit diesem Konter hatte sie nicht gerechnet. Sie schluckte kurz und ihre Augen bargen einen gewissen Glanz, bevor sie die Realität wieder hatte. José wüsste zu gern, was sie sich gerade vorgestellt hatte.

Er hakte sie bei sich unter und gemeinsam traten sie in die große Hotellobby, in der es längst von Frauen und Familienmitgliedern wimmelte.

Es dauerte genau zwei Minuten, bis seine Mutter sie beide ausgemacht hatte und mit Arianna im Schlepptau auf sie zukam. Eine weitere Minute, bis Monica in Ariannas Umarmung gezogen worden war und seine Mutter über das gesamte Gesicht strahlte.

„Cariño, es ist so schön, dass ihr hier seid. Que linda es tu novia." Ein Lächeln umspielte ihre Lippen, als sie ihm sagte, wie hübsch seine Freundin doch war. Wenn auch José Monica noch nicht als seine Freundin sah, seine Mutter tat es bereits.

„Gracias, mamá Alvaro. Gracias por el cumplido." Monica wollte anscheinend seiner Mutter gleich reinen Wein einschenken und ihr zeigen, dass sie die Unterhaltung verstand. Sie bedankte sich für das Kompliment, bevor er etwas sagen konnte. Es wunderte ihn nur, dass sie nicht richtigstellte, nicht seine Freundin zu sein.

„Oh, wie schön, sie spricht unsere Sprache! Komm mit, mein Kind, ich möchte alles über dich erfahren." Flankiert von Arianna und seiner Mutter wurde Monica ins Kaminzimmer geführt, das für die Babyparty entsprechend anschaulich dekoriert worden war. Er selbst folgte in adäquatem Abstand und nahm den Anblick in sich auf, der sich ihm nun bot. Cindy hatte sich mit Cupcakes in der Form von Baby-Schühchen in Rosa und Hellblau selbst übertroffen. Ein paar von Harolds Häppchen standen ebenfalls auf der gedeckten Buffettafel. Gegenüber fand sich ein weiterer Tisch mit diversen Getränken.

In dieser Runde genoss José zusehends, wie Monica in seine Familie aufgenommen wurde, ohne dass es ihr bewusst war. Doch er wusste es, erkannte es an der Körpersprache seiner Mutter und an dem Interesse, das Arianna ihr gegenüber an den Tag legte, obwohl es ihr ganz spezieller Tag war. Sie unterhielten sich angeregt, während seine Schwester immer wieder von ankommenden Gästen begrüßt und beschenkt wurde.

Und José? Er fühlte sich einfach wohl. Monica blühte vor seinen Augen auf. Er konnte sich nicht vorstellen, wie jemand sie nicht lieben konnte. Doch ihm gingen die Andeutungen zu ihrer Familie nicht aus dem Kopf.

Die Zeit war viel zu schnell vergangen. Monica hatte sich schon lange nicht mehr so gut unterhalten und aufgenommen gefühlt. Josés Familie war witzig und sie liebte die Dynamik, die sie untereinander an den Tag legten. Das zeigte, wie viel sie einander bedeuteten. Ein warmes Gefühl hatte sich in ihrem Inneren ausgebreitet, und sie war glücklich. Zum ersten Mal seit langer Zeit.

Es war seltsam, dass sie sich in diesem Familienverband so schnell wohlgefühlt hatte. Das lag bestimmt an José und dem, was er seiner Mutter vor nicht allzu langer Zeit erzählt hatte. Und seine Mutter hatte nicht lange gefackelt. Sie hatte sie sogar als seine Freundin betitelt. Und Monica? Sie hatte es unterlassen, dies richtigzustellen. Vielleicht sollte sie das mit José besprechen. Ihm war es bestimmt unangenehm, dass seine Familie so über sie beide dachte.

Und bei all dem, das er bereits für sie getan hatte, wollte sie ihm keinesfalls im Weg stehen. Es war eine Kleinstadt. Wenn sich das herumspräche, wäre seine Zeit als gute Partie vorerst beendet. Sie warf einen verstohlenen Blick auf den Fahrersitz, den er mit einer stoischen Ruhe erfüllte, während er sie beide konzentriert durch die Nacht fuhr.

„José, du bist so still. Alles in Ordnung? Ich weiß, ich hätte gleich richtigstellen sollen, dass wir nicht zusammen sind, aber ..."

„Schon gut, Monica."

War das alles, das er dazu zu sagen hatte?

„Nein, ist es nicht. Wenn sich das herumspricht, dann ..."

„Was dann? Ist es dir peinlich, als meine Freundin gesehen zu werden?"

„Nein, das ist doch gar keine Frage. Du hast doch noch vor ein paar Tagen erzählt, wie gerne du Single bist und dass du es gar nicht eilig hast, eine Familie zu gründen, nachdem Arianna das in Angriff genommen hat." Monica verschränkte die Hände vor ihrer Brust und starrte aus dem Fenster. Wie konnte er nur so dämliche

Vermutungen anstellen? Sie wäre glücklich, einen Mann wie ihn als Partner zu haben. *Wo kam denn der Gedanke plötzlich her?*

„Du hast recht, das hatte ich. Doch dich heute mit meiner Familie zu sehen, das hat etwas in mir verändert." Er sah weiterhin durch die Windschutzscheibe auf die nächtliche Straße vor ihm, doch die Energie im Wagen hatte sich geändert. Die Luft war dicker geworden und es knisterte zwischen ihnen. Monica wusste, wenn sie jetzt seine Hand berühren würde, wäre das die Einladung, auf die er wartete. Im nächsten Moment hatte ihr Körper die Entscheidung für sie getroffen. Ihre Finger glitten auf die seiner rechten Hand, die auf seinem Schenkel ruhte.

Sein Blick ruckte zu ihr, auf der Suche nach … ja wonach? Nach ihrer Wahrheit? Nach dem Grund ihres Handelns?

„Was tust du?"

„Einen Vorstoß wagen." Ihr Geständnis glich mehr einem Flüstern, doch der Glanz in seinen Augen zeigte, dass er sie verstanden hatte. Der Hunger, der sich in einem weiteren Blick zeigte, ließ sie beinahe zurückrudern. Das war etwas, was sie nicht zu Ende gedacht hatte. Sie würde ihm ihre Narben zeigen müssen.

War sie wirklich bereit dafür? *Würde sie jemals dafür bereit sein?* Das war wohl eher die berechtigte Frage. Sie hatte nicht gemerkt, dass mit ihren Gedanken auch ihr Druck auf seine Finger schwand. Doch José bemerkte es.

„Wir können uns Zeit lassen. Ich weiß, das ist ist ein großer Schritt für dich." Er nahm ihre

Finger und führte sie an seine Lippen. Oh, er würde definitiv auf sie warten.

Der vierte Juli war in diesem Jahr sehr unspektakulär für Brittany vorübergegangen. Brad musste arbeiten und sie saß, wie so oft, alleine im Garten und beobachtete das Feuerwerk am nächtlichen Himmel. Eine Woche später saß sie erneut im Garten und genoss das sonnige Wetter. Je näher der Geburtstermin rückte, desto mulmiger wurde ihr zumute, wenn sie daran dachte, diese alleine durchstehen zu müssen.

Waren es wirklich nur noch ein paar Wochen bis dahin? Sie hätte gedacht, dass ihr noch wesentlich mehr Zeit bliebe. Diesen Moment wählte ihre kleine Maus, um zu treten, was sich an der Oberfläche des Bauches zeigte. Im selben Augenblick kam Brad in den Garten.

„Hi, Brit. Alles in Ordnung?"

„Ja, könnte nicht besser sein." Lächelnd beugte sie sich in ihrem Stuhl vor, um die Tritte ihrer Kleinen besser sehen zu können. Vorsorglich hatte ihr Brad einen großen Sonnenschirm besorgt, da die Haut in der Schwangerschaft anders reagierte.

„Wow, da ist jemand aber ausgeschlafen." Auch ihm blieben die Tritte nicht verborgen.

„Tja, sieht aus, als würde die Kleine ein echter Wildfang." Brits Wangen glühten, als sie ihn anlächelte. „Ich werde wohl allerhand mit ihr zu tun haben."

„Scheint so." Bisher hatte er ihren Bauch noch nicht berührt. Das war ein Schritt, den er nicht gehen wollte. Obwohl sie sich darauf geeinigt hatten, sich als Freunde gegenseitig zu unterstützen, war es ihm nicht möglich gewesen zu übersehen, wie sie durch die Schwangerschaft und nicht zuletzt durch die Ruhe, die sie in seinem Zuhause gefunden hatte, aufblühte.

Ihr hellblondes Haar war länger geworden und hatte wieder etwas von seinem früheren Glanz zurückgewonnen. Der Teint ihrer Haut hatte durch die Arbeit im Garten eine gesunde Farbe und ihre Augen strahlten, sobald sie von ihrer ungeborenen Tochter sprach.

„Hast du schon gegessen? Ich habe Sandwiches fertig im Kühlschrank. Oder musst du gleich los? Heute ist doch die Party bei den Prescotts." Brad hatte ihr davon erzählt, dass er eingeladen war. Sie freute sich für ihn, dass er sich wieder so gut mit Michael verstand und sie wollte ihm keinesfalls im Weg stehen.

„Ein kleiner Happen kann nicht schaden. Ich möchte nur schnell duschen und anschließend fahre ich los. Du kommst doch klar?"

„Aber natürlich. Was für eine Frage." Wenngleich ihr immer mulmiger zumute wurde, wenn sie wusste, dass Brad nicht abrufbar war.

„In Ordnung, dann verschwinde ich eben nach oben." Während Brit noch überlegte, ob sie ihm von ihrer Angst erzählen sollte, machte sie sich auf den Weg in die Küche. Sie hatte in letzter Zeit wieder mehr darauf geachtet, was sie aß. Durch die Unterstützung von Brad hatte sie wieder regelmäßig gegessen und vor allem hatte sie gesunde Mahlzeiten zu sich genommen. Dank ihren Hochbeeten, die ihr frisches Gemüse lieferten.

„Das sieht gut aus. Danke, Brit." Brad setzte sich an die Theke und biss genussvoll in das gefüllte Sandwich. Dabei beobachtete er, wie Brittany eine Salatgurke aufschnitt und sie ihm in einer kleinen Schüssel hinstellte. Irgendetwas schien sie zu beschäftigen. „Möchtest du mir sagen, was in deinem Kopf vorgeht?"

„Du liest in mir wie in einem Buch, habe ich recht?"

„Manchmal."

„Ich mache mir Gedanken über die Geburt. Ich habe viel dazu gelesen, aber ganz ehrlich, ich habe Angst. Es war nicht geplant, das alles allein durchstehen zu müssen. Und jetzt rückt der Termin immer näher und ich werde das Gefühl nicht los, dass ich es nicht allein durchstehen kann."

„Brit, wir haben dich im Denver Health Medical für die Geburt angemeldet. Der Weg dahin ist machbar, wenn die Wehen einsetzen. Ich habe dir gesagt, dass ich dich fahren werde. Wenn ich nicht kann, wird Cindy einspringen. Das wird schon."

„Versteh mich nicht falsch, dafür bin ich auch wirklich dankbar. Das weißt du. Aber es werden Stunden vergehen, die ich mich durch die Geburt kämpfen muss und ich ...", sie brach ab. Wie sollte sie erklären, was in ihrem Innersten los war?

Plötzlich hatte sie das Gefühl, sie würde sich wieder wie die verwöhnte Zicke benehmen, die sie vor einem Jahr noch gewesen war. Bevor ihr die Realität gezeigt hatte, dass man so nicht durchs Leben kam und Karma eine Schlampe sein konnte. Sie brauchte einen Moment für sich, daher ging sie an der Theke vorbei, um ins Wohnzimmer zu gelangen. Die Terrassentüren standen offen und sie war so darauf fixiert, dass sie die Sporttasche zu ihren Füßen übersah, die Brad dort hingestellt hatte.

Ihr Fuß verhedderte sich in der Trageschlaufe und im nächsten Augenblick lag sie auch schon auf dem Fußboden. Sie hatte sich zwar noch seitlich gedreht, schlug aber mit der Schulter und ihrem Kopf auf dem Boden auf. Mehr bekam sie nicht mehr mit.

Kapitel 11

Es war schön, Michaels Familie zusammen zu sehen. Und noch schöner, dass Jenna fortan dazu gehörte. Die beiden hier so innig zu sehen bewirkte, dass Monica sich erneut fragte, wie es wohl wäre, diese Innigkeit mit José zu teilen. Sie waren zur Feier der Prescotts gekommen, bei der Michael für Jenna etwas geplant hatte. Was genau, wussten sie bislang nicht.

Michael war mit Jenna kaum in den Hof des Hotels getreten, als er einen Schritt zurücktrat und ihre Hände fasste.

„Meine kleine Elfe. Ich bin glücklich, dass du in mein Leben gefunden hast. Noch glücklicher macht es mich, dass du geblieben bist. Und ich möchte, dass es so bleibt. Daher bitte ich dich, heirate mich!"

Monica hielt kurz den Atem an, als sie das hörte. Dann brandete schon Applaus los, der auch sie beflügelte, mitzuklatschen.

„Ja, Michael. Natürlich heirate ich dich!" Jenna fiel ihm lachend um den Hals und küsste ihn. Er zog eine kleine Schatulle aus der Hosentasche und steckte ihr einen

Verlobungsring an den Finger. José, der ihr gegenübersaß, erhob sich bereits, um zu ihnen zu gehen und zu gratulieren.

Nachdem auch Monica und die restlichen Kollegen gratuliert hatten, setzten sich alle an die reich gedeckte Tafel. Der Innenhof des Inns war im Winter mit einer Glaspyramide bedeckt. Die im Sommer geöffneten Glasteile zeigten jetzt in den Himmel. Country Musik war jetzt zu hören und die Unterhaltungen nahmen an Fahrt auf und verschmolzen zu einem angenehmen Hintergrundgeräusch.

José hatte sich ihr gegenüber die letzten Wochen wie ein Gentleman verhalten. Obwohl Monica den Vorstoß im Auto gewagt hatte, waren sie nach einem Gespräch im Haus überein gekommen, alles langsam anzugehen. Er bestand darauf, dass sie sich in seinem Haus sicher und nicht unter Druck gesetzt fühlen sollte. Und sie war darauf eingestiegen. Schließlich hatte sie Angst. Angst davor, was er zu ihrem kaputten Körper sagen würde.

„Alles okay?" Monica war so in Gedanken versunken gewesen, dass sie nicht gemerkt hatte, wie sich José ihrem Platz näherte.

„Ja, ich war bloß in Gedanken. Und bei dir?"

„Ich dachte, du möchtest vielleicht tanzen." Er hielt ihr die Hand hin. Sie blickte in den schattigen Teil des Hofs und bemerkte, dass sich dort schon einige Gäste zur Country Musik bewegten. „Denk nicht zu viel nach, Schönheit."

„Ich würde gerne tanzen." Sie legte ihre Hand in seine und ließ sich von ihm zur provisorischen Tanzfläche führen. So nah an ihn geschmiegt, war es ihr nicht möglich, sein Aftershave zu ignorieren, das ihr in die Nase stieg und ebenso köstliche Gedanken in ihr hervorrief.

„Vielleicht sollten wir uns zurückziehen?" Der Blick, den José ihr schenkte, ließ erahnen, dass sich seine Gedanken in die gleiche Richtung entwickelten. Monica streckte sich ihm entgegen und küsste ihn. Das war wohl Antwort genug, denn kaum, dass er sich von ihr gelöst hatte, schnappte er ihre Hand und schritt mit ihr im Schlepptau zu seinem Wagen. Sie hatte gerade noch genügend Zeit, ihre Tasche zu holen und den Mädels zum Abschied zu winken.

Kane war nicht begeistert. Seit ein paar Tagen war Nelly bei ihm eingezogen. Er liebte seine Schwester, aber es war nicht so einfach, mit ihr zusammenzuleben, wie er es sich gedacht hatte. Aus dem kleinen Mädchen war eine Frau mit einem eigenen Kopf geworden. So wie sie ihrem Vater die Stirn geboten hatte, tat sie es auch mit ihm. Jeden verdammten Tag. Sehr zum Gefallen von Jax. Es war ja klar, dass sich die zwei Nervensägen gegen ihn verschwören würden.

„Also hast du in Chicago einen tollen Typen getroffen?" Jax unterhielt sich angeregt mit seiner Schwester. Und sehr zu seinem Leid auch zu offen über alle Themen. Etwas, das er sich keinesfalls vorstellen wollte, war seine kleine Schwester in den Armen eines Mannes.

„Oh, ja. Ich sage dir. Ein richtiger Mann. Groß, breite Schultern, dunkelblondes Haar, samtige braune Augen. Ein Traum."

„Oh, Gott. Ich muss hier weg. Wollt ihr noch etwas trinken?"

„Ich nehme noch ein Light Bier, danke." Jax schwenkte ihre Flasche kurz in seine Richtung.

„Für mich einen Weißwein, bitte." Noch so etwas, an das er sich gewöhnen musste. Sie war jetzt einundzwanzig. Sie durfte von Gesetzes wegen Alkohol trinken. Und er musste es akzeptieren.

Lucas war eben aus Florida zurückgekehrt und hatte viel Information im Gepäck. Er hatte die Städte, in denen Monica gewohnt hatte, in der umgekehrten Reihenfolge abgearbeitet. In jeder der Städte hatte er mit dem verantwortlichen Officer den Fall neu aufgerollt, um sämtliche Details zu erfahren.

Es musste wohl nicht erwähnt werden, dass die meisten nicht begeistert waren, dass man ihre Arbeit genauer unter die Lupe nahm. Womit er nicht gerechnet hatte, war die junge Frau neben Chief Kane zu sehen. Die Frau, die ihm seit der Nacht in Chicago nicht mehr aus dem Kopf ging.

„Hey, Lucas. Seit wann bist du zurück?" Kane kam eben auf ihn zu.

„Gerade eben angekommen, Chief." Plötzlich ruckte der Kopf der jungen Frau in seine Richtung und in ihrem Blick sah er zuerst Leidenschaft aufblitzen, die anschließend von einem missmutigen Blick ersetzt wurde. Und er konnte es ihr nicht verübeln. So hatte er sich ihr Wiedersehen definitiv nicht vorgestellt.

„Geh schon mal vor, neben Jax ist noch ein Platz frei. Ich hole Getränke, für dich auch ein Bier?"

„Ja, danke." Nellys Blick war immer noch auf ihn fixiert. Jax sah zwischen ihnen hin und her und begann zu lächeln.

„Verdammt, das wird ja noch köstlich." Sie saß vor ihm und rieb ihre Hände.

„Auch schön, dich zu sehen, Jax. Hi, Nelly."

„Hi, Lucas. Was für eine Überraschung, was machst du hier? Ich dachte, du würdest in Chicago leben und arbeiten."

„Das habe ich nie gesagt. Wie war das mit Denver? Woher kennst du den Chief?"

„Er ist mein Bruder. Und ich dachte mir, dass du vielleicht Beziehungen hierher haben könntest. Daher Denver." Wenngleich er die Vertrautheit zwischen ihnen gesehen hatte, war es doch ein Schlag in die Magengrube, es zu hören.

„Oh, tja. Das wird wohl kompliziert."

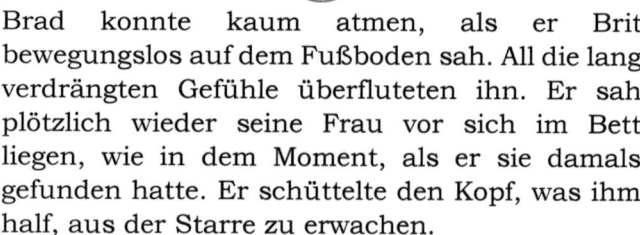

Brad konnte kaum atmen, als er Brit bewegungslos auf dem Fußboden sah. All die lang verdrängten Gefühle überfluteten ihn. Er sah plötzlich wieder seine Frau vor sich im Bett liegen, wie in dem Moment, als er sie damals gefunden hatte. Er schüttelte den Kopf, was ihm half, aus der Starre zu erwachen.

„Brit, komm schon, sprich mit mir." Er stürzte zu ihr und betastete ihren Kopf vorsichtig mit den Fingerspitzen. Immer darauf bedacht, sie nicht zu sehr zu bewegen. An der rechten Seite konnte er eine Beule ausmachen. Als er sie berührte, stöhnte Brit auf. „Brit, kannst du mich hören?"

„Ja, ich höre dich. ... was ist geschehen?"

„Du bist über meine Tasche gestürzt. Es tut mir leid, ich hätte sie nicht hier liegen lassen dürfen."

„Schon gut, ich ... aua."

„Was tut dir weh?"

„Mein Kopf, meine Schulter und aua, verdammt. Mein Bauch zieht. Kannst du mir hochhelfen?"

„Das ist keine gute Idee, bleib liegen. Ich rufe Rita und Liam, wir bringen dich ins Krankenhaus und lassen dich durchchecken."

„Aber du musst zu Michaels Party. Ich komme schon klar. Ruf die beiden an, dann kannst du los."

„Ich werde dich keinesfalls hier allein lassen. Das kommt nicht infrage. Beweg dich nicht. Ich bin gleich zurück."

Keine zehn Minuten später waren Rita und Liam mit dem Krankenwagen vor Ort und luden Brit behutsam ein, um sie nach Denver zu bringen. Brad hatte in der Zwischenzeit mit dem Krankenhaus gesprochen, damit man sie gleich nach ihrer Ankunft drannehmen würde.

Bei Ankunft im Krankenhaus war Rita sicher, dass das Ziehen Wehen waren, die sich bereits auf alle zehn Minuten verkürzt hatten. Daher wurde zuerst alles getan, um die Vitalwerte des Kindes im Auge zu behalten. Die Angst in Brits

Blick war nichts, das an Brad spurlos vorbeiging. Er hielt ihre Hand und wich nicht von ihrer Seite.

„Hey, Brit. Sieh mich an. Ich bin hier. Ich lasse dich nicht allein. Wir bekommen das hin." So musste es sein. Noch eine Tragödie würde er nicht überleben.

„Es ist zu früh. Es sind noch sechs Wochen. Sie darf noch nicht kommen. Es ist einfach noch zu früh." Der Kampf, den sie gegen die Tränen gefochten hatte, war nun verloren. Ihre Wangen waren feucht, und Brad konnte sich nicht mehr zurückhalten. Er beugte sich über die Untersuchungsliege und nahm sie fest in den Arm. Ihr Körper wurde von unterdrücktem Schluchzen geschüttelt.

„Ich verspreche, wir bekommen das hin. Wenn deine kleine Maus meint, es ist an der Zeit zu kommen, dann wird sie es schaffen." *Eine andere Option gab es einfach nicht.*

Und so war es. Fünf Stunden später lag Brittany mit ihrer kleinen Michelle auf der Frühchenstation. Erschöpft, aber glücklich. Brad war nicht von ihrer Seite gewichen. Sie wollten sie die ersten vierundzwanzig Stunden unter erhöhter Beobachtung halten. Sobald diese vorbei waren, durfte sie auf die Neugeborenenstation.

„Wie fühlst du dich? Kann ich dir etwas bringen?" Sie konnte verstehen, dass es für Brad nicht nachvollziehbar war, was er für sie getan hatte.

„Nein, danke dir. Ich weiß gar nicht, wie ich dir das jemals vergüten kann. Brad, ich bin dir so dankbar, dass du bei mir warst. Bei uns." Sie griff seine Hand und führte sie zu Michelles kleiner Faust.

Er blickte sie zögernd an, bevor er mit seinen Fingern zärtlich über die kleine Faust streichelte. In seinen Augen schwammen Tränen, die er wegblinzelte. Doch Brit hatte sie gesehen.

„Sie ist so wunderschön, sieht aus wie du."

„Danke. Jetzt war ich doch verantwortlich, dass du nicht zu Michaels Party gekommen bist." Die Nacht warf ihre ersten Schatten voraus.

„Und deshalb dieses Wunder verpassen? Keine Chance. Ich habe ihm geschrieben und werde ihn morgen anrufen."

„Ich möchte dir aber nicht im Weg stehen."

„Das tust du nicht. Wir sind Freunde."

„Sind wir das? Versteh mich nicht falsch, für mich bist du das. Du bist zu meinem Fels in der Brandung geworden. Aber ich würde nie etwas voraussetzen. Das hat mir mein Schicksal definitiv abgewöhnt."

„Ich weiß, dass ich nicht unschuldig daran bin, dass du zweifelst. Aber in den letzten Wochen, die du bei mir gewohnt hast und seit ich dir von meiner Vergangenheit erzählt habe, finde ich schon, dass wir uns als Freunde weiterentwickelt haben. Ich habe es dir zuletzt gesagt und sage es noch einmal: Ich wäre sehr gerne dein Freund, wenn du mich lässt, Brit."

Bei diesen Worten ließ es sich nicht vermeiden, dass Brits Herz einen Hüpfer machte. Sie wusste, wie er es meinte, dennoch konnte sie nichts dagegen tun, sich mit ihm und ihrer Kleinen das Bild einer heilen Familie vorzustellen.

„Das wäre sehr schön, Brad. Ich werde versuchen, mich an den Gedanken zu gewöhnen."

Kane hatte ein seltsames Gefühl, als er mit den Getränken an den Tisch zurückkam. Irgendwie hatte sich die Dynamik der Frauen geändert. Das hatte bestimmt mit dem Eintreffen von Lucas zu tun.

„Hier die Getränke. Alles okay? Habt ihr euch schon vorgestellt? Lucas, das ist meine Schwester Nelly. Nelly, das ist Lucas. Er war die letzten Wochen unterwegs, um einen Fall neu aufzurollen und Informationen zu sammeln."

„Oh, wir haben uns schon kennengelernt." Ihr Ton hatte etwas Unterschwelliges, das er im Moment nicht entziffern konnte. Sein Blick glitt zu Jax, die ihr Handy plötzlich sehr interessant fand. „Hab' ich etwas verpasst?"

„Nein, schon gut. Ich lasse euch dann mal fachsimpeln. Wir sehen uns später zu Hause." Nelly erhob sich, warf Lucas noch einen verstohlenen Blick zu und verließ den Hof.

„Manchmal weiß ich nicht, welche Laus ihr schon wieder über die Leber gelaufen ist. Ihre Gefühlslage wechselt so schnell, dass ich nicht mitkomme. Als Teenager war sie genauso. Nur war sie da das Problem meiner Eltern und nicht meines." Kane sah Nelly hinterher, bis sie aus seinem Blickfeld verschwunden war. „Aber jetzt zu dir, was hast du herausgefunden?"

„Tja, was soll ich sagen. Die Leute waren nicht begeistert, dass wir ihre Ermittlungen infrage stellen. Es hat des Öfteren meine Überredungskünste erfordert, um in die Akten Einsicht nehmen zu können. Als ich den Brandstifter erwähnt habe, waren aber fast alle bereit, mit uns zusammenzuarbeiten."

„Wer war denn nicht dazu bereit?"

„Die Uni in Florida. Der Dekan wollte einen Gerichtsbeschluss, um Einsicht in die Unterlagen zu erhalten. Glücklicherweise habe ich einen guten Kontakt, der mir in dieser Hinsicht rasch helfen konnte."

„Waren die Unterlagen denn wenigstens aufschlussreich?"

„Wie man es nimmt. Es gab Aufzeichnungen zu Monicas Fall. Es waren ein paar Namen aufgeführt, die an dem Abend dabei waren. Ich habe noch einmal mit allen gesprochen. Was ich nur seltsam fand war, dass sie dieselben Worte verwendet haben, um den Vorfall zu beschreiben. Wie einstudiert."

„Was war mit dem Mann, den sie in Verdacht hatte der Brandstifter zu sein?"

„Jimmy Newman. Ja, der kann es tatsächlich nicht sein. Zwei Wochen nach der Gerichtsverhandlung ist sein Pflegevater verstorben. Daraufhin wurde er in eine psychologisch betreute Einrichtung eingewiesen. Zwischendurch wurde er von einer Einrichtung in eine andere verlegt. Aber dort ist er immer noch."

„Warst du vor Ort?"

„Ja, ich habe mich mit seinem behandelnden Arzt unterhalten."

„Und was sagt er?"

„Dr. Phil Matthews. Ich weiß nicht, Mann. Der Typ ist mir einfach zu glatt."

„Stopp. Sagtest du Phil Matthews?" Jax war beinahe aufgesprungen.

„Ja, Dr. Phil Matthews. Er ist Vorstand der Burlington Mansion."

„Verdammt." Kane sah Jax direkt an. Er wusste, dass sie hier das fehlende Puzzleteil gefunden hatten.

„Was entgeht mir hier, Leute?" Lucas sah zwischen den beiden hin und her. Sie schienen eine wortlose Unterhaltung zu führen, bis Jax leicht nickte.

„Wir haben eben das fehlende Puzzlestück gefunden, das uns noch gefehlt hat, um die Verbindung zwischen Monicas und Jax' Fall herzustellen."

„Was meinst du mit Jax' Fall?"

„Meine Freundin Nicole wurde ermordet, als ich auf dem College war. Auf einem Foto, das Monicas Fallakte beigelegt war, habe ich ihn gesehen, wusste aber nicht, wie er da hineinpasst. Aber jetzt sieht die Sache anders aus." Jax wollte nicht ins Detail gehen. Nicht am heutigen Tag.

„Wir müssen alles zu Dr. Phil Matthews herausfinden, das es zu finden gibt."

„Ich kann Jenna bitten, ob wir Tracy fragen können. Die Blackwell Security Group hat noch andere Möglichkeiten nachzuforschen."

„Ich möchte vorerst, dass die Information unter uns bleibt. Wenn wir nicht weiterkommen, können wir immer noch weitere Ressourcen ausschöpfen."

Monica war aufgeregt, als sie in Josés Hauseinfahrt steuerten. Ihre Hände waren schwitzig, sodass sie sie ständig über ihre Jeans rieb.

„Hey, wir gehen es ganz ruhig an. Kein Druck."

„Das sagst du so einfach." José parkte, stieg aus und kam um den Wagen herum, um ihr zu öffnen. Er hielt ihr die Hand entgegen, die sie zögerlich ergriff.

„Was hältst du davon, wenn wir Musik anstellen und dort ansetzen, wo wir aufgehört haben. Wir tanzen einfach und sehen, wohin uns das führt. Ohne irgendwelche Hintergedanken. Du bestimmst, wie weit wir gehen. Ich habe es bereits gesagt, aber ich wiederhole es gerne. Ich möchte, dass du dich bei mir sicher fühlst. Immer."

„Also schön. Tanzen. Ohne Erwartungen." Monica folgte José ins Haus, legte ihre Tasche ab und sah ihn fragend an. Er griff sein Smartphone und startete eine langsame Playlist.

„Darf ich bitten?" Hier war er wieder, der Gentleman, der sie die letzten Wochen begleitet hatte. Monica ließ sich von ihm führen und schon bald war sie dabei, sich in seinem Blick zu verlieren. José zog sie näher an sich. Sein Aftershave raubte ihr erneut die Sinne und die

Wölbung in seiner Hose, die gegen ihren Bauch drückte, ließ sich nicht mehr verbergen.

Im nächsten Moment lagen seine Lippen auf ihren, und seine Zunge verlangte Einlass in ihren Mund. Ein Stöhnen entglitt ihr, als er ihren Hintern packte und sie gegen sich drückte. Das erlaubte ihm, den Kuss zu vertiefen.

Ab diesem Zeitpunkt war es Monica nicht mehr möglich, sich mit der Frage: Was wäre wenn? zu beschäftigen. Ihr Körper folgte Josés Stimulation. Seine Hände fanden den Weg unter ihr Shirt, er streichelte ihre Haut am unteren Rücken und tastete sich immer weiter zu ihrem Hosenbund vor.

Auch Monicas Hände waren auf Wanderschaft gegangen und erkundeten seinen rcizvollen Bizeps, seine starken Schultern und glitten dann in seinen Nacken.

Die Musik war schon lange in weite Ferne gerückt, wenngleich sie sich immer noch in einem Takt bewegten, der nun der ihre war. Josés Lippen wanderten ihre linke Halsseite hinunter. Monica genoss das Gefühl, da es die unverletzte Seite war.

Als er den Ausschnitt des Shirts erreicht hatte, sah er kurz zu ihr auf. Es war, als würde er ihre Zustimmung abwarten. Die Hoffnung, die sie in seinen Augen sah, spiegelte ihre wider. Sie nickte und er zog ihr das Shirt über den Kopf.

Jetzt stand sie vor ihm. Mit all ihren Narben, die nicht mehr weggehen würden. Mit denen sie gelernt hatte zu leben. Die sie aber seelisch immer noch belasteten. Wie würde José reagieren?

Er küsste ihre Lippen, dann legte er ihr das Haar über die rechte Schulter und besah ihren Körper. Es war ihr unangenehm, daher drehte sie ihren Kopf in die andere Richtung. Sie wollte die Verachtung und den Ekel nicht in seinen Augen sehen, den sie beim ersten Anblick ihrer Narben verspürt hatte.

„Hey, Monica, sieh mich an." Sie schüttelte den Kopf und schloss die Augen. Es war kindisch, aber in ihrem Kopf fühlte sie sich sicher. „Schließ mich nicht aus. Sag mir, wenn ich etwas nicht berühren darf. Ich möchte dir nicht wehtun." *Was meinte er?*

Die Antwort folgte in Form von sanften Küssen, die er über ihren Hals verteilte. Über ihre Narben. Es war ein seltsames Gefühl, das sie noch nie vorher gefühlt hatte. Sie hatte auch noch nie jemanden an die Narben herangelassen.

Weitere Küsse folgten auf ihrem Dekolleté. Hier waren es nur oberflächliche Verbrennungen gewesen. Die Haut hatte gelitten, aber war nicht vernarbt, nur etwas heller und empfindlicher, wie sie jetzt feststellte.

José ließ sich Zeit, um Monicas Körper kennenzulernen. Die kleinen Seufzer, die ihr über die Lippen kamen, als er sich seinen Pfad hinunterbahnte, stachelten ihn an.

Er wollte ihr mehr davon entlocken. Natürlich wusste er, dass es ihr unangenehm war, sich ihm so zu zeigen. Nicht umsonst hatte sie immer einen langen Ärmel, um die Narben an ihrem rechten Arm zu bedecken. Aber er wollte ihr unmissverständlich zeigen, dass sie für ihn schön war und ihre Narben daran nichts ändern würden.

Langsam küsste er sich ihren Bauch hinab. Doch bevor er in Versuchung kam zu forsch ranzugehen und ihre Hose zu öffnen, schnappte er sich ihre rechte Hand und begann ihre Fingerkuppen mit Küssen zu versehen. Danach wanderte er küssend ihren rechten Arm hinauf, bis er wieder ihre Lippen spüren konnte. Der Kuss, den sie nun teilten, war so viel mehr. Er konnte spüren, dass sich Monica nicht mehr zurückhielt. War sie zuvor unsicher gewesen, wie sich die Situation entwickeln würde, sprühte sie jetzt voller Leidenschaft.

Josés Hände glitten wieder über ihren Po, dann hob er sie hoch, um sie in sein Schlafzimmer zu bringen. Er wollte sie weiter erkunden, wollte sehen, wie sie sich in seinem Bett rekelte.

Behutsam ließ er sie auf seine Laken sinken. Sie war so wunderschön. „Wann immer du stoppen möchtest, lass es mich wissen. Ich möchte dich zu nichts drängen. Okay?"

„Okay." Er ließ sich neben ihr nieder und küsste sie erneut. Langsam ließ er seine Hand ihren Bauch hinunterwandern. Seine Fingerspitzen tanzten am Bund ihrer Hose, wie sie es zuvor an ihrem Rücken getan hatten. Doch nun signalisierte sie ihm zum ersten Mal, dass sie bereit war, sich auf mehr einzulassen. Ihre Hände schlüpften in seine Hose und legten sich auf seinen nackten Po.

Jetzt wollte er wissen, wie es war, in ihr zu sein. Seine Finger fanden den Weg in ihr

Höschen, teilten ihre Falten und trafen auf Feuchtigkeit. Er verteilte ihre Nässe, massierte ihre Klit und drang immer wieder mit zwei Fingern in sie. Währenddessen spürte er ihre Nägel über seinen Rücken und Po gleiten. Es machte ihn wahnsinnig. So nah und nicht nah genug.

Monica wusste nicht, wo ihr der Kopf stand. Josés Finger spielten sie wie ein Instrument. Es war lange her, dass sie mit einem Mann zusammen gewesen war. Und noch länger, seit sie sich zuletzt gestattet hatte, es zu genießen und sich fallen zu lassen. José hatte ihr gezeigt, dass er es ernst meinte. Er hatte sich in ihr Herz geschlichen, ohne dass sie es mitbekommen hatte.

Jetzt war es an der Zeit, ihm ihr Vertrauen zu schenken. Allerdings hatte er andere Pläne. Seine Finger füllten sie und sein Daumen legte sich auf ihre Klit. In dem Moment explodierten Sternchen unter ihren Lidern. Sie musste nach Luft schnappen und konnte das Stöhnen nicht unterdrücken. Langsam kam sie zurück von der Welle, die sie eben davongetragen hatte.

„Ich möchte dich spüren." Es war ihr ein Bedürfnis, es laut auszusprechen. Sie wollte keine Unsicherheit zwischen ihnen. Das war die Einladung, auf die er gewartet hatte. Er kniete sich vor sie und zog ihr die restliche Wäsche aus, bevor er sich erhob und sich ebenfalls entkleidete. Anschließend griff er in die Nachttischlade und holte ein Kondom heraus.

Es bedurfte keiner weiteren Worte. Monica nahm das Kondom aus der Verpackung und rollte es ihm über. Ein wahrer Genuss, bei seinen Konturen, die sie dabei genau in Augenschein nehmen durfte. Entgegen ihrer Annahme ließ er sich nicht zwischen ihren Schenkeln nieder, sondern legte sich neben sie und drehte sich anschließend mit ihr, sodass sie auf ihm zu liegen kam. Im ersten Moment fühlte sie sich exponiert, doch schon im nächsten nahmen ihr die Zärtlichkeit und das Verlangen in seinen Augen ihre Hemmungen.

Langsam senkte sie sich auf ihn und nahm ihn in ihr auf. Er füllte sie ganz aus, es fühlte sich unglaublich an. Seine Hände lagen an ihren Seiten und berührten sie zart. Ihr Liebesspiel nahm immer weiter Fahrt auf, doch Josés Berührungen blieben sanft. Sie hatte nicht gewusst, wie sehr sie solch eine zärtliche Berührung erdete.

Ihre Lustgeräusche vermischten sich, als sie sich zu ihm beugte und ihn stürmisch küsste. Sie fühlte, wie er weiter in ihr anschwoll und wusste, es würde nicht mehr lange dauern, bis er kam. Schon im nächsten Augenblick legte sich sein Daumen erneut an ihre Klit und sie ritt dagegen an. Ihre Begierde steigerte sich ins Unermessliche und sie kam erneut. José folgte ihr kurz darauf mit einem tiefen Grollen.

Monica ließ sich auf seine Brust sinken und rang um Atem. Er hatte sie fest in seine Arme geschlossen und streichelte in stetigem Rhythmus darüber. „Das war unglaublich." Seine tiefe Stimme an ihrem Ohr ließ ihre inneren

Muskeln erneut zucken, was ihm ein sanftes Lachen entlockte.

„Das kann ich nur zurückgeben. Es war außergewöhnlich."

„Auch wenn es diese Idylle jetzt zerstört, muss ich mich doch um das Kondom kümmern. Aber ich bin gleich wieder hier." Er drückte ihr einen schnellen Kuss auf die Lippen, bevor er sie vorsichtig anhob und aus ihr herausglitt. Monica ließ sich auf die andere Betthälfte sinken und sah ihm nach, wie er nackt ins Bad schritt.

„Guten Morgen, Jimmy, wie geht es dir heute?"

„Was soll der Scheiß, Phil? Wie lange willst du mich hier noch gefangen halten?"

„Du bist hier nicht gefangen, Jimmy. Aber ich muss sicherstellen, dass du vor dir selbst geschützt bist, während ich weg bin."

„Wie lange soll das noch so weitergehen?"

„Oh, das ist einfach zu beantworten. Bis unser gemeinsames Problem aus der Welt geschafft ist."

„Was hast du vor, Phil?"

„Etwas, das ich schon vor langer Zeit hätte zu Ende bringen sollen."

„Lass sie in Ruhe. Sie war nie das Problem!"

„Ach nein, Bruder? Du wolltest dich ihretwegen umbringen. Und jetzt behauptest du, sie wäre nicht das Problem, dass ich dich beinahe verloren hätte?" Phil konnte nicht glauben, dass sie erneut über dieses *Problem* diskutierten.

„Du wolltest sie mir immer schon wegnehmen. Ich habe sie geliebt, Phil. Wie konntest du mich nur dazu bringen, sie anzuzünden? Ich träume jede verdammte Nacht davon, wie sie geschrien hat und kann es kaum noch ertragen. Kann mich nicht mehr ertragen. Und auch dich nicht." Er vergrub sein Gesicht in den Händen.

„Das brauchst du auch nicht." Phil hatte diesen Moment gewählt, ihm die aufgezogene Spritze in den Arm zu stechen. Das starke Beruhigungsmittel setzte sofort ein. Glücklicherweise hatte er sich auf den bequemen Lesestuhl in der Ecke gesetzt, um weit von Phils Schreibtisch entfernt zu sein. Doch durch die Rage, in die er sich geredet hatte, wurde er unaufmerksam und Phil konnte sich ihm nähern, da er vorgab, nervös umherzuschreiten.

Die Pfleger, die auf Knopfdruck herbeieilten, trugen Jimmy in sein Zimmer. Er würde ihn erneut ruhigstellen müssen. Schließlich war es Zeit, sich endlich um den Abschaum zu kümmern, der sich ständig in sein Leben einmischte.

Kapitel 12

Es war im ersten Moment beängstigend für Monica sich nackt an einen männlichen Körper zu schmiegen. José lag hinter ihr und hielt sie mit seinen Armen fest umschlungen. Und im nächsten Moment begann sie, es zu genießen. Vor dem Fenster brach die Morgendämmerung an und die ersten Vögel zwitscherten in ihren Nestern am Ufer des Clearcreek River.

Zum allerersten Mal seit dieser verheerenden Nacht vor vielen Jahren dachte Monica an die Zukunft. An eine Zukunft, die sie nicht alleine verbringen wollte. Ob José an ihrer Seite bleiben würde? Sie konnte es nur hoffen. In den Tagen, die sie nun bei ihm war, hatte er ihren Schutzpanzer völlig durchbrochen. Und nach der vergangenen Nacht gab es für sie kein Zurück mehr. Zumindest wollte sie sehen, wohin sie das Ganze führen würde.

„Guten Morgen, Schönheit. Ich kann dich denken hören. Was ist los?"

„Guten Morgen. Es ist nichts. Versprochen. Ich habe gerade daran gedacht, dass ich mich bei dir sehr wohlfühle."

„Das ist mal ein Kompliment. Und das am frühen Morgen." Er drückte sie näher an sich und küsste ihren Nacken. Dann rollte er sie unter sich, hielt sich einen Moment über ihr und genoss scheinbar den Anblick, bevor er sich zwischen ihren Schenkeln niederließ und sie zärtlich küsste. So geweckt zu werden, daran könnte sie sich definitiv gewöhnen.

Er konnte es nicht leiden, wenn er Zeit verlor. Und Jimmy hatte ihn Zeit gekostet. Eine ganze Woche war vergangen, seit er die Frauen in diesem kleinen Kaff zurückgelassen hatte. Noch war er unschlüssig, wen er sich zuerst holen würde. Aber eins war sicher, sie würden beide sterben. Qualvoll. Denn nach dieser Woche würde er Jimmy nicht erneut sedieren. Nie wieder.

Sie würden mit der Vergangenheit abschließen und dann wären sie frei und könnten sich ein neues Projekt überlegen. Möglicherweise könnten sie wieder an einer Uni ihr Unheil treiben. Ja, das wäre etwas, womit er sich gerne wieder die Zeit vertreiben würde. Junge Studentinnen. Sie waren so unglaublich naiv, wahnsinnig schnell zu beeindrucken und leicht zu beeinflussen.

Wie einfach war das Leben damals gewesen. Und wie schön könnte es wieder sein. Seine Gedanken kreisten um mögliche Szenarien. Und da war es wieder, das Lächeln auf seinen Lippen, das sich seltsam anfühlte.

Schneller als gedacht war er an der Stadtgrenze von Idaho Springs. Und er war bereit, sich auf die Lauer zu legen. Er würde eine Möglichkeit finden, den Abschaum zu beseitigen und Jimmy zurückzuholen.

José hatte Monica noch vor dem Aufstehen geliebt, danach hatten sie sich eine gemeinsame heiße Dusche gegönnt und nun saßen sie beim Frühstück.

„Lucas ist gestern Nachmittag zurückgekommen. Ich bin sicher, er hat Kane und Jax bereits über seine Erkenntnisse informiert. Ich möchte so rasch wie möglich ein Update erhalten. Ist es okay, wenn du heute hier bleibst?"

„Kein Problem. Allerdings muss ich auch wieder in meiner Wohnung nach dem Rechten sehen."

„Das können wir heute Abend nach meinem Dienst machen. Oder noch besser, wir treffen uns dort. Dann hast du keinen Zeitdruck und anschließend holen wir uns etwas zu essen bei Reggie. Wie klingt das?"

„Abgemacht. Und es stört dich nicht, wenn ich heute allein in deinem Haus bin?"

„Warum sollte es?" José verstand die Frage nicht. Für ihn gehörte Monica mittlerweile genau hierhin. In sein Haus. „Stört es dich nicht, dass du nicht bei der Besprechung anwesend sein wirst?"

„Ganz ehrlich? Nein. Ich kann diesen Tag Auszeit gut gebrauchen. Morgen ist immer noch früh genug, um mich wieder mit meiner Vergangenheit auseinanderzusetzen." Am heutigen Tag wollte sie nur an die Zukunft denken, denn diese erschien ihr plötzlich in einem vollkommen anderen Licht.

„Na los. Du kommst sonst zu spät und ich möchte nicht dafür verantwortlich sein, dass Kane dich zusammenfaltet." Lächelnd küsste sie ihn zum Abschied.

„Bis nachher, meine Schöne."

Monica räumte alles auf und machte sich bereit. Der Tag war genau richtig für einen Spaziergang durch die Stadt. Sie wollte in der Bäckerei vorbeisehen, danach in die Wohnung und noch ein paar Kleinigkeiten besorgen, bevor José sie abends wieder abholen würde. Die Sonne lachte vom Himmel und die Temperaturen kletterten langsam höher.

Vielleicht sollte sie doch in der Wohnung starten, dann könnte sie ihre Jeans gegen ein Sommerkleid tauschen und entsprechende Kleidung mitnehmen. Ja, das war eine tolle Idee. Beschwingt lief sie die Hauptstraße entlang und beobachtete die Bewohner auf dem Weg zur Arbeit. Ein Lächeln spielte um ihre Lippen. Es war einfach schön.

In ihrer Wohnung angekommen, änderte sich ihre Stimmung abrupt. Etwas war falsch hier. Sie konnte es fühlen. Bevor sie es jedoch genau sagen konnte, spürte sie einen Stich in den Nacken und dann wurde ihr schwarz vor Augen.

José freute sich auf den Abend mit Monica. Lucas hatte sie auf den neuesten Stand gebracht. Sie waren dabei, alles über Dr. Matthews in Erfahrung zu bringen. Das war derzeit ihr bester Anhaltspunkt. Vor allem in Hinblick auf den gemeinsamen Aspekt mit Jax.

Aber jetzt war es nicht an der Zeit, um darüber zu grübeln. Nun wollte er den Abend mit seiner Freundin genießen. Vielleicht sollte er ihr sagen, dass er sie so nannte und zukünftig in der Öffentlichkeit auch nennen wollte.

Er parkte den Wagen vor ihrem Wohnhaus und sah die Fassade hoch zu ihren Fenstern, die im Dunkeln lagen. Das war seltsam. Sie hatten sich hier verabredet und sie hatte sich nicht bei ihm gemeldet, dass sie es sich anders überlegt hätte. Unruhe überkam ihn und er lief die Treppen hinauf zu ihrer Wohnung.

Er klopfte gegen die Tür und rief ihren Namen, aber nichts rührte sich. Dann schnappte er sich sein Smartphone und rief ihre Nummer an, worauf es in der Wohnung zu klingeln begann.

„Verdammte Scheiße!" Er schrie so laut, dass sich am Ende des Flurs eine Tür kurz öffnete und eine verängstigt dreinblickende Frau den Kopf kurz herausstreckte. Glücklicherweise trug er seine Polizeiuniform, sonst wäre er vermutlich in Kürze wegen Ruhestörung zum Problem seiner Kollegen geworden. Keinen weiteren Gedanken daran verschwendend, trat er die Tür ein. Er rief weiterhin ihren Namen, wenngleich er beim Betreten wusste, dass sie nicht hier war.

Als er ins Schlafzimmer kam, stand die Schranktür offen, die Kleidung war zur Seite geschoben und dahinter klaffte eine einen Meter große Öffnung, die den Blick in die Nachbarwohnung freigab. José musste sich am Betthaupt festhalten. Er hatte das Gefühl, dass ihm der Boden unter den Füßen weggezogen wurde. Erneut griff er sein Handy und rief seine Kollegen. „Monica ist verschwunden!"

Es dauerte die halbe Nacht, die Wohnung gründlich zu durchsuchen und Fingerabdrücke zu sichern. Jax und Kane waren an seine Seite geeilt, als er den Anruf abgesetzt hatte. Lucas war im Revier und koordinierte eine Suche in der näheren Umgebung. Jemand musste etwas gesehen haben. Sie durfte nicht weg sein. Nicht jetzt, wo sie sich gefunden hatten.

„Wir werden sie finden, José. Das weißt du. Und sie ist eine Kämpferin. Sie hat es mehrmals bewiesen. Du musst an sie glauben." Jax Worte waren ein Appell an seinen Verstand. Seine Gefühle hatten ihn im Griff. Es fiel ihm schwer klar zu denken.

„Das tue ich, Jax. Aber wir wissen nicht, was er ihr antun wird. Wir wissen nicht einmal mit Sicherheit, wer es ist. Und das macht mich fertig."

Kanes große Hand legte sich an seine Schulter und drückte sie. „Es ist ernst zwischen euch, habe ich recht?"

„Ja. Ist es. Aber noch nicht lange. Sonst hätten wir es angesprochen."

„Keine Sorge, wir werden hierzu eine Lösung finden, sofern es nötig sein wird. Jetzt ist es wichtig, sie zu finden und in Sicherheit zu wissen."

Der Zettel an der Eingangstür flatterte wie eine weiße Fahne, als Jax ihre Wohnung betreten wollte. Sie konnte sich nicht erinnern, dass einer ihrer Nachbarn je diesen Kommunikationsweg gewählt hatte. Ohne darüber nachzudenken, nahm sie ihn ab und klappt ihn auf.

Endlich habe ich sie bei mir. Du solltest dich beeilen oder sie endet wie Nicole.

Jax blieb beinahe das Herz stehen. Das durfte nicht geschehen. Sie konnte nicht erneut jemanden verlieren, der ihr wichtig war. Während sie wie ferngesteuert zu ihrem Wagen lief, fotografierte sie das Stück Papier und schickte es an José. Immerhin ging es hier um Monica und nach dem heutigen Tag wusste sie, dass ihm die Frau viel bedeutete.

Sie lief zurück zu ihrem Wagen, öffnete ihn und zog einen Beweismittelbeutel aus dem Handschuhfach. In diesen steckte sie den Zettel. Erst dann betrachtet sie ihn erneut. Am unteren Ende waren Koordinaten angegeben.

Ihr Handy zeigte ihr den dazugehörigen Standort, nachdem sie die Daten eingegeben hatte. Es war die alte Mine nahe des Pewabic Mountain. Die Fahrzeit dorthin würde mindestens fünfzehn Minuten dauern. Weitere zwanzig Minuten, um die Lage zu sondieren und auf Verstärkung zu warten. Das würde zu lange dauern.

Sie konnte keinesfalls warten und dadurch Monicas Leben riskieren. Während sie losfuhr, läutete bereits ihr Smartphone über die Bluetoothanlage des Wagens.

„Verdammt, wo bist du?"

„Ich sitze im Wagen und mache mich eben auf den Weg. Die Koordinaten sind ..."

„Ja, schon gesehen, die alte Mine in den Bergen. Aber Jax, das ist eine Falle. Du weißt das so gut wie ich. Warte auf Verstärkung. Wir wissen nicht, was du dort findest und ob sie überhaupt dort sein wird."

„José, leite alles in die Wege, aber verlange nicht von mir, dass ich das vor Ort abwarte. Das kann ich nicht. Sie darf nicht enden wie Nicole. Das kann ich nicht zulassen, verstehst du?"

„Jax, das ist ein Trick. Wir kennen all diese psychischen Spielchen. Lass dich nicht darauf ein. Warte auf uns. Ich bin ebenfalls unterwegs, aber deine zehn Minuten Vorsprung werde ich nicht mehr einholen können."

„Ich vertraue darauf, dass du es besser machst, aber ich muss dorthin. Ich muss sie herausholen, sie retten." Die letzten Worte kamen beinahe tranceartig.

„Jax, ich schwöre dir, Kane wird dir in den Arsch treten, wenn du nicht auf Verstärkung wartest. Und ich werde ihm dieses Mal helfen. Also verschaff dir einen Überblick und warte, verdammt."

„Wir sehen uns dort, José." Sie legte auf.

Sobald sie die Virginia Canyon Road erreicht hatte, konzentrierte sie sich auf die vor ihr liegende Aufgabe. Natürlich war ihr bewusst, dass sie direkt in eine Falle lief. Aber dieses Bewusstsein würde sie hoffentlich davor schützen, tatsächlich hineinzutappen. Was wäre die Alternative?

Sie würde vor Ort die Lage sondieren und bewerten. Sollte Monica dort sein und ihr Gefahr drohen, würde sie einschreiten. Sollte es die Situation erlauben, würde sie warten.

„Kane, Jax ist unterwegs in die alte Mine in den Bergen. Sie hat ein Schreiben erhalten. Monica ist angeblich dort. Ich sende dir das Foto, das sie mir eben geschickt hat."

„Gott, verdammt. Dieser Sturschädel kann nicht einmal vernünftig sein. Das gibt es doch nicht. Und gerade jetzt ist Nelly mit meinem Wagen unterwegs. Wie lange brauchst du hierher?"

„Ich bin in zwei Minuten vor Ort."

„Okay, ich erwarte dich."

Versprochene zwei Minuten später setzte sich Kane auf den Beifahrersitz und warf eine Tasche auf die Rückbank des Wagens. „Bewaffnung" war alles, was er dazu zu sagen hatte.

Die alte Mine lag verlassen vor ihr. Das Gelände war seit Jahren verfallen. Wo sollte sie nur anfangen zu suchen? Sie parkte abseits des Weges zwischen zwei Bäumen, öffnete den Kofferraum und legte ihre Ausrüstung an. Eine schusssichere Weste und die Handfeuerwaffe, die in einem kleinen eingebauten Safe ihres Wagens verwahrt war, waren immer mit dabei. Ein kleines Messer steckte sie in ihren Stiefel. Ihr Knöchelholster mit der Ersatzwaffe befestigte sie an ihrem anderen Bein.

So leise wie möglich schloss sie ihren Wagen und machte sich geduckt auf, um das Gelände rund um die Mine zu erkunden. Sie achtete darauf, ob sie irgendwelche Kameras, Stolperdrähte oder Ähnliches sah. Aber da war nichts. Hatte José recht gehabt? Aber weshalb sollte sie jemand hierher locken, wenn er selbst nicht hier war? Das ergab keinen Sinn.

Sie näherte sich gerade der großen Baracke, als im Inneren ein Licht anging. Sofort duckte sie sich unter dem Fenster weg. Langsam hob sie den Blick und sah Monica, scheinbar bewusstlos an einen Stuhl gefesselt, inmitten des leeren Raums.

Ihr Blick verweilte einen Moment zu lange auf ihr. Sie hörte die Schritte nicht kommen, erst die Berührung an ihrem Hals rief sie zur Vorsicht. Doch da war es schon zu spät. „Willkommen zur Show, Schlampe ... ", waren die letzten Worte, die Jax wahrnahm.

Das war schon fast zu einfach. Er hatte nur ein paar Stunden in der Nachbarwohnung ausharren müssen. In der Zwischenzeit hatte er sich die Telefonliste und Nachrichten des Klonhandys durchsehen können. Außerdem hatte er einen perfekten Ort für seinen Showdown ausgewählt. Was war denn schöner als eine alte, verlassene Mine. Hier würde man sie niemals finden. Und wenn er sich nicht zurückhalten wollte, konnte er das ganze Ding abfackeln.

Und dann war sie auch schon aufgetaucht. Vollkommen unbedarft war sie in die Wohnung hineinspaziert. Und wenn er etwas gelernt hatte, dann sich lautlos fortzubewegen. Es war ihm ein Leichtes gewesen, sie mit dem Mittel außer Gefecht zu setzen. Dann hatte er sie in der Nachbarwohnung in einen Teppich gewickelt und sie einfach so aus dem Haus getragen. Niemand hatte Verdacht geschöpft.

Sie hierher zu bringen und zu fesseln war kein Problem. Anschließend hatte er sein Schreiben an der Wohnungstür der anderen Schlampe befestigt. Und nur noch warten müssen, bis auch sie zu ihm kam.

Hier waren sie. Sie benötigten nur noch einen kleinen Wachmacher, damit sie schreien konnten, wenn er sich eine nach der anderen vornahm. Sonst wäre es kein Vergnügen. Sie mussten schreien.

„Hier sind wir endlich. Du in meiner Obhut und dazu die kleine Schlampe, die mir Jimmy verdorben hat."

Jax hasste es, dass sie direkt in die Falle getappt war. Genau wie José es vorausgesagt hatte. Aber sie wollte Monica keine Minute länger allein in seiner Gewalt lassen. Nun saßen sie sich gegenüber in dem hallenartigen Raum. Eine alte Baracke, die scheinbar als Umkleide für die Arbeiter gedient hatte. Die Außenwände waren aus Holz und ein schlichtes Metalldach hielt Mutter Natur draußen.

„Weiß Monica von unserer Vergangenheit, Jax?" Das war nicht die Zeit und der Ort für solch eine Offenbarung. Sie hatte es bisher vermieden, Monica ihre Geschichte zu erzählen. Ein Blick zeigte ihr, dass sie ebenfalls wieder bei Bewusstsein war und zuhörte.

„Was meint er?", flüsterte Monica.

„Nein, sie weiß es nicht." Sie musste ihn irgendwie am Reden halten. Ihre Hände waren hinter ihrem Rücken und ihre Beine je an einem Stuhlbein gefesselt. Auch wenn sie unablässig versuchte, die Seile an ihren Händen zu lockern, würde es dauern. Der Blick, den sie Monica zuwarf, sollte ihr Zuversicht geben.

„Na, dann werde ich das gerne für dich übernehmen, Jax." Der Typ hörte sich eindeutig gerne reden, was ein riesiger Pluspunkt in dieser Situation war.

„Weißt du, Monica, Jax' Freundin hat ihr Leben durch mich verloren. Die kleine Nicky war eine reizende kleine Taube. Sie hatte sich so schnell an uns gewöhnt. Es war berauschend." Jax wurde schlecht, während Dr. Phil Matthews zwischen ihren Stühlen im Raum auf- und abging.

„Was ist ihr zugestoßen?" Monica standen Tränen in den Augen. Sie ahnte, dass die Chance gering war, hier jemals wieder lebend herauszukommen.

„Jax, jetzt kommt dein Einsatz, mein Täubchen."

„Nicole war meine beste Freundin am College. Wir waren abends öfter in den Bars nahe des Campus unterwegs. So hatten wir auch Nathan und Phil kennengelernt. Sie waren ein paar Semester über uns und in einer Studentenverbindung.

Nicole war von Nathan ganz eingenommen und an unserem letzten gemeinsamen Abend hat er sie endlich zur Kenntnis genommen. Ich wollte ihr das auf keinen Fall vermasseln. Doch irgendwann war ich zu müde." Die Schuld, die sie immer noch mit sich herumschleppte, Nicole damals allein gelassen zu haben, war ihr nun anzusehen.

„Der Morgen dämmerte bereits und die Jungs hatten versichert, sich um sie zu kümmern. Sie wollten sie anschließend am Wohnheim absetzen." Nun verschwamm ihr die Sicht durch Tränen. Monica weinte bereits, da sie sich denken konnte, wie schwer es für Jax war.

„Als Nicole am nächsten Tag nicht nach Hause kam, war ich zuerst bei der Campus-Polizei und am Morgen danach auf einem Polizeirevier, um sie vermisst zu melden. Nathan war sehr überzeugend und behauptete, sie zum Wohnheim gebracht zu haben, nur dass sie dort nie eintraf.

Ich habe alle Hebel in Bewegung gesetzt und immer wieder nachgehakt. Einige Kommilitonen und ich haben Suchtrupps gebildet.

Als sie nach zwei weiteren Tagen immer noch nicht wieder aufgetaucht war, wurden die Jungs befragt. Einen Tag danach wurde sie an einem einsamen Strandabschnitt aufgefunden." Jax versagte die Stimme. Ihre Wangen waren tränennass.

„Oh, ja. Ich erinnere mich noch gut an sie. An ihre Schreie, die Angst, die sich in ihren dunklen Augen gespiegelt hat." Phil schritt in der Halle weiter auf und ab, dabei schüttelte er seine Hände wie ein Dirigent.

„Du bist solch ein mieses Dreckschwein. Ihr habt sie vergewaltigt, sie hat sich gewehrt." Jax' Stimme überschlug sich.

„Sie hat sich sogar sehr lange und nach Kräften gewehrt. Umso mehr haben wir es genossen, sie zu brechen." Plötzlich musste Jax würgen. Ihr wurde schlecht bei Phils Ausführung und seiner Euphorie. „Wir hatten stundenlang Spaß mit ihr. Nachdem wir ihr ein Muskelrelaxans gegeben hatten, wurde sie erst richtig geschmeidig. Dass sie Nathan zuvor gekratzt hat, war ein bedauerliches Missgeschick. Aber er hatte es den Polizisten anschaulich beschrieben, wie sie harten Sex hatten. Somit konnten die DNA-Spuren, die sogar noch verwertbar waren, zugeordnet werden und waren damit nicht länger Gegenstand der Ermittlungen."

„Du bist krank. Ihr seid alle krank! Ich habe den Autopsiebericht gelesen. Ihr hattet sie stundenlang missbraucht. Ihre Wunden ... selbst im Analbereich. Und das Muskelrelaxans hat sie umgebracht. Wie viel habt ihr Nicole davon eingeflößt, dass sie einen Atemstillstand erlitten hat?" Ein Schluchzen kam Jax über die Lippen.

„Ja, das ging ungünstigerweise etwas schnell. Ich hätte sie noch gerne ein wenig behalten. Jedes

Mal, wenn ich an der Reihe war, hatte ich mir vorgestellt, dass du vor mir liegen würdest." Sein Blick hatte etwas Manisches an sich. Jax musste zusehen, dass sie hier herauskamen.

„Wie konntest du die anderen dazu überreden, dichtzuhalten? Was hattest du gegen sie in der Hand?"

„Das war einfach. Zuerst habe ich ihnen erzählt, dass niemand je etwas mitbekommen würde. Aber ich hatte eine Kamera mitlaufen und mit der Aufnahme waren sie mir auf ewig verpflichtet. Ich nutze sie heute noch gelegentlich für einen kleinen Gefallen."

Das war es also gewesen, das letzte fehlende Puzzlestück, das ihr in diesem Fall gefehlt hatte. Jahrelang hatte es sie beschäftigt.

„Und der Dekan?", sie traute sich kaum zu fragen.

„Der Dekan war der beste Freund meines Vaters. Er hätte sich nie gegen uns gestellt."

Jax hatte nach dem Vorfall das Studium geschmissen und war nach Boston gegangen, um dort Rechtswissenschaften zu studieren und ihren Doktor darin zu machen. Es war ihr allerdings schnell klar geworden, dass ihr Herz in der Ermittlungsarbeit steckte. Sie wollte vor Ort etwas bewirken. Die Staatsanwaltschaft Denver bot einen Praktikumsplatz, von dem aus sie anschließend die Möglichkeit wahrnahm, die Polizeiakademie zu besuchen.

Vor zwei Jahren war sie dann nach Idaho Springs gezogen, als dort eine Stelle beim ISPD frei wurde. Wie wäre alles gelaufen, wenn sie in dieser Nacht etwas anders gemacht hätte?

„Und wie passe ich in das Ganze?", wollte Monica nun wissen.

„Du? Du hast mir meinen Partner verdorben."

„Jimmy war dein Partner? Aber er ist viel jünger als du. Du warst nur einmal mit dabei, in jener Nacht."

„Jimmy ist mein Bruder. Wir wurden von dem gleichen Mann aufgenommen, aber nie adoptiert. Ein Universitätsprofessor für Verhaltenspsychologie. Auch einer, der zu spät herausfand, dass wir ihn längst unter Kontrolle hatten."

Jax hatte die Fessel an ihren Händen gelockert. Phil stand mit dem Rücken zu ihnen, und sie riskierte es, an ihr Hosenbein zu greifen und das Messer aus dem Stiefel zu ziehen. Die Weste hatte sie noch an, doch die Waffe hatte er ihr abgenommen, genauso wie die Ersatzwaffe. Er musste sie entdeckt haben, als er ihre Beine gefesselt hatte. Monicas Augen weiteten sich. Jax bedeutete ihr, still zu sein, worauf sie nickte.

„Was ist mit ihm geschehen?" Sie wusste, dass es riskant war, ihn zu fragen. Die Chance, dass er sich zu ihnen umwandte, war hoch. Doch er musste weiterreden, wenn sie eine Möglichkeit haben wollten, aus dieser Situation freizukommen. Die Kavallerie musste bald eintreffen, doch bis dahin konnten sie nicht untätig sein.

„Oliver war unser erstes gemeinsames Projekt. Jimmy war noch so jung, aber so großartig im Umgang mit dem alten Mann. Nachdem er zwei Jahre bei uns war, hat ihm unser alter Herr aus der Hand gefressen."

Während Jax das Seil am rechten Knöchel losschnitt, hielt sie ständig Blickkontakt zu Phil. Sie war gerade wieder mit dem Oberkörper an Ort und Stelle, als er sich zu ihnen umdrehte.

„Erst die kleine Schlampe hier hat ihn mir entrissen. Seit dieser Nacht kann er mich nicht einmal mehr ansehen. Er macht sich Vorwürfe, als ob er das nötig hätte." Phil schritt wütend auf Monica zu und schlug sie mit so einer Wucht, dass sie mit ihrem Stuhl auf die Seite fiel.

Es war Zeit für Jax zu handeln. Wer wusste schon, wie viel Zeit sie noch hatten?

„Das gefällt dir, nicht wahr? Dich an wehrlosen Frauen auszutoben. Wer hat dich so verkorkst? Deine leibliche Mutter? Erfüllt sie das Klischee einer drogensüchtigen Nutte, die sich nicht um ihr Kind gekümmert hat? Bist du deshalb zu dem Professor gekommen?"

Sie konnte sehen, wie sich sein Gesicht vor Wut verzog. „Du dummes Weib, du hast keine Ahnung von meiner Vergangenheit. Aber wenn du möchtest, dass ich mich zuerst mit dir befasse, sehr gerne." Das Glitzern in seinen Augen sollte ihr Angst einjagen. Aber das würde sie nicht zulassen.

Als er vor ihr stand, schnellte sie hoch und boxte ihn ein paar Mal hintereinander in den Magen. Sie hätte nicht gedacht, dass er das so leicht wegstecken würde, wie er es tat. Er richtete sich auf und zog in dieser Bewegung die Waffe aus dem Hosenbund und richtete sie auf ihre Schulter.

Allerdings hatte er in dieser Situation kein Pokerface mehr, was es Jax möglich machte, sich zu ducken, bevor er die Waffe abfeuerte. Sie nahm im nächsten Augenblick Anlauf und riss ihn mit sich zu Boden, dann setzte sie sich auf seinen Oberkörper und schlug seinen Arm erneut auf den harten Untergrund. Damit gelang es ihr, ihm die Waffe aus der Hand zu schleudern.

Doch Aufgeben war für ihn keine Option. Er nutzte ihre Nähe und griff sich das Messer aus dem Stiefel, dessen Griff er aufblitzen sah. Jax rollte sich seitlich weg und lief zur Schusswaffe. Doch bevor sie diese erreichte, brachte Phil sie zu Fall, stach ihr das Messer tief in die Wade und zog es wieder heraus.

Monicas Stuhl war durch den Aufprall gebrochen und ihre Fessel hatten sich gelockert. Sie nutzte den Tumult, um sich zu befreien. Doch Phil bekam es mit und stürzte sich auf sie. Er rammte ihren Schädel gegen einen Stützpfosten und Monica brach zusammen.

„NEIN!" Jax schrie auf. Monica durfte nichts geschehen. Sie war hier, um sie zu retten. Wie ein Racheengel kam Phil auf sie zu. Jax versuchte, auf die Beine zu kommen, doch die Wunde hinderte sie, das Gleichgewicht halten zu können. Sie hatte ihm nichts mehr entgegenzusetzen.

Plötzlich wurde die Tür aufgerissen und Kane stand mit gezogener Waffe im Türrahmen. Er zielte auf Phil, der die kurze Zeit dazu genutzt hatte, sich Jax zu schnappen.

Aus dem Augenwinkel konnte Jax José erkennen, der sich lautlos von der anderen Seite genähert hatte. Er hob Monica hoch und entfernte sich mit ihr ungesehen wieder. Kane hatte für die perfekte Ablenkung gesorgt.

Kapitel 13

Phil hielt Jax wie einen Schutzschild an sich gedrückt, sein linker Unterarm um ihre Kehle drückte ihr die Luft ab und die Spitze des Messers bohrte sich in ihren rechten unteren Rücken. „Jetzt habe ich dich endlich da, wo ich dich schon damals haben wollte. Du hättest genauso mir gehören sollen wie deine hübsche Freundin. Sie hat mir solche Freude bereitet. Das kannst du dir nicht vorstellen. Ihre Schreie höre ich immer noch." Sein heißer Atem berührte ihr Ohr mit den grausamen geflüsterten Worten, die ihr eine Gänsehaut verursachten. „Ich wollte dich schon vor Jahren zu meinem Opfer machen, doch die kleine Nicky ist einfach schneller auf meine Avancen angesprungen. Aber jetzt bin ich endlich am Ziel. Heute kann ich dich zu guter Letzt dafür bestrafen, dass du mich nicht beachtet hast. Grüß Nicky, wenn du sie wiedersiehst."

Jax wusste, dass ihre Schonzeit vorbei war. Ein wütender Kane stand ihr gegenüber und wartete auf ein Zeichen ihrerseits, um diesen Verrückten auszuschalten. Doch sie hatte keine Wahl. Egal was sie tat, sie fand keine Alternative, um ihr

Überleben zu sichern. Also machte sie das Einzige, um sicherzustellen, dass dieser Irre nicht davonkommen würde. Sie ließ jegliche Körperspannung los und stürzte ins Messer. Der darauffolgende Schuss kam nur Millisekunden danach. Genauso wie der in sich zusammensackende Phil, der hinter Jax auf dem Boden aufschlug.

„Holt einen Arzt! Jax, sieh mich an, bleib bei mir. Monica ist in Sicherheit, das hast du toll gemacht. Aber jetzt musst du durchhalten. ... José! Wo bleiben die Sanitäter? ... Jax, öffne die Augen, halte durch!" Kanes Schreie verblassten mit jedem Atemzug mehr. Er hatte das Einzige gesagt, das ihr wichtig gewesen war. Monica war in Sicherheit und es ging ihr gut. Mit dieser Gewissheit schloss sie die Augen.

José stand neben Monica, die er behutsam auf seine Jacke gebettet hatte. Ihre Kopfwunde blutete stark und sie hatte gerade erst ihr Bewusstsein wiedererlangt. Mit seinem Funkgerät koordinierte er das Eintreffen der Feuerwehr und der Sanitäter, sowie weiterer Kollegen aus dem Umland.

Kane hatte die Kavallerie verständigt, bevor sie sich der Mine genähert hatten. Rita und Liam stürzten sofort zu Jax, um sie am Leben zu halten. Der Messerstich, den sie erlitten hatte, war lebensbedrohlich. Es sah nicht gut aus. Noah Williams, der die Schicht der Feuerwehr leitete, hatte bereits einen Rettungshubschrauber in Denver geordert, der schon kurz darauf eintraf.

Man brachte Jax an Bord und Michael musste Kane beruhigen, als ihm verwehrt wurde mitzufliegen. An seiner Stelle wurde Monica mitgenommen. Dr. Matthews hingegen war noch an Ort und Stelle vom Notfallarzt des Helikopters für tot erklärt worden. Jetzt mussten sie auf den Pathologen und die Spurensicherung warten.

„Hey, Kane. Ich brauche deine Waffe. Du hast einen tödlichen Schuss abgegeben. Du kennst die Vorgehensweise." Michael hatte sich ihnen genähert, während sich der Heli eilig auf den Weg nach Denver machte.

„Hier." Wie ferngesteuert steckte er seine Waffe in den Beweisbeutel, den Michael ihm entgegenhielt. Rita und Liam kamen ihnen entgegen und verteilten Wasserflaschen für die Kollegen vor Ort. Die Feuerwehr hatte das Gelände überprüft und war nun dabei, sich wieder zurückzuziehen. Jeder schien genau zu wissen, was er zu tun hatte, nur José, er stand einfach da und beobachtete das rege Treiben.

Momentan fiel es ihm einfach schwer, einen klaren Gedanken zu fassen. Monica war verletzt worden. Sie war abtransportiert und von ihm weggebracht worden. Er wusste nicht, wie es ihr ging. Und das verursachte ihm beinahe körperliche Schmerzen.

Die Zeit verging und während die Feuerwehr und die Sanitäter wieder abzogen, kamen weitere Kollegen und schließlich die Spurensicherung an. Der Pathologe war bislang noch nicht aufgetaucht. José beobachtete Michael, wie er sich ein wenig von ihnen entfernte, um zu telefonieren.

Gleich darauf kam er auf sie beide zu und berichtete Kane. „Jax ist jetzt im OP. Dr. Samantha Blackwell wird sie operieren. Sie ist *die Spezialistin* im Bereich Traumatologie und mit Jennas Cousine Tracy gut befreundet. Wenn ihr jemand helfen kann, dann sie."

„Danke. Aber Michael, ich kann nicht warten. Ich muss nach Denver. Schaffst du es, das Ganze hier abzuwickeln?"

„Natürlich. Lucas ist ebenfalls auf dem Weg hierher. Tu mir nur einen Gefallen und nimm José mit. Er würde hier verrückt werden. Ich kenne das Gefühl. Haut schon ab. Morgen früh komme ich im Krankenhaus vorbei und nehme eure Aussagen auf."

„Danke." Das war alles, was José herausbrachte. Sie stiegen in Josés Wagen, fuhren los und ließen den Ort des Geschehens hinter sich. Die Fahrt zum Denver Health Medical Center würde eine knappe Stunde dauern.

Die Spurensicherung war sehr akribisch in der alten Mine. Nach zwei Stunden war die Pathologin Dr. Charlotte Foster eingetroffen. Auch sie war sehr akkurat vorgegangen. Schließlich wollte niemand, dass Kane dieser Todesschuss zum Verhängnis wurde. Alle hatten zu dem Zeitpunkt bereits ein wenig von den Vorgängen in der Mine erzählt bekommen und alle hofften, dass Jax überleben würde.

Michael und Lucas teilten sich die Aufgaben, die vor Ort anfielen. Während Michael weiterhin die Abläufe koordinierte, begann Lucas die Kollegen, die er zuvor wegen Monicas Fall aufgesucht hatte, über den Vorfall mit Dr. Matthews zu informieren. Die zuständige Einheit wurde zur Durchsuchung seines Hauses geschickt und eine weitere Einheit war auf dem Weg in die Klinik, die er unter anderem betreut hatte.

Und es war keine Überraschung, dass beide binnen kürzester Zeit große Neuigkeiten rückmelden konnten. Man hatte Unterlagen, Festplatten und USB-Sticks in seinem Haus sichergestellt. Deren Auswertung würde einige Tage, wenn nicht sogar Wochen, in Anspruch nehmen.

In der Klinik wurde man auf Jimmy aufmerksam, nachdem eine Krankenschwester sich den Polizisten vor Ort anvertraut hatte. Auch hier wurden einige Akten aufgefunden, die höchst aufschlussreich waren. Vor allem aber konnte die Sedierung abgesetzt werden und in Kürze würde ihnen Jimmy hoffentlich weitere Einblicke in die Psyche des Doktors geben können.

Brad wollte eben zu Brittany hochfahren, als Kane und José ins Krankenhaus stürmten. Der Anblick gefiel ihm ganz und gar nicht.

„Was ist hier los?" Kanes Blick schoss zu Brad, als er die Worte hörte.

„Jax und Monica sind hier. Jax, sie ist … schwer verletzt. Sie wurden beide hergeflogen." Kanes Stimme war einem wütenden Schnauben gleich.

„Verdammt, was ist passiert?"

„Lass uns zuerst Monica finden. Jax wird bestimmt noch operiert. Dann klären wir dich auf." José hatte die Führung übernommen und steuerte die Information an. „Hi, ich bin Officer José Alvaro. Unsere Kolleginnen wurden mit dem Rettungshubschrauber aus Idaho Springs hierher gebracht. Können Sie uns sagen, wie es aussieht?"

„Einen Augenblick, ich hole einen Arzt und ich muss Sie bitten, Ihren Ausweis vorzuzeigen."

„Natürlich. Hier bitte."

„Vielen Dank. Warten Sie bitte hier."

Die Krankenschwester verließ die Station mit schnellen Schritten und öffnete eine Türe am Ende des Flurs. Keine zwei Minuten später kam sie mit einem Mann in einem weißen Arztkittel zu ihnen zurück.

„Guten Tag, mein Name ist Dr. Townsend. Ich bin Vorstand der Klinik und Traumatologe. Lassen Sie uns doch in den Warteraum gehen, da können wir uns ungestört unterhalten. Folgen Sie mir bitte."

Sie liefen mit Dr. Townsend den Flur hinunter in einen weiteren Wartebereich. Gleich daneben erblickten sie einen weiteren Raum mit gläsernen Wänden, dessen Tür geschlossen werden konnte. In diesen zogen sie sich nun zurück.

„Ich möchte nicht unhöflich sein, aber dürfte ich Sie um Ihre Ausweise bitten? Sie verstehen sicher, dass ich nicht jedem einfach so Auskunft geben kann."

„Das verstehen wir. Hier bitte. Ich bin Chief Kane Miller vom Idaho Springs Police Department. Das hier ist mein Kollege Officer

José Alvaro. Er ist Monica Taylors Freund. Und unser Kollege Brad Lancaster von der Idaho Springs Fire Station. Könnten Sie uns bitte sagen, wie es den beiden Frauen geht?" Kane steckte seine Marke wieder in die Hosentasche, während er gespannt an den Lippen des Doktors hing und es nicht erwarten konnte, ein Update zu erhalten.

„Miss Taylor wurde untersucht. Ihre Kopfwunde wurde mit ein paar Stichen genäht. Sie war die ganze Zeit bei Bewusstsein, hat allerdings eine Gehirnerschütterung. Deshalb wollen wir sie zur Beobachtung hier behalten. Sie wurde stationär aufgenommen. Ich lasse Ihnen die Zimmernummer sagen, dann können Sie sie im Anschluss kurz besuchen.

Bei Miss Walker sieht die Sache anders aus, wie sie sich vorstellen können. Waren Sie vor Ort, als sie verletzt wurde?"

„Ja, wir beide waren zugegen." José zeigte auf sich und Kane.

„Der Messerstich hat ihre rechte Niere erwischt. Sie hat sehr viel Blut verloren und wird im Moment operiert. Ich kann noch nicht sagen, ob sie durchkommt. Das hängt von ihrem Kampfgeist ab. Was ich Ihnen aber versichern kann ist, dass sie von einer Koryphäe auf dem Gebiet der Traumatologie operiert wird. Dr. Blackwell hat sich eigentlich selbstständig gemacht. Aber wir begrüßen immer, wenn sie uns zur Verfügung steht.

Es scheint, dass Sie gute Verbindungen haben. Sie wird noch einige Zeit im OP beschäftigt sein. Wenn Sie möchten, kann ich Ihnen einen Wartebereich in der Nähe des Operationssaals zeigen. Dort können sie sich gerne ein wenig erholen. Sie sehen aus, als hätten sie etwas Ruhe nötig."

José sah Kane an, dessen Gesichtsfarbe an den Krankenhausflur erinnerte. Er klopfte ihm auf die Schulter, um ihm seine Anteilnahme anzuzeigen. Die Berührung holte ihn aus seiner Starre.

„Danke, Dr. Townsend. Ja, ich würde gerne in der Nähe des Operationssaals auf Neuigkeiten warten." Der Doktor nickte und führte sie zurück zum Eingangsbereich.

Die Schwester am Empfang nannte José Monicas Zimmernummer und wies ihm den Weg. Zuvor bat er Brad noch, Kane zu begleiten. Er wollte nicht, dass er allein auf Neuigkeiten warten musste. Wenngleich er es nicht zugeben würde, ging ihm die Sache mit Jax nahe. Zu nahe? Wer wusste das schon? Doch Josés Priorität war Monica. Danach würde er zu Kane zurückkommen und mit ihm auf Informationen warten. Brad versprach ihm, ein Auge auf Kane zu haben und schickte ihn fort.

Eine Krankenschwester brachte Kane und Brad in den dritten Stock. Hier war es extrem ruhig. Zwei Wartebereiche, die kaum besucht waren, teilten den Flur. Daran schlossen automatische Türen, die Eingänge zu den Operationssälen. Brad setzte sich auf einen bequemen Stuhl in der Ecke. Neben ihm stand ein kleiner Tisch mit verschiedenen Zeitschriften, die einem die Wartezeit verkürzen sollten.

Eine Wartezeit, die Kane eigentlich nicht überbrücken sollte, denn Jax hatte hier nichts zu suchen. Dieser dumme Sturschädel. Warum hatte sie nicht auf José gehört und gewartet?

Er würde es nicht verkraften, wenn sie durch diesen Einsatz starb. Hätte er etwas anders machen können? Seine Gedanken überschlugen sich.

„Setz dich, Kane. Es wird nicht schneller gehen, auch wenn du hier Spuren in den Fußboden läufst. Du solltest dich etwas ausruhen. Sie wird definitiv eine ganze Weile schlafen."

„Was machst du eigentlich hier, Brad?" Er ließ sich neben ihm auf ein Sofa fallen, streckte die Beine von sich und fuhr sich mit den Händen verzweifelt über das Gesicht.

„Ich wollte Brit und Michelle besuchen. Heute war mein freier Tag, daher habe ich im Haus das Babybett aufgebaut."

„Brittany hat ihr Baby bekommen? Wann ist das denn passiert?"

„Ja, die kleine ist zwei Tage alt. Ein Frühchen, aber ein richtiger Sonnenschein." Seine Stimme nahm einen warmen Tonfall an.

„Wow. Weiß Michael davon?"

„Ja, ich habe ihn darüber informiert. Das war der Grund, aus dem ich nicht bei seiner Verlobungsfeier aufgetaucht bin."

„Ich verstehe. Und geht es Brit gut?"

„Ja, es geht beiden gut. Wenn die Kleine so weiter gedeiht, darf sie nächste Woche nach Hause. Bis dahin versuche ich, sie öfter zu besuchen."

„Hätte ja nicht gedacht, dass ihr euch so gut versteht."

„Was soll ich sagen? Du siehst auch ziemlich durch den Wind aus. Was läuft da zwischen dir und Jax?"

„Gar nichts. Sie raubt mir einfach den letzten Nerv. Und ich denke, ich wäre bei jedem durch den Wind, der in einem Einsatz so schwer verletzt wird."

„Vermutlich." Dennoch konnte er sich gut vorstellen, dass Kane weitaus mehr für seine Kollegin empfand, als er sich selbst eingestehen wollte.

Das stetige Piepsen des Monitors, der neben Monica stand und ihre Vitalzeichen prüfte, raubte ihr den letzten Nerv. Sie konnte nicht verstehen, warum Ärzte immer darauf beharrten, jemanden unter Beobachtung dazubehalten.

Nicht, dass ihr Kopf nicht brummte, denn das tat er. Abgesehen davon war ihr schwindelig, sobald sie sich nur bewegte. Glücklicherweise hatte man ihr einen Tropf mit Schmerzmittel angehängt, der auch etwas gegen Übelkeit enthielt.

Sie hätte gut und gerne darauf verzichten können, mit dem Kopf voran gegen einen Stützpfeiler geschleudert zu werden. Ihre Stirn zierte jetzt eine weitere Narbe. Man hatte die Platzwunde mit vier Stichen genäht. Ein leises Klopfen an der Tür holte sie aus ihren Gedanken.

„Herein."

„Hey, meine Schöne. Wie geht es dir?" José sah abgekämpft aus.

„Kopfschmerzen. Und dir? Du siehst müde aus."

„Du hast mir einen ziemlichen Schrecken eingejagt. Zuerst warst du unauffindbar und dann lagst du bewusstlos neben diesem Irren. Das hat mir schon etwas zugesetzt, wie du sicher verstehen kannst."

Durch Josés Worte erinnerte sie sich plötzlich wieder an die Angst, die sie in der Halle empfunden hatte. An Jax' Geschichte, ihre Freundin, die ihr Martyrium nicht überlebt hatte.

„Was ist mit Jax?"

Josés Blick änderte sich augenblicklich. Er antwortete nicht sofort. Hier war eindeutig etwas faul.

„José, was ist los? Wie geht es Jax?" Im Helikopter hatte man sie so positioniert, dass ihr der Blick auf Jax verwehrt war. Außerdem war sie durch die Kopfwunde ziemlich benommen.

„Ich weiß es nicht. Sie wird immer noch operiert. Sie wurde schwer verletzt. Zum jetzigen Zeitpunkt kann man nicht viel mehr sagen. Kane wartet im OP-Bereich auf Neuigkeiten."

Eine Stunde nach ihrer Ankunft stieß José zu Kane und Brad. Er hatte abgewartet, bis Monica eingeschlafen war. Ihr wurde ein leichtes Beruhigungsmittel verabreicht, damit sie ein paar Stunden Schlaf fand. Mittlerweile hatte ihr Körper diese Ruhephase dringend benötigt.

„Gibt es hier schon etwas Neues?"

„Nein, wir warten immer noch." Kane saß auf dem Sofa. Seine ganze Körperhaltung schrie Erschöpfung. Er hatte die Ellenbogen auf den Knien aufgestützt und seinen Kopf in den Händen vergraben. Es schien, er wollte die ganze Welt aussperren.

„Brad, wenn du möchtest, kannst du zu Brit. Ich gebe Bescheid, wenn sich hier etwas Neues ergibt. Michael wollte auch bald vorbeikommen, um uns zu befragen. Geh schon, ich bleibe hier bei Kane." Brad erhob sich, klopfte Kane auf die Schulter und machte sich auf den Weg zum Fahrstuhl.

„Sprich mit mir, Kane. Wie geht's dir?"

„Keine Ahnung, Mann. Ich möchte wissen, wie es Jax geht. Es macht mich fertig, dass ihr Leben auf der Kippe steht."

„Das kann ich verstehen. Als wir angekommen sind und gesehen haben, wie sie beide gefesselt diesem Irren ausgesetzt waren, wäre ich fast durchgedreht. Wäre ich allein dort aufgekreuzt, hätte ich bestimmt nicht erst überlegt, sondern einfach gehandelt."

„Es war gut, dass wir gewartet und die bestmögliche Strategie angewandt haben. Der Überraschungsmoment hat uns einen Vorteil verschafft. Ich wünschte nur, Jax hätte eine andere Taktik gewählt."

„Sie ist zäh, Kane. Wenn es einer schafft, dann sie. Das weißt du."

„Ich hoffe es, José. Ich hoffe es wirklich. Wie geht es Monica?"

„Sie schläft jetzt. Die Schramme an der Stirn wurde mit vier Stichen genäht. Vermutlich bleibt eine kleine Narbe. Nachdem was sie mir alles erzählt hat, hätte das ganz anders ausgehen können. Sie hat sich tapfer geschlagen. "

„Das hat sie tatsächlich. Ich hoffe, Michael bringt Neuigkeiten, wenn er hier aufschlägt." Er hatte sich erhoben und sah nun aus dem Fenster auf den Krankenhausparkplatz. Über der Stadt ging gerade die Sonne auf. Ein neuer Tag brach an.

Eine weitere Stunde war vergangen, als eine dunkelhaarige Ärztin in einem grünen OP-Kittel auf sie zukam.

„Sind Sie Chief Miller?"

„Ja, das bin ich. Gibt es etwas Neues zu Jax Walker?"

„Ich bin Dr. Blackwell. Officer Walker ist auf der Intensivstation. Wir konnten ihre rechte Niere leider nicht retten. Außerdem hatte sie während der OP einen Herzstillstand, aber wir konnten sie wiederbeleben. Sie hat viel Blut verloren.

Die Verletzung an der Wade haben wir genäht. Um ihrem Körper Zeit zur Heilung zu geben, haben wir sie in ein künstliches Koma versetzt. Die nächsten achtundvierzig Stunden werden zeigen, ob sie eine Kämpferin ist. Die Prognose ist im Moment bedauerlicherweise sehr vage, aber ich bin vorerst zuversichtlich. Sollten sich keinerlei Komplikationen abzeichnen, wird sie wieder.

Ich werde die nächste Zeit in Rufbereitschaft sein. Wenn Sie möchten, können Sie sie kurz sehen. Auf der Intensivstation ist der Besuch sehr eingeschränkt, aber ich habe ihren Namen auf die

Liste setzen lassen. Michael hatte darum gebeten."

„Oh, Mann. Ja, ich würde sie gerne sehen. Danke, Dr. Blackwell."

Kane folgte der Ärztin, ohne weiter darüber nachzudenken. Die automatischen Türen öffneten sich und sie brachte ihn in einen Raum, um ihn mit Überziehern und einem grünen Kittel auszustatten. Anschließend musste er seine Hände gründlich desinfizieren.

Erst dann brachte sie ihn in einen Raum, der einem Aufwachzimmer glich. Nur, dass hier jeder Patient an mehreren Maschinen angeschlossen war und das entsprechend geschulte Pflegepersonal gegenübersaß, um alle Patienten im Blick zu haben. Einzig ein halbhoher Vorhang trennte die Bereiche ein wenig.

„Sobald sie stabil ist, wird sie auf eine andere Station in ein eigenes Zimmer verlegt. Die ersten vierundzwanzig Stunden möchte ich sie hier unter ständiger Kontrolle haben. Nehmen Sie sich ein paar Minuten Zeit."

Kane brachte nur ein Kopfnicken zustande. Jax sah so verdammt winzig aus in diesem Bett. *Man musste sie wiederbeleben.* Die Worte spukten in seinen Gedanken. Aus ihrem Körper führten Kunststoffröhrchen, die an Beuteln an ihrem Bett angeschlossen waren. Eine Beatmungsmaschine übernahm derzeit die Lungenfunktion, ihre Arme waren voller Zugänge und Infusionen tropften in stetigem Rhythmus in die zugehörigen Schläuche.

Er musste sich zusammennehmen, um nicht vor Verzweiflung aufzuschreien. Jax hatte es nicht verdient hier zu landen. Sie musste einfach wieder gesund werden.

Michael stand mit José im Wartebereich, als Kane aus dem Intensivbereich zu ihnen zurückkehrte. Ein Blick von ihm reichte aus, um nicht weiter nachzufragen.

„Ich hoffe, du hast gute Nachrichten."

„Die habe ich tatsächlich. Dennoch muss ich euch zuvor um eure Aussagen bitten. Ich lasse die Aufzeichnung mitlaufen."

José und er schilderten den Einsatz, begonnen mit dem Foto, das José von Jax erhalten hatte. Anschließend die Fahrt zur Mine, ihr Eintreffen und das Auskundschaften der Baracke. Gleich darauf die Überlegung, wie sie Dr. Matthews überraschen könnten. Schließlich, wie sie Jax Kampf beobachtet und dadurch den Moment für den perfekten Zugriff erhielten. Mit der Bergung von Monica und dem tödlichen Schuss von Kane schlossen sie die Aussagen.

„Wir haben bereits die Rückmeldung von mehreren Einheiten, die eine ganze Menge an Unterlagen, Festplatten und USB-Sticks beschlagnahmt haben. Ich möchte gerne Tracy Cross von BSG an Bord holen. Wir könnten ihre Hilfe zur Sichtung benötigen." Michael hatte ja gute Neuigkeiten versprochen.

„Ich habe schon von ihr gehört. Sie ist Jennas Cousine? Die mit dem Staatsanwalt liiert ist?" Kane hatte sie bei Michaels Verlobungsfeier kennengelernt.

„Genau. Sie hat bereits mit der Cybercrime Division des FBI zusammengearbeitet."

„In Ordnung. Hol sie dazu. Ich muss mir das Budget dafür freigeben lassen, aber das bekomme ich schon hin. Doch für den Moment möchte ich dich bitten, Michael, dass du mit Lucas meinen Part im ISPD abdeckt. Ich möchte in Jax' Nähe bleiben."

„Kein Problem, das machen wir. Ich habe auch José derzeit aus dem Dienstplan ausgeklammert. Keine Sorge, wir bekommen das hin. Halte uns auf dem Laufenden, was Jax betrifft."

„Das werde ich. Danke, Michael."

Auf der Frühchenstation herrschte reges Treiben. Brad saß mit Brit in ihrem Zimmer und beobachtete, wie die kleine Michelle an dem Fläschchen nuckelte. Als spätes Frühchen waren ihre Chancen ähnlich einem später geborenen Kind. Sie entwickelte sich prächtig.

Die ersten beiden Tage war sie noch im Brutkasten gelegen, um ihre Lungenfunktion und auch die Körperwärme besser unter Kontrolle halten zu können. Heute war der erste Tag, an dem sie diesen verlassen und im Zimmer gefüttert werden durfte.

Das Klopfen an der Zimmertür ließ beide hochsehen. Michael stand in seiner Uniform im Eingang und schien auf eine Aufforderung zu warten.

„Komm rein, Michael." Brit hatte ihre Stimme als Erste wiedergefunden.

„Okay, danke. Herzlichen Glückwunsch, Brittany. Wie geht es euch?"

„Danke, es geht uns gut. Komm, sieh sie dir an." Das Lächeln einer stolzen Mutter strahlte von ihrem Gesicht.

„Sie hat deine Haare und deine Züge. Ich habe mal ein Babybild von dir gesehen, die Kleine sieht ganz genauso aus. Wie heißt sie?"

„Ihr Name ist Michelle, nach meiner Grams."

„Ein wunderschöner Name. Hör zu, ich weiß nicht, ob jetzt der richtige Zeitpunkt dafür ist, aber ich möchte nicht, dass wir uns aus dem Weg gehen müssen. Wir werden uns immer wieder begegnen, allein schon, da du bei Brad wohnst. Lass uns einfach neu beginnen. Was hältst du davon? Die Kleine wird schließlich irgendwann bei Jenna in den Kindergarten gehen."

„Du hast recht und ich freue mich, dass du diesen Schritt auf mich zu machst. Wie sieht Jenna das Ganze? Versteh mich nicht falsch, ich würde gerne neu anfangen. Die kleine Maus verdient es, dass ich das Beste aus unserem Leben mache."

„Sie ist ebenfalls daran interessiert, dass wir ganz normal miteinander umgehen können. Es war einfach ein Schock, es von dir bestätigt zu bekommen, obwohl ich geahnt hatte, dass das Kind nicht von mir war. Ich habe mit Jenna mein Leben in neue Bahnen gelenkt und das gleiche wünsche ich dir mit Michelle."

„Ja, Michael. Das möchte ich unendlich gerne. Lass uns neu anfangen."

Michael kam auf sie zu und umarmte sie, bevor er Brad auf freundlich auf die Schulter klopfte und das Zimmer wieder verließ.

„Wow, das hätte ich tatsächlich nicht erwartet." Brittany blickte immer noch zum Eingang.

„Der Tag brauchte einfach eine positive Wendung. Nach dem, was mit Jax und Monica geschehen ist, bin ich sehr froh über diese freudigen Ereignisse. Die kleine Michelle auf deinem Arm hier im Zimmer, Michaels Besuch, so kann es gerne weitergehen."

Brad lehnte sich ein wenig vor, um Brit eine Strähne aus dem Gesicht zu streichen und anschließend Michelles kleine Finger zu berühren. In dem Moment wurde ihm bewusst, dass er glücklich war.

Kapitel 14

Der Traum, in dem Jax gefangen war, war äußerst beklemmend. Erneut durchbrach ein wiederkehrendes Geräusch ihre Gedanken. Es war dunkel dort, wo sie war. Sie war so müde, konnte die Augen nicht öffnen. Der Drang weiterzuschlafen war überwältigend. Doch etwas in ihr rief ihr zu, aufzuwachen.

Ihre Lider flatterten auf und das grelle Licht stach. Sofort kniff sie ihre Augen wieder zu. Ihr entfuhr ein Wimmern. Plötzlich fühlte sie eine warme Berührung an ihrer rechten Hand. Sollte sie einen weiteren Blick riskieren?

Vorsichtig öffnete sie erneut ihre Lider und sah in Kanes strahlend blaue Augen. Wobei sie jetzt nicht strahlten. Sie wirkten blutunterlaufen, mit tiefen Schatten darunter. Sein Bart wirkte länger und sein Haar war durcheinander.

„Jax, du bist wach!"

„Ja", krächzte sie. Ihr Mund fühlte sich an, als hätte sie mit Watte gegurgelt, und ihre Zunge war noch etwas schwer.

„Warte, ich hole den Arzt. Ich bin gleich zurück." *Warte? Hatte er das gerade echt gesagt? Wo sollte sie denn schon hingehen?*

„Officer Walker, schön, Sie munter zu sehen. Ich bin Dr. Townsend. Wie fühlen Sie sich? Haben Sie Schmerzen?" Der Arzt leuchtete ihr mit einer kleinen Taschenlampe in die Augen und sie folgte dem Licht mit ihrem Blick.

„Ich bin durstig."

„Das haben wir gleich, hier haben Sie einen Trinkbecher, aber versuchen Sie, vorerst kleine Schlucke zu machen."

„Wie lange war ich weg?"

„Sie waren sehr schwer verletzt, daher hat man sie für achtundvierzig Stunden in ein künstliches Koma versetzt. Seither sind weitere … vierzig Stunden vergangen. Also beinahe vier Tage. Ihnen wurde die rechte Niere entfernt, die Verletzung an der Wade wurde genäht, wird aber bestimmt noch etwas schmerzen. Allerdings muss ich Ihnen sagen, dass sie während der Operation einen Herzstillstand erlitten hatten und reanimiert werden mussten.

Jetzt sind Ihre Werte alle stabil und Ihre Genesung kann vorangehen. Aber lassen Sie sich Zeit. Die nächsten zwei Tage muss ich darauf bestehen, dass sie noch Bettruhe beibehalten. Wenn alles so bleibt, kann danach der Katheter entfernt werden und sie dürfen für den Toilettengang aufstehen. Haben Sie noch Fragen?"

Fragen? Jax war gerade nicht fähig, einen klaren Gedanken zu fassen.

„Ich denke, Officer Walker muss die Information erst mal sacken lassen, Doktor. Aber ich melde mich bei Ihnen, wenn sie noch Fragen hat." Kane war nicht entgangen, wie Jax immer kleiner wurde in ihrem Bett. Diese Informationsflut hätte jeden umgehauen.

„In Ordnung. Ich sehe später noch einmal nach Ihnen. Läuten Sie der Schwester, wenn Sie Schmerzen haben. Die Schmerzmedikation werde ich gleich anpassen."

„Danke, Doktor." Jax Stimme glich mehr einem Flüstern.

Nachdem der Arzt das Zimmer verlassen hatte, sah Jax Kane direkt an. „Wie geht es Monica?"

„Es geht ihr gut, Jax. Jetzt ist wichtig, dass du wieder auf die Beine kommst."

„Du siehst furchtbar aus. Wie lange hast du nicht geschlafen?"

„Ich habe immer wieder ein paar Stunden geschlafen." Dachte er wirklich, sie wüsste es nicht besser?

„Wo denn, hier auf dem Stuhl? Geh nach Hause, Kane und schlaf dich aus. Es geht mir gut."

„Na klar, du hast eben gehört, dass du während der Operation wiederbelebt werden musstest und es geht dir gut. Verarschen kannst du jemand anderen. Mir machst du nichts vor, Jax."

„Was willst du hören, dass mir diese Information eine Heidenangst macht?"

„Ja, wenn es so ist, dann sag es. Deshalb bin ich seit vier Tagen hier. Genau hierfür."

„Du warst ununterbrochen hier? Kane, du solltest wirklich nach Hause und dich ausschlafen. Wer kümmert sich um die Ermittlungen?"

„Michael und Lucas haben alles im Griff. Aber das werde ich dir jetzt sicher nicht im Detail erzählen. Nelly sollte jeden Moment hier auftauchen. Sie bringt mir immer frische Kleidung und etwas zu essen."

„Oh, Kane." In dem Moment klopfte es leise an der Tür. Nelly öffnete und war im ersten Moment perplex, als sie mitbekam, dass Jax aufgewacht war.

„Hey, Jax. Schön, dass du wieder unter den Lebenden weilst." Lächelnd kam sie auf sie zu und umarmte sie zaghaft. „Hier, deine heutige Lieferung, Kane. Ach, und übrigens habe ich mit einer Freundin gesprochen, die ich am Campus beim Einschreiben kennengelernt habe. Ihre Mitbewohnerin ist kurzfristig abgesprungen. Sie hat mir das Zimmer angeboten."

„Bist du sicher, dass du das annehmen möchtest, wenn du die Person noch nicht lange kennst?"

„Ich sehe mir das Zimmer heute Nachmittag mal an und wir klären die wirtschaftlichen Aspekte. Anschließend weiß ich mehr. Ich muss gleich los. Brauchst du dein Auto wieder, jetzt, wo Jax wach ist?"

„Nein, vorerst nicht."

„Okay, sag Bescheid, wenn sich das ändert. Gute Besserung, Jax. Bis bald."

„Wow, was war das denn?"

„Tja, das war meine Schwester, wie sie im Moment durchs Leben wirbelt. Du siehst müde aus. Versuch etwas zu schlafen. Ich nutze mal eben deinen Waschraum und esse eine Kleinigkeit, dann werde ich auch noch ein wenig die Augen schließen. Ich bin hier, wenn du aufwachst."

Lucas stand vor der Eingangstür und war unschlüssig, ob er diesen Schritt wirklich tun sollte. Das darauffolgende Chaos wäre dann vorprogrammiert. Aber er musste es wagen, ansonsten würde er sich immer fragen, was wohl gewesen wäre.

Der schwache Lichtschein, der auf die Straße herausdrang, zeigte, dass der Bewohner, zu dem er wollte, zu Hause war. Er drehte sich um und ließ den Blick über die Umgebung schweifen. Die Virginia Canyon Road war mit hübschen Häusern geschmückt und führte hinauf in die Berge. Dieses Schmuckstück, vor dem er eben stand, gehörte dem Chief.

„Wie lange möchtest du noch die Haustüre anstarren, Lucas?" Nellys Stimme hinter seinem Rücken zeigte, wie unaufmerksam er durch die ständigen Gedanken an sie war.

„Bis ich sicher bin, dass ich keinen Fehler begehe."

„Ich denke, die Entscheidung hast du für dich bereits getroffen, als du hierhergekommen bist. Und du weißt auch um die Konsequenzen."

Hier stand sie, in einem kurzen Sommerkleid, das ihre Figur umschmeichelte. Zwei Zöpfe, die geflochten links und rechts auf ihre Schultern fielen, waren wie ein Markenzeichen. Sie waren es gewesen, weshalb er in Chicago noch einmal hinsehen musste. In dem kleinen Café gegenüber der Polizeistation hatte sie einen Eiskaffee getrunken, und er konnte seinen Blick nicht mehr von ihr nehmen.

„Möchtest du hereinkommen?"

„Ja." Er wusste, dass er damit eine schicksalshafte Entscheidung getroffen hatte. Diese konnte den Himmel oder die Hölle für seine Zukunft bedeuten. Möglicherweise beides.

„Ich bin froh, dass du gekommen bist." Nelly schloss die Türe hinter ihm und machte einen Schritt auf ihn zu. Das war die einzige Zustimmung, die er benötigte. Er zog sie an sich und küsste sie stürmisch.

Wie viele Nächte hatte er sich gewünscht, sie wieder in seinen Armen zu halten? Unzählige. Vor allem die letzten Nächte, seit er sie bei Michaels Verlobungsfeier gesehen hatte, waren eine Herausforderung gewesen.

„Ist Kane noch im Krankenhaus?"

„Ja, ich denke mal, das wird sich auch die nächsten Tage nicht ändern. Er mag Jax, auch wenn er sich das nicht eingestehen will. Und ich mag sie auch. Sie würde ihm guttun."

„Ist sicher nicht so einfach für ihn. Ich kann ihn gut verstehen. Schau uns beide an. Eigentlich sollte ich mich von dir fernhalten. Nicht nur, dass dein Bruder mein Boss ist, davon abgesehen bin ich zehn Jahre älter als du."

„Genau das schätze ich an dir. Ich kann ernsthafte Gespräche mit dir führen und deine Erfahrung auf anderem Gebiet auskosten."

„Es wird nicht einfach, das ist dir bewusst, Nelly, oder?"

„Ja, das weiß ich. Aber ich bin bereit mich darauf einzulassen. Die Frage ist, wie weit bist du bereit zu gehen?"

„Ich bin hier, also bin ich dabei. Egal was es kostet. Wir beide, das ist mir wichtig und es fühlt sich einfach richtig an. Oder siehst du das anders?"

„Das habe ich dir hoffentlich vor ein paar Tagen schon gezeigt. Du machst mich glücklich und ich fühle mich bei dir geborgen. Ich verstehe, dass es dir schwerfällt, mit einer Studentin zusammen zu sein. Aber es gibt genügend ältere Studentinnen auf dem Campus. Manche sind sogar bereits verheiratet und haben Familie. Was ich aber nicht sein werde, ist dein kleines schmutziges Geheimnis.

Wir werden es Kane sagen. Sobald sich die Sache mit Jax wieder eingerenkt hat und sein Fokus wieder auf dem Alltag liegt, werden wir ihm reinen Wein einschenken. Das Verhältnis zu meinen Eltern ist nicht das beste. Aber wir hatten immer ein gutes Auskommen miteinander und das möchte ich nicht zerstören."

Sie waren in der Zwischenzeit aus dem Vorraum in Richtung Küche weitergegangen.

„In Ordnung. Und was jetzt?"

„Ich war eben dabei, Essen zu machen. Hast du Lust, mir Gesellschaft zu leisten?"

„Das möchte ich gerne. Versprichst du mir, dass ich dich als Nachtisch verspeisen darf?"

„Okay, *Sergeant Sexy*. Versprochen." Sie stahl sich einen Kuss von seinen Lippen und begann in der Küche zu hantieren.

Lucas öffnete zwischenzeitlich die Schränke und Laden, holte Teller und Besteck und begann damit, den Tisch zu decken.

Im ISPD herrschte bedrückende Stille, während der Fall weiter aufgerollt wurde. Mit jeder weiteren Information, die von Tracy Cross ausgehoben wurde, erfuhr man mehr über das Monster Dr. Phil Matthews.

Dieser Mann hatte Aufzeichnungen über ein ganzes Spektrum an Grausamkeit hinterlassen. Akribisch hatte er Randnotizen, Gespräche und Details aufgezeichnet, die Einblicke in einen zutiefst gestörten Charakter boten.

Er hatte zwei Studentinnen in den Selbstmord getrieben, psychische Experimente an weiteren Personen durchgeführt und Jimmy, sein Bruder, war über Jahre immer wieder unter Psychopharmaka gesetzt worden, um ihn ruhigzustellen.

Zusätzlich hatte man Aufzeichnungen zu Monicas "Unfall" gefunden. Jimmy war auch in dieser Nacht nicht er selbst gewesen. Phil Matthews beschrieb in seinem Tagebuch, wie einsam er sich gefühlt hatte, als Jimmy mit Monica zusammen war. Das konnte der gute Doktor nicht verkraften. Also hatte er seinen nicht blutsverwandten Bruder unter schwere Halluzinationen auslösende Medikamente gesetzt.

Man fand leider keine Information über den Satz, den er ihm zugeflüstert hatte und der schlussendlich dazu führte, dass er Monica anzündete. Was er aber sehr wohl schriftlich festhielt, war der furchtbare Streit, den sie tags darauf hatten. Jimmy wollte sofort die Polizei aufsuchen und sich selbst anzeigen. Dies war der erste Tag, den er sediert im Keller des Hauses zubringen musste.

Anschließend hatte ihm Phil das Versprechen abgenommen, bei ihrer Version der Geschichte zu bleiben. Die Psychiaterin, die er aufsuchte und die ihm vor Gericht half, war ebenfalls von Phil erpresst worden. Die Mitarbeiter des ISPD waren betroffen vom Zusammenspiel an Umständen, die zu all den Taten geführt hatten.

In einem allerdings waren alle einig. Die Welt war ein besserer Ort ohne Dr. Phil Matthews.

Ein neuer Tag war angebrochen. Die Sonne strahlte durch das Krankenhausfenster und hüllte Kanes Gestalt in einen hellen Schein. Jax war schon ein paar Minuten wach und beobachtete, wie er zusammengekauert in einem Schlafsessel vor sich hin döste. Denn er konnte unmöglich in diesem Ding schlafen.

„Du solltest niemanden beim Schlafen anstarren, Jax. Hat man dir das noch nicht gesagt?" Er hatte noch nicht mal seine Augen geöffnet. Bis jetzt. Das Strahlen war zurückgekehrt und ein sanftes Lächeln zupfte an seinen Mundwinkeln.

„Bist du immer so grummelig, wenn du aufstehst? Oder habe ich diese Seite von dir gepachtet?"

„Tja, Sonnenschein, sagen wir mal so – du bringst meinen inneren Höhlenmenschen zum Schreien."

Es klopfte und als sich die Türe öffnete, standen José und Monica davor.

„Oh, mein Gott. Jax, ich weiß gar nicht, wie ich mich bei dir bedanken soll. Du hast dein Leben für mich riskiert und hättest es beinahe verloren." Tränen schwammen in ihren Augen, die sie krampfhaft zurückhielt.

„Komm schon her und drück mich. Ich bin einfach so froh, dass es dir gut geht." Auch Jax kämpfte gegen ihre Tränen.

„Schön, dich zurückzuhaben, Jax. Aber keine Sorge, ich vergesse nicht, dir in den Arsch zu treten, sobald du wieder fit bist. Diese Aktion wäre fast nach hinten losgegangen."

„Komm schon, José. Wir holen mal Kaffee für die Ladies. Du musst mich auf den neuesten Stand bringen und die beiden", er neigte seinen Kopf zum Bett, „sollten sich in Ruhe aussprechen." José klopfte ihm auf die Schulter und lächelte.

„Da hast du bestimmt recht."

In der Cafeteria angekommen, setzten sie sich zum Frühstück an einen Tisch, der ein wenig abseits stand.

„Also, was habt ihr herausgefunden?

„Tja, lass es mich so formulieren – keine Chance, dass irgendjemand seinen Tod betrauert."

„Solch ein Mistkerl also?"

„Du hast ja keine Ahnung. Es läuft mir kalt den Rücken runter, bei den Dingen, die er getan hat. Er hat eine Menge Leben zerstört."

„Ich werde mir die Details näher ansehen, sobald Jax wieder aufstehen darf. Dann kann mir Michael eine Kopie der Akten vorbeibringen."

„Wie geht es ihr?"

„Sie ist eine Kämpfernatur, du kennst sie. Aber zu wissen, dass sie dem Tod nur knapp entkommen ist, hat auch sie nicht kaltgelassen. Inwieweit sich das auf ihre Zukunft auswirkt? Das lässt sich noch nicht mit Sicherheit sagen. Vermutlich weiß sie das selbst noch nicht."

„Ich bin jedenfalls froh, dass sie am Weg der Genesung ist. Das hat uns wohl alle daran erinnert, wie schnell ein Leben vorbei sein kann."

Damit hatte José den Nagel auf den Kopf getroffen. Auch wenn er es niemals zugeben würde, konnte er Jax nicht mehr aus den Augen lassen. Um alles in der Welt wollte er diese Frau beschützen. Allerdings war das etwas, womit vorrangig er und danach Jax klarkommen mussten. Diese Information würde er noch nicht mit jemand anderem teilen.

„Dr. Blackwell hat sich auch die Krankenakten von Dr. Matthews angesehen. Sie hat uns einige gute Ansätze geliefert. Man hat Jimmy Newman in die Obhut eines vertrauensvollen Psychiaters gegeben. Auch hierbei hat Dr. Blackwell geholfen. Er hat bereits ausgesagt. Ihm wurde bedauerlicherweise genauso übel mitgespielt. Wenngleich er natürlich ebenfalls Dreck am Stecken hat. Aber man ist sich einig, dass er vermutlich rehabilitiert werden kann."

„Okay, das sind mal Neuigkeiten. Ob sie gut sind, wird sich noch weisen. Wie geht es Monica mit all dem?"

„Sie hat schreckliche Albträume. Ich versuche ihr, so gut es geht, beizustehen. Und ich lasse sie nicht aus den Augen. Wenn ich zur Arbeit muss, ist sie bei meinen Eltern. Die lieben sie übrigens abgöttisch. Ihre Eltern haben versucht, sie zu erreichen, als die ersten Informationen über den Vorfall in den Nachrichten kamen. Aber sie möchte mit ihnen nichts mehr zu tun haben. Das kann ich in ihrem Fall nachvollziehen. Sie hatten die Lügen der Psychiaterin geglaubt und ihrem eigenen Kind nicht. Sie haben es verbockt."

„Muss ich euch beiden jetzt immer gemeinsamen Dienst eintragen, oder was?"

„Ha, das wäre ja noch schöner. Stell dir mal vor, dass du jeden deiner Dienste mit Jax hättest. Nein, wir brauchen keine Sonderbehandlung. Alles bleibt wie gehabt. Aber sie ist bei mir eingezogen und das wird sich nicht mehr ändern."

„Schön zu hören, Mann. Ich freue mich für euch. Den Rest werdet ihr auch zusammen meistern."

„Ja, sie hat sich mit Dr. Blackwell unterhalten, die ihr auch einen Spezialisten für psychologische Betreuung nach Entführungen empfohlen hat. Sie hat übermorgen einen ersten Termin. Aber Monica ist stark, sie wird das überstehen."

„Wir sollten wieder hochgehen, bevor sie beginnen etwas auszuhecken, das uns in die Bredouille bringt."

Lucas hätte nicht gedacht, dass er am frühen Morgen im Haus des Chiefs aufwachen würde. Nelly lag nackt an ihn gekuschelt, sie schlief noch tief und fest. Sie hatten die halbe Nacht geredet, die andere Hälfte hatten sie sich geliebt. Er konnte nicht glauben, dass die junge Frau sich tatsächlich eine Beziehung mit ihm wünschte.

Langsam begann sie sich zu rekeln. Ihre Hand wanderte zaghaft seinen Oberkörper hinunter und schlüpfte unter die Decke. Im nächsten Moment zog er scharf die Luft ein, als sich ihre zarten Finger um seinen Schaft schlossen, der bereit für den nächsten Einsatz schien.

„Guten Morgen, *Sergeant Sexy*."

„Guten Morgen, *Pancake*."

„Hey, wieso nennst du mich *Pancake*?"

„Oh, das werde ich dir verraten. Wenn ich dich Süße, oder Küken nennen würde, würdest du mich kastrieren. Und das hatten wir für unser erstes gemeinsames Frühstück. Also, Pancake."

„Okay, damit kann ich leben." Sie küsste seinen Mundwinkel und verschwand dann unter der Decke.

„Verdammt, hör nicht auf." Die Liebkosung, die sie ihm zuteilwerden ließ, hatte es in sich.

Seine Hüften zuckten automatisch nach oben, ihrem heißen Mund entgegen. Doch so leicht würde er es ihr nicht machen.

Er zog sie zu sich, küsste sie stürmisch und brachte sie unter sich. Seine Finger erkundeten ihre Falten und fanden sie feucht und bereit für ihn vor. Mit einem Stoß versenkte er sich in ihr und hielt kurz still, damit sie sich an ihn gewöhnen konnte. Dann begann er, sich in ihr zu bewegen. Gemeinsam fanden sie ihren Takt und ließen ihrer Lust freien Lauf.

Als Lucas merkte, dass Nelly dem Orgasmus nahe kam, legte er seinen Daumen auf ihre Klit und half ihr damit über die Klippe. Kurz darauf folgte er ihr und ließ sich befriedigt auf ihr nieder. Ihre Hände und Beine lagen immer noch um ihn und hielten ihn an Ort und Stelle.

„Das war nett. Jetzt schaff mich unter die Dusche und füttere mich, *Sergeant Sexy*."

„Oh, Mann. Du wirst irgendwann mal meinen Tod verursachen, *Pancake*. Lass einen alten Mann verschnaufen." Er drehte sich mit ihr und gab ihr einen kleinen Klaps auf den Po, was sie kichern ließ.

„Na schön, dann gehe ich alleine duschen. Ich muss bald ins Krankenhaus, Kane seine tägliche Lieferung bringen."

„Du dachtest nicht im Ernst, dass ich dich alleine duschen lasse, oder?"

Nach einer gemeinsamen Dusche machten sie sich für den Tag fertig. Nach einem kleinen Frühstück verabschiedete sich Lucas, um ins Revier zu fahren und Nelly packte, um zu Kane zu fahren.

Ein warmer Lichtschein brach durch das Fenster von Josés Haus. Es war ein wunderbares Gefühl, in ein bewohntes Zuhause zu kommen. Er hätte nicht für möglich gehalten, dass ihn dieser Gedanke einmal so fröhlich stimmen würde.

„Hey, meine Schöne, ich bin zu Hause."

„Hi, Schatz. Ich bin in der Küche."

Ja, seit dem Krankenhaus waren sie ein Paar, mit allem Drum und Dran. Sie hatten sich darauf geeinigt, dass Monica bei ihm einzog. José hatte seine Familie und Freunde gebeten, beim Umzug zu helfen. Bereits am Tag von Monicas Entlassung waren sie unterwegs gewesen, um sämtliches Hab und Gut aus ihrer Wohnung zu holen und bei José einzustellen.

Sämtliche Kisten waren in seinem Gästezimmer deponiert. Allmählich würde Monica sie ausräumen und ihre Dinge einen Platz im gemeinsamen Zuhause finden.

„Wie war dein Tag?" José umarmte sie von hinten und drückte ihr einen schnellen Kuss auf die Wange, da er sie nicht beim Gemüseschneiden unterbrechen wollte.

„War ganz okay. Deine Mom war vormittags hier und hat sich dann mit Rita abgewechselt, die mich am Nachmittag unterhalten hatte. Es ist ja ganz nett, dass sich alle Sorgen machen, aber ich muss trotzdem wieder zu einem normalen Alltag zurückkehren. Ich habe Michael gebeten, mich ab nächster Woche wieder in den Dienstplan aufzunehmen. Meine Wunden sind verheilt, ich kann und möchte wieder arbeiten."

„Okay. Aber du verstehst, dass wir es langsam angehen werden?"

„Was genau?"

„Ich möchte ungern, dass du nachts allein hierherkommst. Du hast kein Auto. Ich werde dich abholen oder jemand soll dich bringen."

„Darüber brauchst du dir keine Gedanken mehr zu machen. Ich habe ein Auto gefunden, das ich mir leisten kann. Morgen mache ich eine Probefahrt und dann bin ich wieder mobil."

„Und wem gehört der Wagen jetzt?"

„Alice, der Barkeeperin aus dem Inn. Wusstest du, dass sie Reggie's Tochter ist?"

„Ja, wusste ich. Das klingt toll. Alice würde nie jemanden hinters Licht führen. Ihr kann man vertrauen. Wenn sie sagt, dass der Wagen in Ordnung ist, solltest du das Angebot annehmen."

„Das werde ich. Wie war dein Tag?" Sie hatte sich zu ihm gestellt und legte ihre Arme um seinen Nacken.

„Aufschlussreich. Wir konnten die letzten Daten sichten. Dr. Matthews hat noch ein paar Notizen in seinem Kalender, die wir noch entschlüsseln müssen, aber alles Weitere ist jetzt gesichtet und katalogisiert."

„Gut. Es wird Zeit, dass er aus unseren Köpfen verschwindet. Jetzt sind wir dran."

„Da gebe ich dir uneingeschränkt recht, meine Schöne." Um die Aussage zu unterstreichen, küsste er sie zärtlich.

Epilog

Jax saß auf dem Beifahrersitz des Polizeiwagens und ließ sich von Kane zu seinem Haus fahren. Sie war eben aus dem Krankenhaus entlassen worden. Der Vorfall war auf den Tag genau zwei Wochen her. Allerdings durfte sie in den nächsten sechs Wochen nicht mehr als fünf Kilogramm heben. Die nächste Zeit musste sie noch auf die heilenden Wunden aufpassen und ihre Wade war auch noch sehr schmerzempfindlich.

Um die Heilung zu unterstützen, musste sie vorübergehend Krücken beim Gehen verwenden. Daher hatte Kane kurzerhand entschieden, dass sie bei ihm für die nächste Zeit einziehen würde. Nelly hatte das Angebot für das Zimmer am Campus angenommen. Daher war sein Gästezimmer wieder frei.

Nicht, dass es Nelly gestört hätte, mit Jax zusammenzuwohnen. Die beiden hatte sich in den vergangenen Wochen angefreundet und waren fast immer einer Meinung, wenn es um Kane ging. Wirklich lästig.

An diesem Nachmittag war sein Garten voller Menschen, die Jax' Ankunft zu Hause feiern wollten. Unter ihnen fanden sich Kollegen des ISPD, ihre Freundinnen, Mitarbeiter der Idaho Springs Fire Station, aber auch Josés Eltern waren anwesend. Alle hießen Jax in Kanes Zuhause willkommen und er genoss diesen Anblick.

Michael hatte bereits mit dem Grillen begonnen, Jenna und Rita hatten Festzeltgarnituren auf dem Rasen eingedeckt, die von der Feuerwehr zur Verfügung gestellt worden waren. Kane hatte einiges für diesen Tag im Hintergrund organisiert.

Jax hatte unter einem großen Sonnenschirm Platz genommen und wurde von Josés Eltern verwöhnt. An ihrer Seite waren außerdem Monica und Maya. Alle schienen mit dem Schrecken davon gekommen zu sein und das Schlimmste überstanden zu haben.

Auch Kane konnte endlich wieder lächeln. Er war wieder hier, hatte seine Freunde um und Jax bei sich. Genauso, wie es sein sollte.

Ein Aufschrei ließ alle zusammenlaufen. „Cariño, das ist ja wunderbar!" Mama Alvaro hatte eben erfahren, dass sich ihr Sohn verlobt hatte. Die Festgäste gratulierten dem Paar herzlich und Andrew öffnete die erste Flasche Sekt.

Eine große Hand klopfte auf Kanes Schulter. Als er sich umdrehte, zog ihn Brad in eine brüderliche Umarmung. Beide hatten viel Zeit im Krankenhaus verbracht, sie hatten einige tiefgründige Gespräche geführt, weshalb sie nun eine tiefe Freundschaft verband.

„Schön, dich an der frischen Luft zu sehen, Mann. Brit kommt in ein paar Minuten nach. Sie füttert noch Michelle, damit sie dann ein wenig entspannen kann, während die Kleine schläft."

„Gut, dass du da bist. Oh, stimmt. Sie durfte gestern nach Hause, richtig?"

„Ja, es war unsere erste Nacht gemeinsam zu Hause. Und es fühlt sich toll an."

„Hey, Leute. Die ersten Burger sind fertig. Hier, verteilt die mal." Michael hielt ihnen eine Grilltasse entgegen.

„Hi, Michael. Wie geht es dir?" Die weibliche Stimme schien ein wenig zögerlich.

„Brittany, komm doch weiter. Danke, alles okay. Und bei euch? Was macht die Kleine?"

„Danke, es geht uns gut. Sie ist toll. Oh, hi, Jenna."

„Hallo, Brittany. Schön, dass ihr hier seid. Kommt doch weiter. Oh, wie niedlich die Kleine ist. Wie geht es dir?" Brit war überrascht, so positiv empfangen zu werden. Sie war sich nicht sicher gewesen, ob es eine gute Idee war, zu kommen. Jetzt allerdings war sie froh, den Schritt gewagt zu haben.

„Danke, es geht mir gut. Uns geht es gut." Brad stieß zu ihnen und nahm ihr den Kinderwagen ab. Sie folgte ihm zu einem schattigen Sitzplatz.

Kane ließ sich neben Jax nieder, als sie mit Josés Mutter über ihre Zukunftspläne redete.

„Ich hatte nun ein wenig Zeit, über alles nachzudenken. Wenn ich wieder fit bin, möchte ich auf jeden Fall mein Training mit den Mädchen weiterführen. Das Dojo, das ich übernommen habe, bedeutet mir viel und diesen Teil werde ich nicht aufgeben. Allerdings bin ich noch nicht sicher, ob ich in den aktiven Polizeidienst zurückwill." Bei diesem Satz blickte sie direkt in Kanes Augen.

„Ach, Schätzchen. Lass dir Zeit. Jetzt eine Entscheidung zu treffen, die dein Leben verändert, finde ich nicht richtig. Genauso wie deine Wunden heilen, muss auch deine Seele heilen." Mit ihrem spanischen Akzent wärmte Mama Alvaros Vorschlag Jax' angeknackstes Selbstbewusstsein.

Sie hatte recht, nichts musste sofort entschieden werden. Zuerst stand ihre Gesundheit im Vordergrund, dann würde sie weitersehen. Allerdings wäre es verlockend, Kane auf eine ganz andere Weise kennenlernen zu können. Wenn er nicht mehr ihr Vorgesetzter war, hätte sie kein Problem damit, ihm näherzukommen. Oder war das der alles bewegende Grund?

Der Nachmittag verging mit angenehmen Gesprächen, gutem Essen und jeder Menge Heiterkeit. Vergessen waren die Schrecken der letzten Wochen. Die Sonne leistete ihren Beitrag, bis ihre Schatten immer länger wurden und der Abend hereinbrach.

Brad und Brit waren die Ersten, die aufbrachen, was verständlich war, da sie die kleine Michelle ins Bett bringen wollten. Es folgten immer mehr, bis nur noch José und Monica mit Jax und Kane im Garten saßen.

Als es dann an der Haustür läutete, waren alle ein wenig überrascht. Kane öffnete und ließ Lucas hinein, der ein wenig betrübt dreinschaute.

„Was ist los?"

„Oh, Mann. Chief, ich weiß gar nicht, wo ich anfangen soll. Wann hattest du zuletzt Kontakt zu Nelly?"

„Ähm, gute Frage, vor ein paar Tagen. Sie hat mir Anfang der Woche die letzte Lieferung Kleider und Essen gebracht. Sie wollte sich am Campus einleben. Wir haben dazwischen nicht telefoniert. Warum?"

„Dein Auto wurde heute Mittag verlassen auf der Landstraße nach Idaho Springs gefunden. Von Nelly fehlt jede Spur. Ich hab schon versucht, sie zu erreichen, aber Fehlanzeige."

„Warte, ich habe eine Ortungsapp, die sie mir freigegeben hat. Sie zeigt nur, dass sie vor vier Tagen in der Nähe war. Seither kein aktueller Standort mehr. Was ist hier los? Und warum hast du die Telefonnummer meiner kleinen Schwester?"

„Das ist eine längere Geschichte. Ich komme gerade vom Campus. Ich habe mit ihrer Kommilitonin gesprochen. Sie hat sie auch seit ein paar Tagen nicht gesehen, dachte aber, sie wäre bei dir. Wir müssen eine Suchmeldung rausgeben."

„Woher weißt du, in welchem Zimmer sie am Campus wohnt? Was läuft da zwischen euch?"

„Ist dir das jetzt wirklich wichtig, Kane? Nelly wird vermisst. Wir müssen eine Vermisstenanzeige machen und sie suchen."

„Denk nicht, dass ich vergesse, dass du mir eine Antwort schuldest, Lucas. Aber du hast recht, jetzt müssen wir Nelly finden."

ENDE

Ausblick

Ihr wollt schon mal einen kleinen Einblick, in den nächsten Teil? Sorry für den Cliffhanger, aber das ließ sich nicht vermeiden.

Wie geht es mit Lucas und Nelly weiter? Vor allem, wo ist Nelly abgeblieben? Hier der Klappentext:

I.S.P.D. 3 - Feel the end coming

Nelly Miller ist Studentin am Campus der Denver University Boulder. Sie möchte sich weiterbilden, um irgendwann die Ranch ihrer Eltern in Montana in dieses Jahrhundert zu holen.

Lucas Brown ist Sergeant des ISPD. Sein Vorgesetzter ist Chief Kane Miller, Nellys großer Bruder. Nachdem sie sich zufällig bei seinen Ermittlungen in Chicago kennengelernt und eine heiße Nacht verbracht haben, treffen sie sich in Idaho Springs wieder und erkennen, wen sie hier vor sich haben.

Nellys Verschwinden lässt Lucas keine andere Wahl als Kane reinen Wein einzuschenken. Die Lage wird immer brenzliger, als klar wird, dass Nelly entführt wurde und ein psychopathischer Serienkiller in Denver sein Unwesen treibt.

Danksagung

Eine weitere Reise ist hiermit zu Ende gegangen.
Danke, lieber Leser, dass du dir die Zeit genommen hast
und bis zum Schluss dabei warst.

Tausend Dank an meine Mädels und Testleserinnen
Maria und Sabine. Ich freue mich immer, wenn ihr mich
mit eurem Feedback pusht. Ihr wisst gar nicht, was mir
das bedeutet.

Neu im Team, meine liebe Lektorin und Korrektorin,
Beate. Vielen Dank, dass du dir wöchentlich die Zeit
nimmst und meine kleinen und großen Patzer
verbesserst.

Danke auch an Gerald Sensei vom Ronin Dojo
Pöttsching für die Veranschaulichung wie anstrengend
ein zehnminütiger Verteidigunskampf ist und für deine
guten Fragen, die mich tatsächlich zum Nachdenken
gebracht haben.

Mama, danke dass du immer noch jede meiner
geschriebenen Seiten verschlingst. Das zeigt mir, wie
sehr du meine Geschichten schätzt.

Danke an meinen Mann, der sich nicht beschwert,
wenn ich sonntags vor dem Computer sitze und er dann
den Haushalt schmeißt. Ein großer Dank geht auch an
meine Tochter, die viel Verständnis für die fürs
Schreiben reservierte Zeit aufbringt.

Vielen Dank an Dena, die wieder einmal perfekte
Arbeit mit diesem großartigen Cover geleistet hat!

Ich hoffe, ich habe niemanden ausgelassen, der mir
bei diesem Werk mit Rat und Tat zur Seite stand.

Das größte Dankeschön geht an *dich*, lieber Leser! Danke, dass *du dich* für das Buch entschieden hast. Wenn es *dir* gefallen hat, habe ich meine Aufgabe erfüllt!

Rezensionen sind natürlich immer willkommen!

Bis demnächst!
T. K. Mitchell

Autorin

T. K. Mitchell ist das Pseudonym einer österreichischen Self-Publishing-Autorin. Ihre Erzählungen enthalten eine große Portion Spannung, aber auch Romantik und Leidenschaft ihrer Protagonisten.

1979 in Wien geboren und aufgewachsen, hat sie schon früh ihre Liebe zu Büchern entdeckt. Ihr Beruf erfordert Struktur und Organisation, daher genießt sie es in ihrer Freizeit, in andere Welten einzutauchen und kreativ zu sein. Seit 2020 verfasst sie romantische Thriller und hat 2023 ihr Debüt mit der „Blackwell Security Group" – Trilogie gegeben.

Ihre Freizeit wird gut geplant, um Job, Familie, Reisen und ihre Leidenschaft, das Lesen und Schreiben, unter einen Hut zu bringen.

Sie lebt mit ihrem Mann und ihrer Tochter in Wien.